DUMONT

Als junges Mädchen tut Amal etwas Unerhörtes: Sie verprügelt ihren Mitschüler Younes. Ihr Vater verteidigt ihr Verhalten und ermuntert sie, sich in der Welt zu behaupten. Trotzdem wird Amal fortan von allen gemieden. Und dann verlässt der Vater die Familie. Zuflucht findet Amal ausgerechnet bei Younes und seiner Mutter Shahira, die ebenfalls Außenseiter sind. Als sich die Situation Jahre später zuspitzt und der Streit mit der Clique um Raffiq eskaliert, flieht Amal nach Kurdistan und begibt sich auf die Suche nach ihrem Vater.

Karosh Taha, 1987 in Zaxo / Irak geboren, lebt seit 1997 im Ruhrgebiet. Für ihr Werk erhielt sie zahlreiche Preise und Stipendien, darunter den Hohenemser Literaturpreis, das Stipendium des Deutschen Literaturfonds und die Alfred-Döblin-Medaille.

Karosh Taha

IM BAUCH DER KÖNIGIN

Roman

DUMONT

Von Karosh Taha ist bei DuMont außerdem erschienen:
Beschreibung einer Krabbenwanderung

Die Autorin bedankt sich ganz herzlich für die finanzielle Unterstützung
des Romanprojekts bei:
Literarisches Colloquium Berlin
dem Land Niedersachsen und der Stadt Lüneburg
für das Heinrich-Heine Stipendium
Kunststiftung.NRW
Deutscher Literaturfonds e.V.

FSC
www.fsc.org
MIX
Papier aus verantwortungsvollen Quellen
FSC® C083411

Juli 2021
DuMont Buchverlag, Köln

Umschlaggestaltung: Marion Blomeyer/Lowlypaper. München
Satz: Fagott, Ffm
Gesetzt aus der Dante
Druck und Verarbeitung: CPI books GmbH, Leck
Gedruckt auf säurefreiem und chlorfrei gebleichtem Papier
Printed in Germany
ISBN 978-3-8321-6608-3

www.dumont-buchverlag.de

IM BAUCH
DER KÖNIGIN

Diesen Essay nach der Lektüre beider Teile lesen

EIN WORT, DAS FEHLT, IST KEINE FRAU, DIE FEHLT

AUS ALLEN RICHTUNGEN

Beim Betrachten des Gemäldes *La robe de l'aventure* von René Magritte wird mir klar: Das Bild ist aus allen Richtungen lesbar. Die Symbole darin erfahren grundlegende oder geringfügige Deutungsänderungen; je nach Richtung fällt, fliegt oder schwimmt die Frau, in den Himmel, ins Wasser, zum Horizont, durch die Wüste. Unter ihr, neben ihr oder auf ihr ist eine Schildkröte oder eine Fliegerbombe oder ein Felsen. Die Konstellationen, ihre Beziehungen und Bedeutungen ändern sich, indem ich das Bild drehe. Wenn ich die Leserichtungen abschaffe, dann lasse ich alle Deutungen gleichzeitig zu. Die Frau, die in den Himmel fällt oder steigt, ist nicht die gleiche Frau, die ins Wasser fällt, und doch ist es dieselbe Frau, in beiden Fällen stirbt sie – die Chronologie ist bedeutungslos geworden, wichtig ist die Fallrichtung.

Mir wird klar: Eine Geschichte kann aus allen Richtungen geschrieben und gelesen werden oder aus keiner Richtung.

Die Chronologie einer Geschichte synchronisiert nicht mit dem Schreiben; einige Schriftsteller+innen sagen, sie hätten die letzte Seite als Erstes geschrieben. Man stelle sich vor, Lesende würden das Ende zuerst lesen, von dort aus weiterlesen, die Leserichtung ändern. Ich bin mir sicher, ein Text hat wie ein Gemälde viele Leserichtungen und mit jeder Leserichtung verändert sich die Symbolik – wenn ich mich als Schriftstellerin aus dem Korsett einer chronologisch erzählten Geschichte löste, aus dem Zwang einer Ordnung, stattdessen jede andere Reihenfolge auch als sinnvoll erachtete, würde ich Texte anders schreiben und anders denken, anders lesen, anders verstehen.

BUCHKÖRPER

Das Greifen nach einem Buch, das Anschauen, das Lesen der Rückseite, des Klappentextes und das Aufschlagen eines Buches sind bei einem lesenden Menschen unbewusste, konditionierte Handlungen – Automatismen. Ein Buch hat einen Anfang und ein Ende – nicht nur auf konzeptioneller Ebene, auch auf textlicher und auf inhaltlicher Ebene. Das automatische Umgehen mit dem Buchkörper setzt sich fort in der Erwartungshaltung an einen erzählten Text, wenn nicht im Hinblick auf die Chronologie, dann zumindest auf eine logische Abfolge, eine innere Ordnung.

Die Herausforderung ist, den Blick der Leserin zu mutieren, die Gewohnheiten infrage zu stellen, selbst wenn es um so etwas Simples wie das Buchaufschlagen geht. Denn mit dem Aufschlagen des Buches – mit der klaren Aufteilung der Vorder- und Rückseite – ist uns als Lesende die Entscheidung abgenommen, was der Anfang und was das Ende ist, und wir akzeptieren, dass es einen Anfang und ein Ende geben muss. Eine Mutation des klassischen Buchkonzepts kann diese unbewusste, konditionierte Annahme aufbrechen. *Im Bauch der Königin* ist ein Versuch, diese Automatismen herauszufordern; Literatur sollte mit Traditionen brechen. Tradition: das Übersetzen vergangener Situationen in die Gegenwart. Bruch: die Verweigerung dieser Übersetzung, die Vermeidung der Wiederholung. Erziehung arbeitet mit Wiederholung, Manipulation und Hypnose arbeiten mit Wiederholung, Folter arbeitet mit Wiederholung der Wiederholung der Wiederholung. Literatur dagegen muss mit der Wiederholung brechen.

Der Verdacht gegen alles Materielle, Sinnliche und damit auch der christliche Verdacht gegen das Fleischliche setzt sich fort im Verdacht gegen den Buchkörper: Der Drehung wird nicht vertraut, das Wenden nicht als Neubeginn akzeptiert, als sei dieser Akt nur ein Effekt, eine Spielerei und nicht das Hinterfragen des Buchformates und damit der Idee des Erzählens. Ich will sagen: Jede Geschichte kann auf jede andere Art erzählt werden, kann auf jede andere Art gelesen werden.

DAS FEHLEN IN DER SPRACHE

Ein Wort, das fehlt, ist die Unterdrückung einer Wirklichkeit – die Sprache und der Glaube an die Sprache, alles auszudrücken, dient der Verneinung einer Wirklichkeit. Das Bewusstsein, dass nicht die Sprache Grenzen hat, sondern Sprache als Grenze dient, wurde mir durch die Figur Shahira bewusst, nicht beim Schreiben der Figur, nicht beim Nachdenken über das Buch, sondern beim Lesen des fertigen Manuskripts. Wie könnte ich über diese Figur sprechen, ohne sie herabzuwürdigen? Die Sprache, die mir zur Verfügung steht, wertet meine Figur und ihren Lebensstil ab: Femme fatale, Vamp, Maneater – die deutschen Begriffe sind härter: Dorfmatratze, Wanderpokal, Sexbombe. Für den Mann gibt es positiv besetzte oder neutrale Begriffe – die von seinem Anrecht erzählen, wechselnde Sexpartnerinnen haben zu dürfen, ohne gesellschaftlich geächtet zu werden: Frauenheld, Lebemann, Casanova, Schürzenjäger, Don Juan. Wenn am Ende der Erzählung Don Juan zur Strafe für die Konventionsbrüche in den Höllenschlund hinabsteigt, aber sein tradiertes Bild als Liebhaber intakt bleibt, verrät dies, dass selbst die Verdammnis nur eine Variation der Heldenerzählung ist. Frauenfiguren bezahlen für eine einzige Liebesaffäre mit dem Tod, ihr Bild als Ehebrecherin und Antiheldin dient als Warnung: Effi Briest (deutsch), Madame Bovary (französisch), Anna Karenina (russisch), Hester Prynne (amerikanisch). Es gibt keine Tradition, auf die sich Shahira stützen könnte; sie ist vielleicht mit der griechischen Göttin Aphrodite und der Sprache von Anaïs Nin verwandt. Aber für Frauen wie Shahira gibt es keine Begriffe – was nicht bedeutet, dass Frauen wie Shahira nicht existieren. Ein Wort, das fehlt, ist keine Frau, die fehlt. Eine Frau, die in der Sprache fehlt, wird von dieser Sprache negiert oder darf unter bestimmten (vermeintlich positiven, aber im Kern sexistischen) Adjektiven existieren, z. B.

»offenherzig« oder »freizügig«. Es gibt viele Wörter ohne Wirklichkeit, aber es gibt noch mehr Wirklichkeit ohne Wörter.

ERZÄHL ES SO, ALS WÄRE ICH NICHT DA, SAGTE SHAHIRA.

Es wäre eine große Ungerechtigkeit, wenn es nur eine Wahrheit gäbe, sagt Amals Vater; er könnte auch gesagt haben: Es wäre ungerecht, wenn nur eine Geschichte erzählt würde. Er könnte gesagt haben: Es ist ungerecht, eine Geschichte in einer einzigen Sprache zu erzählen.

Im Roman findet die Auseinandersetzung mit dem Erzählen nicht nur durch offensichtliche Referenzen (Shahrasad, das Verschenken von Geschichten, Vater als Vorleser) statt, sondern auch über das Setting des Marktplatzes als Bühne, die Hochhausbewohner+innen auf den Balkonen als Publikum in der Loge. Die Aufzählung der Gegenstände und Geschäfte im Viertel sollten nicht nur als die Begrenztheit des Viertels gelesen werden, sondern auch als eine Beschreibung der Requisiten, deswegen wiederholt Amal ihre Aufzählung. Diese Theatermetapher etabliert Amal einerseits als eine Figur im Stück – da sie beobachtet wird –, aber auch als Regisseurin, die durch die Beschreibung bestimmt, was Lesende sehen dürfen. Eine Doppelrolle erfüllt auch der Erzähler Raffiq (s. u. SHAHIRA)

Amals Mutter, die nicht durch Sprache mit ihrer Tochter kommuniziert, sondern mit Gesten: das Bändigen von Haaren, das Verhüllen des Körpers, die Waschung der wunden Finger mit Rosenwasser, der Ring als Attrappe, das Familienalbum als Chronik, die Mischung der Gewürze als Dechiffrierung eines Codes und natürlich ihre Auseinandersetzung mit dem Koran, einem Buch, das kein Buch ist, sondern eine Rezitation. Die Beschreibung des Gebets ist die Beschreibung einer Pantomime, einer Körpersprache, die mit Gott kommuniziert.

Das Austauschen von Symbolen wie des Rings mit dem Kopftuch sollte verdeutlichen, dass wir ständig von uns erzählen, ohne explizit zu werden: Der Ring verliert seine Bedeutung, nämlich die Bezeugung der Anwesenheit eines Ehemannes, und wird durch das Kopftuch ersetzt, an die Stelle des Ehemannes tritt ein Gott – das Kopftuch wird zu einem Sprachmittel des Körpers; das Kopftuch ist nicht ein Kleidungsstück, sondern wie der Ring ein Zeichen nach außen, eine beantwortete Frage, bevor sie gestellt wird, bevor eine Übergriffigkeit stattfinden kann. Wenn weibliches Sprechen ignoriert wird, greifen manche Frauen versuchsweise auf gesellschaftlich anerkannte Symbole wie Ehering – in diesem Fall Kopftuch – zurück, um Belästigungen abzuwehren.

Es gibt eine Ambiguität des Erzählens. Im Christentum beispielsweise gibt es die Tradition der Beichte: Wer redet, wer gesteht, spricht die Wahrheit – wer schweigt, macht sich verdächtig; das Erzählen wird mit einer Machtposition verbunden, nämlich wer die Zeit, den Raum und die Sprache hat, kann erzählen. Schweigen dagegen wird mit Machtlosigkeit verbunden. Diese Ambiguität vereint die Erzählerin Shahrasad aus *Tausendundeine Nacht* in sich, sie ist gezwungen zu erzählen, deswegen hat Amal auch Angst, dass ihr irgendwann »der Stoff« ausgeht. Das Erzählen macht zwar verwundbar; das Erzählen hat für Amal Konsequenzen (die es für Raffiq nicht gibt) aufgrund ihres Geschlechts. Wenn sie davon erzählt, dass sie den neuen Jungen verprügelt hat, wird sie bestraft – die Strafe richtet sich nicht nur gegen ihre Tat, sondern auch gegen ihre Erzählung, gegen ihre Rolle als Mädchen. Am Ende entscheidet sie sich aus Emanzipationsgründen für das Schweigen. Doch sie weiß zugleich, dass Erzählen auch Existieren bedeutet, sonst würde sie ihre Geschichte nicht erzählen. Welche Gründe gibt es, zu erzählen, zu schreiben? Wir können uns im Schreiben, in einem Text verstecken, vor dem Schmerz, vor der Scham und der Angst fliehen. Oder wie Max Frisch es schrieb: Wir bannen unsere Wünsche und Furcht in die Sprache, so wie man den metaphorischen Teufel an die Wand malt. »Um ihn zu erkennen und zu bannen.«

Ich kann mich in Kassandra verwandeln, ohne verflucht worden zu sein, wenn ich mit der Stimme einer anderen spreche. Wenn ich »Ich« sage und nicht mich meine. Wenn ich schreibe, dann hülle ich das Schlimmste in die Fiktion, in den Bauch eines Buches, so wie Younes im Bauch des Wals vor dem Zorn Gottes geschützt war, der Bauch war nicht nur Strafe. Eine Metapher kann Schutz bieten. Erzählen bedeutet aber auch, sich die Realität anderer Menschen vorzustellen, ohne den Versuch einer Simulation vorzunehmen, es bedeutet, unsere Realität, unsere Sprache in Frage zu stellen. Was sind Figuren, wenn nicht das, was wir von uns stoßen? Deniz Utlu schreibt mir: »Es gibt keine Auslöschung, nur den Versuch der Freiheit. Vielleicht ist es das, was unsere Figuren für uns versuchen. Vielleicht gehört da auch hin, wie Shahira sagt: zu erzählen, um sich selbst zu verzeihen.«

Die Arbeit der Künstlerin Havin Al-Sindy, »Der Stoff/Kras u fistan«, verdeutlicht mir etwas Grundsätzliches, etwas, was ich manchmal vergesse: Kunst ist nicht die Simulation der Wirklichkeit, nicht ihre Nachahmung. Würde man dies versuchen, würde man nur die eigene beschränkte Sicht auf die Wirklichkeit entlarven. Es wäre falsch, zu glauben, die Werke seien Nachahmung der Wirklichkeit, eine profane Darstellung und damit Kopie der Realität. Die Arbeit »Kras u Fistan«, die eine tanzende Frauengruppe zeigt, ist keine Simulation einer Hochzeit, wie man meinen könnte, die Performance ist eine Mimesis, eine Erzählung, eine Interpretation; sie weist über sich hinaus auf etwas anderes. Die Fiktion der Darstellung ist klar erkenntlich.

SHAHIRA

Nach Giovanni Macchia existiert Don Juan nur im Theater; so kann Shahira auch nur in diesem Viertel existieren, das sie als Bühne nutzt.

> *»Als Younes vierzehn war, wurde er das letzte Mal mit seiner Mutter in der Öffentlichkeit gesehen, auf dem Wochenmarkt. Von einem Stand schlenderten sie zum anderen, und Younes trottete immer einen Schritt hinter seiner Mutter her, die alle Verkäufer mit Namen kannte. [...] Die Selbstverständlich-*

keit, mit der Shahira sich über den Wochenmarkt bewegte, der nur für sie aufgestellt wurde, nährte die Wut der anderen Frauen. Sie grüßten einander, aber nicht Shahira, wandten sich sogar ab, wenn sie kam. Für Shahira waren die Frauen Komparsen, hingepflanzt, um den Wochenmarkt lebhafter zu gestalten.«

Raffiq war bei der Szene nicht dabei, er erzählt: Younes wurde gesehen. Diese Szene, wie Raffiq sie beschreibt, könnte auch gar nicht so stattgefunden haben, ganz sicher hat sie nicht so stattgefunden. In seiner Erzählung von Shahira erzählt er sie immer so, wie andere auf sie reagiert haben könnten. Raffiq fungiert wie ein Chor, der zwischen Figur und Publikum vermittelt.

In beiden Geschichten ist Shahira der Drehpunkt, eine Sonne, um die sich die Geschichten drehen, um die sich das Buch dreht. Jetzt, beim Schreiben dieses Essays, wird mir bewusst: Diese Figur brauchte dieses Buch mit der Dreh- und Wendebewegung, diesen körperlichen Akt, weil auch sie die Körperlichkeit betont; einen Körper drehen und wenden ist ein erotischer Moment, den Lesende durch das Format mit der Figur teilen.

Auch für Amal und Raffiq ist Shahira faszinierend, weil sie im Gegensatz zu den anderen Erwachsenen ein Urbild darstellt. Raffiq verweigert es, ein Abbild seines Vaters zu werden, indem er ihm nicht nach Kurdistan folgt: Durch die Deutung der Rolle des Vaters versteht er erst sich selbst; indem er sieht, wie sein Vater gesehen wird, blickt er wie in einen Spiegel in die Zukunft. Eine Gesellschaft, die nur durch Nachahmung ihr soziales Überleben schafft, stellt für Raffiq und Amal keine Option dar, ihr eigenes Urbild zu erschaffen: Shahira ist das Versprechen, dass dies möglich ist. Sie ahmt niemanden nach, auch nicht der Idee von einer Frau; »sie ist sich«, wie Amal es beschreibt. Die Eltern erwarten von ihren Kindern, Abbilder ihrer selbst zu werden, die selbst Abbilder ihrer Eltern geworden sind. Shahira dagegen markiert nicht den Bruch, sie ist der Bruch.

In der Realität des Romans mag Shahira eine von der Gesellschaft Geächtete sein, aber in der literarischen Konstruktion des Buches ist sie die Königin – nicht im Sinne einer mächtigen Aristokratin oder als empowernde Geste, sondern als eine literarische Omnipräsenz, als ein Raum, als eine Erzählerin, die nicht zu Lesenden spricht, sondern mit ihrem Sein den Roman strukturiert, so wie die Figur des Hochhauses in *Beschreibung einer Krabbenwanderung*. Wie werden literarische Figuren genannt, die die Struktur eines Textes bestimmen? Zum Beispiel die Hinrichtungsmaschine in Kafkas *In der Strafkolonie*, die Architektur im Film *Der Schacht*. Kann ihre Omnipräsenz mit einem figurativen Begriff zusammengefasst werden? Wie nennt man die Erfindung von Stilmitteln? Neofiguration? In dieser unbenannten Wirklichkeit bewegt sich die Figur der Shahira. Sie spricht nicht, weil sie keine literarische Figur ist, sondern eine rhetorische, das hat Amal verstanden, wenn sie erzählt: »Sie ist allein, sie ist mit sich, sie ist für sich, sie ist sich, sie ist nicht Shahira Shafiq, die Tochter von Anisa und Ramazan, sie ist nicht eine Frau, sie ist nicht ein Mensch, sie ist viel mehr und sie ist nichts […]« Shahira ist die Matrix; die Sprache der Mathematik kann Literatur möglicherweise besser beschreiben als literaturwissenschaftliche Phrasen. Mit Sprache muss ich eine andere Sprache finden, meine Sprache schicke ich auf die Suche nach einer anderen Sprache, auf die Suche nach einer Sprache, die meine ersetzt, die sie auslöscht.

(Nicht, dass wir uns missverstehen: Das Meiste von dem, was ich hier geschrieben habe, dachte ich nicht während des Schreibens. Während des Schreibens habe ich an alles andere gedacht, erst im Nachhinein ist mir das Verständnis für meinen Text gekommen. Auch das Verstehen eines Textes ist nicht mit dem Lesen synchron.)

Und immer fragten sie mich, wie ich es angestellt hatte, den neuen Jungen, der wesentlich größer und stärker war, zu verprügeln, und ich erzählte, weil mir jeder zuhörte und mich glauben ließ, etwas Bedeutendes vollbracht zu haben, und ich erzählte, weil die Männer sich freuten und die Frauen sich ärgerten, weil mein Vater mich auf den Schoß nahm und mich aufforderte, die Geschichte seinen Männerfreunden zu erzählen, als wäre sie eine seiner Anekdoten, als wäre ich seine Handpuppe. Aber es ist meine Geschichte, hätte ich beinahe gesagt, hätte mich beinahe umgedreht zu meinem Vater und ihm gesagt, das ist meine Geschichte. Ich war noch jung genug, Männerrunden zum Lachen zu bringen, aber zu alt, um auf jemandes Schoß zu sitzen, auch wenn er mein Vater war und auch wenn er mich einlud, auf seinem Schoß zu sitzen, weil sie immer fragten, wie ich es angestellt hatte, den neuen Jungen, der wesentlich größer und stärker war, zu verprügeln. Und ich erzählte, manchmal fiel mir ein neues Detail ein, und ich erfand neue Details, weil ich wollte, dass sie mir zuhören, irgendwann sagten auch die Männer: Ihr müsst auf sie achtgeben, und da hörte mein Vater auf, mich wie eine Handpuppe auf seinen Schoß zu setzen, und auch weil meine Mutter ihn abends dafür ausschimpfte. Jede Nacht schrien sie sich an, und Mutter schloss alle Fenster und die Balkontür, und die Hitze beschlug die Fenster, die Hitze rann an den Scheiben hinab, die weinten, weil es sonst niemand tat. Mein Vater öffnete nach dem Streit die Fenster, und die Wohnung konnte wieder atmen, und ich konnte schlafen, um am nächsten Tag den älteren Jungen im Viertel zu erzählen, wie ich den neuen Jungen verprügelt hatte, weil sie mich danach gefragt hatten, einer hielt noch seinen Fußball unter dem Arm, sie unterbrachen ihr Spiel, nur um zu hören, wie ich davon erzählte, den neuen Jungen verprügelt zu haben. Und einer von den Jungen fragte mich, ob ich ihm meinen Bizeps zeigen könne, und ich wusste nicht, was das ist, da schob er den kurzen Ärmel seines Shirts ein wenig hoch und beugte den Arm, strengte sich an, eine Kugel auf dem Arm zu bilden, und ich machte es ihm nach und brachte damit alle zum Lachen, und ein anderer fragte, ob ich ihm meinen Schwanz zeigen könne, und da lachten wieder alle und widmeten sich ihrem Spiel.

Ich erzählte es auch den Lehrerinnen, die danach fragten, und weil sie bestürzt schauten, verkürzte ich die Geschichte, sparte mit Details, vor allem den erfundenen, und sie sagten dann, ich solle keine Freude bei dem Gedanken an diese Tat empfinden. Und ich empfand keine Freude, nur das Gefühl, etwas Bedeutendes vollbracht zu haben. Meine Mutter verbot mir, die Geschichte zu erzählen, aber ich konnte nicht aufhören, weil alle mich danach fragten. Sie war nur verärgert, weil die Mutter des Jungen an einem Nachmittag vor unserer Wohnungstür gestanden und uns ausgeschimpft hatte, Mutter vorwarf, mich nicht unter Kontrolle zu haben: Ein Mädchen, das Jungen verprügle, könne nicht normal sein, ich sei verzogen, und Mutter sei daran schuld, das sagte sie alles. Wie die Tiere, sagte sie und wiederholte den Satz, bis ich das glaubte, und ich wollte ihren Sohn wieder anspringen, der mit gesenktem Kopf neben ihr stand, und dann beugte sich die Mutter zu mir, als hätte sie meinen Gedanken gehört, und drohte, mir die Augen herauszureißen, sollte ich noch einmal ihren Sohn anfassen. Mutter schützte mich mit ihrem Arm vor der anderen Mutter und versuchte, sie mit einer eigenen Drohung zu übertönen, trotzdem hatte ich sie gehört, hatte aber keine Angst und wollte gegen ihr Schienbein treten, da knallte meine Mutter die Wohnungstür zu, als spürte sie die Bewegung in mir, und Mutter drohte mir das Gleiche an wie die fremde Mutter und beendete die Szene mit einer Ohrfeige und der Aufforderung, mich zu schämen. Am Abend schrie sie meinen Vater an, er brüllte zurück und sagte ihr, wenn sie nicht den Mund halte, würde er uns nach Kurdistan zurückbringen, und meine Mutter ließ sich nicht davon beeindrucken und schlug vor, seinen Koffer zu packen, aber Vater ignorierte sie, rauchte seine Zigarette zu Ende, während die Fenster weinten.

Meine Eltern wurden zur Direktorin gerufen, und weil Vater arbeitete, kam Mutter allein zur Schule und hörte sich an, was die Direktorin ihr erzählte. Sie sagte, man würde Maßnahmen ergreifen, im jungen Alter muss man da schon hart durchgreifen, Frau Zaynal, da müssen Sie konsequent bleiben, sagte die Direktorin, probierte viele Sätze aus, um Mutters harte Mimik aufzubrechen, und dann sagte die Direktorin, Sie müssen mit Ihrem Mann an einem Strang ziehen, und in diesem Moment schützte Mutter das Gesicht, das sich entblößte, das uns beschämte, schützte das nackte Gesicht mit beiden Händen: Sie weinte und atmete in kurzen Zügen, weinte, wie sonst Grundschulmädchen weinen, und meine Mutter bat nur um Entschuldigung, sagte, sie habe mich nicht so erzogen, ich würde ja ständig mit Jungen toben, da hätte ich ihr Verhalten angenommen, das müsse doch irgendwie abfärben, und Mutter war wie die anderen Mädchen, die mich bei den Lehrerinnen verpetzten, den Zeigefinger ausgestreckt in meine Richtung und die Augen flehend. Das Gesicht der Direktorin entspannte sich: erleichtert zu sehen, wie Mutter weinte, und die Direktorin stimmte ihr unbedingt zu, unbedingt, sagte sie, und Mutter hörte nicht auf zu weinen, und die Direktorin sorgte dafür, dass sie nicht aufhörte, und sagte, Amal ist wie ein Bursche, völlig außer Kontrolle, und nickte begeistert und sagte, sie habe mich schon länger beobachtet, sie sei froh, dass dieses Verhalten auch meiner Mutter aufgefallen sei, und dann lehnte sie sich zu meiner Mutter vor, die Tischkante schnitt ihr in den Bauch, aber das war der Direktorin egal, und sie sagte, ich sei wie Mogli, der mit den Wölfen aufgewachsen ist, und da heulte meine Mutter heftiger, nannte mich ein Mogli-Mädchen, während sie heulend in das Taschentuch rotzte, das ihr die Direktorin angeboten hatte, um ihr zu bedeuten, dass nicht sie bestraft werde, sondern die Tochter, das Mogli-Mädchen. Es würde ihr guttun, wenn sie mehr Freundinnen hätte, sagte die Direktorin, eine Resozialisierung sozusagen, sagte sie und war sich unsicher, ob meine Mutter sie verstand, und zum ersten Mal schaute die Direktorin mich an, fragte, Amal, hast du Freundinnen und wie viele überhaupt. Ich schwieg.

Amal, das muss dir nicht peinlich sein, sagte sie und wollte mich zum Weinen bringen, wie sie meine Mutter zum Weinen gebracht hatte. Kein Mädchen wollte mit mir befreundet sein, das wusste die Direktorin, weil ich jedes schon mindestens einmal in seinem Leben geärgert hatte, wie es sonst die Jungen taten, und sie erzählten es jedem in der Schule, erzählten einander so gerne, wie sie von mir geärgert worden waren, erzählten, wie sie gelitten hatten, wie ihnen wehgetan worden war. Wenn ich ein Mädchen schubste, dann hatte ich alle geschubst, weil sie es einander sofort erzählten und weil sie einander zuhörten und die Geschichte so weitererzählten, als wäre jede Einzelne betroffen. Und an dem Abend schrien meine Eltern sich wieder an, weil meine Mutter die Demütigung, die sie bei der Direktorin erlitten hatte, so sagte sie es, an meinen Vater weitergab, und wie sehr es sie beschäme, dass er nicht da gewesen sei, als würde er sich nicht für seine Tochter interessieren. Und sie betonte, wie sehr ich doch seine Tochter sei, deine Tochter hat das getan, deine Tochter hat das nicht getan, als wäre ich aus dem Nabel meines Vaters gekrochen. Ihm blieb nichts anderes übrig, als sie aufzufordern, endlich mal das Maul zu halten, und da wurde Mutter noch wütender und schwieg meinen Vater für Wochen an, und weil ich der Grund ihres Streits war, schwieg sie auch mich an. Die ersten Tage genossen mein Vater und ich ihr Schweigen, weil wir in Ruhe essen konnten, Karten spielen, in Ruhe faul sein, alles in Ruhe. Dann wurde es schwierig, weil mein Vater sein Feuerzeug nicht fand und Mutter schwieg oder ich den Bastelkleber und Mutter schwieg, und bald wurde ihr Schweigen so mächtig, dass auch wir schwiegen, dass die Fenster aufhörten zu weinen. Aber mein Vater, der so gern Geschichten erzählte, der gern lachte, entschuldigte sich schließlich bei meiner Mutter, und er musste es gut angestellt haben, weil meine Mutter doch stur ist, weil sie einen Zementblock im Kopf hat. Die Nachbarin fragte sie, wie er das angestellt habe, weil die Nachbarin auch wusste, wie stur meine Mutter sein konnte, und meine Mutter lächelte und schlürfte ihren Chai, schlürfte und hörte nicht mehr auf zu schlürfen, als wäre ihr Chai-Gläschen bodenlos. Nachdem sie den Chai in einem Schluck ausgetrunken hatte, strich sie sich den Schweißbart von der Oberlippe, weil Mutter dort schwitzt, wenn ihr heiß ist, und dann erzählte sie, er habe mit seiner süßesten Zunge gesprochen. Die Nachbarin lachte laut und sagte, ich wette, er hat mit seiner Zunge nicht nur gesprochen, und da stand Mutter unruhig auf und goss sich einen weiteren Chai ein.

Mit Worten konnte ich Mutter nicht versöhnlich stimmen. Mein Vater sprach immer für uns beide, und diesmal hatte er nur für sich gesprochen, und ich fing an, mein Bett herzurichten, meine Klamotten unaufgefordert in den Wäschekorb zu werfen oder meinen Teller abzuräumen, und Mutter schwieg weiter, und irgendwann bot ich ihr an, mein Haar kämmen zu dürfen, ohne Worte, weil ich doch ein Mogli-Mädchen war. Ich ging zu Mutter und reichte ihr ein Haargummi und einen Kamm, damit sie mein Haar, das sie schon immer geärgert hatte, bändigen konnte. Ich setzte mich ihr zu Füßen, und sie konnte auf der Couch mit der Arbeit anfangen. Meine Frisur war danach ordentlich, selbst die Direktorin bemerkte es, und meine Sportlehrerin meinte, ich solle den Zopf nicht so streng binden, sonst bekäme ich Kopfschmerzen, aber selbst dann sprach Mutter nur das Nötigste mit mir. Und wenn die Jungen Fußball spielten und mich nicht mitspielen ließen und mich Rapunzel nannten, dachte ich nur daran, wie sehr es in meinen Schläfen wehtat, der Schmerz erinnerte mich an Mutter, und so tat ich nichts, und so schubste ich keinen Jungen, der mir zu nah kam, und so beschimpfte ich kein Mädchen, das mich auf leise Art beleidigt hatte, und so widersprach ich keiner Lehrerin, die mich mit fremden Wörtern verwirrte. Der Schmerz war da, und ich konnte ihm nicht entfliehen, weil er direkt auf meinem Kopf saß, und dann hielt ich es im Sachunterricht nicht mehr aus und holte mir die Lehrerschere, als die Lehrerin einmal nicht schaute, und schnitt den Zopf ab. Die anderen Schüler schrien, und die Lehrerin wurde auf mich aufmerksam, sie rannte mit Angst im Gesicht auf mich zu und nahm mir die Schere weg, und erst dann wurde sie wütend: Sie vergaß all ihre feinen, fremden Wörter und schrie mit verständlichen. Einige Schüler lachten, andere waren bestürzt, und es war egal, weil der Schmerz seine Krallen aus meiner Kopfhaut zog, er löste sich auf, und das fühlte sich gut an, wie ein Duschstrahl mitten auf dem Kopf, und ich genoss, wie der Schmerz sich in einen Duschstrahl verwandelt hatte, und dann fragten mich alle, warum ich meine Haare mitten im Unterricht abgeschnitten hatte, und sie lachten, wenn ich sagte, der Zopf habe wehgetan, aber danach habe er sich in einen Wasserstrahl verwandelt.

Vater brachte mich zum Friseur, damit er den Rest abschnitt, und auch der Friseur fragte, warum ich meine Haare denn so kurz geschnitten hätte, und er lachte nicht, als ich sagte, der Zopf habe wehgetan, und sagte nur, ich müsse meine Mutter bitten, die Haare nicht zu fest zu binden, und dem Friseur konnte ich nicht erzählen, dass ich nicht wusste, wie ich mit meiner Mutter reden konnte. Meine Mutter weinte, als sie mich mit kurzen Haaren sah, und sprach zu meinem Vater, ganz ruhig, wie es nicht ihre Art war, dass er mich verdorben habe, dass ich nun endgültig verloren sei. Er nahm sie nicht ernst, sooft wie er mir über den Kopf strich, von der Stirn bis zum Nacken, und dort ruhte dann seine Hand.

Mit seiner Hand an meinem Nacken begleitete er mich manchmal von der Schule nach Hause. Wenn er früher von der Arbeit kam, stand er vor dem Schultor und wartete auf mich, und wenn ich gerade aus dem Gebäude rannte mit all den anderen Schülern und er sah, dass mich einer der älteren Jungen schubste, sagte er mir, ich solle zurückschubsen, ich dürfe mir nichts gefallen lassen, gerade als Mädchen dürfe ich mir nichts gefallen lassen, sie dürften nicht wagen, sich mir zu nähern, und wenn meine Muskeln nicht ausreichten, müsse ich beißen, alle Mittel seien recht, wenn man sich verteidige. Einmal wartete Vater mit der Mutter von dem neuen Jungen, und sie rauchten gemeinsam, und Vater bemerkte mich nicht, bis ich vor ihm stand, und die Frau schaute mich an, sie lächelte, wollte mir nicht mehr die Augen ausreißen. Und dann kam auch ihr Sohn, der Younes hieß, und mein Vater sagte, das sei ein schöner Name, aber der Junge bedankte sich nicht, er war nur traurig, und seine Mutter sagte, Younes sei ein schüchterner Junge, und ich dachte, er sei ein Feigling, aber ich sagte das nicht der Frau, weil sie mir nicht mehr die Augen ausreißen wollte. Younes und seine Mutter wohnten ein Haus weiter und schienen freundliche Menschen zu sein, sagte mein Vater, also sollte ich ihn in Ruhe lassen.

An dem Abend schimpfte Mutter mit Vater; nachdem sie die Fenster und die Balkontür geschlossen hatte, schrie sie ihn an, weil eine Nachbarin ihr erzählt hatte, wie Vater mit der Nachbarin, die enge und kurze Röcke trug, nach Hause gelaufen sei, und sie hätten wohl sehr erregt miteinander gesprochen, weil Vater die Nachbarin nicht grüßte, die gerade an ihnen vorbeilief, und er sei ganz vertieft gewesen ins Gespräch mit der anderen Nachbarin, die immer enge und kurze Röcke trägt, als wollte sie Mutter persönlich beleidigen. Sie fühlte sich entehrt, dass Vater mit dieser läufigen Hündin redete, wie sie es sagte, und fragte, ob er sich denn nicht schäme, mit einer Frau zu reden, deren Rock alles von ihr preisgebe, und was jetzt die Nachbarn wohl von ihnen dächten, von meinem Vater und von meiner Mutter und wahrscheinlich von meinem Vater mit der neuen Nachbarin, und Vater rauchte nur seine Zigarette und öffnete das Fenster, als wollte er die lästernde Nachbarin an dem Streit teilhaben lassen, die ihn verursacht hatte. Aber da hielt Mutter auch schon ihren Mund und schwieg, was ganz angenehm war, und Vater kam in mein Zimmer und versprach, mir das Autofahren beizubringen, damit ich irgendwann einfach davonfahren könne, wenn Mutter mich nerve, und wir lachten beide, ich nervös und er nachdenklich. Und ich bat ihn, mir eine Geschichte aus alf leila wa leila zu erzählen, weil er das so gut konnte und damit er auf andere Gedanken kam, und so erzählte er mir Geschichten aus alf leila wa leila, als Frauen noch Königinnen waren und Ifrite aus Meeren aufstiegen, um Menschen das Leben zu erschweren, und ich lauschte ihm, beobachtete seine Mimik, weil er die Geschichte erzählte, als würde Shahrasad auf seiner Zunge sitzen. Shahrasad durfte nicht aufhören zu erzählen, sonst würde sie sterben. Ich hatte Angst, dass ihr keine Geschichte mehr einfiele. Sie würde vom König getötet werden, sollte sie aufhören zu erzählen: Und Shahrasad erzählte.

Und Mutter fragte mich, was ich auf der Straße beobachtet hätte, als Younes' Vater ihn absetzte; alle glotzten, und Younes weinte. Ich schwieg, und Mutter schimpfte, warum ich nicht wie die Töchter anderer Frauen sei, die ihren Müttern immer alles erzählten, und ich wollte wissen, woher sie Younes' Namen kannte. Mutter drängte mich zu erzählen, und ich erzählte ihr davon, wie ich Younes verprügelt hatte, und da wurde sie sauer und befahl mir, aufs Zimmer zu gehen, aber ich ging nach draußen.

Younes' Vater hatte ihn vor der Haustür abgesetzt, hatte ihn aus seinem Auto gezerrt, und Younes wand sich wie unter Bauchschmerzen, und seine Mutter mit ihrem engen Rock trippelte um Younes herum und versuchte, ihn festzuhalten, weil er dem Auto seines Vaters hinterherrennen wollte, und alle glotzten. Seine Mutter drückte ihn an sich, flüsterte ihm Sachen ins Ohr, die niemand hörte, nur Younes; obwohl alle glotzten, widmete die Mutter sich Younes und schaffte es, ihn zu beruhigen, aber er weinte immer noch, und alle glotzten. Die Mutter lief mit Younes ins Haus und schimpfte mit den Leuten, dass sie aufhören sollten zu starren, habt ihr nie einen heulenden Jungen gesehen, schrie sie, und da hörten einige Leute auf zu glotzen. Die Erwachsenen schauten verschämt in eine andere Richtung, schoben ihre Kinder vor sich her und schauten dann noch einmal, wie das Ganze enden würde.

Von dem Tag an setzte sich Younes nach der Schule immer auf den Bordstein und wartete auf seinen Vater, und am Anfang glotzten alle und erzählten einander, was sie an dem Tag beobachtet hatten, als sie glotzten, und dann erzählten sie einander, was sie gedacht hatten, als sie glotzten, und sie schüttelten den Kopf, als hätten sie Mitleid mit Younes, der auf seinen Vater wartete und alle auf der Straße daran erinnerte, dass er auf seinen Vater wartete. Abends holte ihn seine Mutter rein. Er folgte ihr mit gesenktem Kopf, und die Traurigkeit triefte aus seinen Augen, und sie tropfte auf den Asphalt, pralle Wasserkugeln nässten den Weg vom Bordstein bis zur Haustür.

Auch nach Wochen schien Younes seinen Vater nicht vergessen zu haben, und er setzte sich auf den Bordstein, aber die Leute, die geglotzt hatten, glotzten nicht mehr, weil sie wieder Younes' Mutter nachglotzten, die kurze und enge Röcke trug. Und er wartete noch länger, und die Erinnerung nahm nicht ab, die Traurigkeit auch nicht und auch nicht, als seine Mutter ihm einen Basketball mitgab, damit er die Zeit vergaß, und Younes nur lustlos im Sitzen dribbelte. Er stand nie auf, als hätte man ihm die Knie gebrochen. Wenn das Gummi des

Basketballs den Asphalt traf, hallte es im Viertel, und das Dribbeln begleitete die Nachmittage der Bewohner, und alle wussten, dass Younes draußen saß und wartete. Wenn ein Auto in die Straße einbog, drückte er den Ball an die Brust und schaute auf und immer wieder und nirgendwo sein Vater. Bis die Straßenlaternen automatisch angingen, und Younes blieb auf dem Bordstein sitzen und konzentrierte sich auf das Geräusch, das der Asphalt mit dem Basketball machte. Und irgendwann musste seine Mutter ihn nicht mehr reinholen, er ging freiwillig, weil er wusste, dass er morgen weiter warten konnte. Während Younes wartete, dachten die Jungen im Viertel, man könnte Younes' Rücken als Tor nutzen, weil er stillsaß und gebrochene Knie hatte, und es ärgerte sie, dass der Hurensohn nicht aufhörte zu warten, sagten sie, und wir sorgen dafür, dass er nicht mehr wartet, sagte einer. Wer traf, bekam einen Punkt, und nicht alle trafen, sie waren sogar ziemlich schlecht, aber Raffiq traf immer Younes' Rücken, schoss immer mit rasender Härte, und alle hielten für einen Moment den Atem an, hingerissen zwischen Mitleid und Schaulust, warteten darauf, Younes heulend ins Haus rennen zu sehen. Aber Younes bewegte sich nicht, er blieb weiterhin sitzen und atmete schwer und dribbelte und hörte nicht die rasende Wut in Raffiqs Schuss, sondern das stetige Geräusch, dass der Asphalt mit seinem Basketball machte, und es hallte so laut im Viertel, und es hallte so laut in Younes' Körper, sein gekrümmter Rücken zuckte kurz, aber das Geräusch von Younes' Basketball war lauter, das Geräusch war im Treppenhaus zu hören und in der Küche und wenn Vater mir eine Geschichte erzählte, und der Basketball war lauter als Shahrasad.

Ich war wütend, nicht auf die Jungen, sondern auf Younes, der ihnen nicht seinen Basketball gegen den Kopf schmetterte oder aufstand und ging. Es ärgerte mich, dass er den Schmerz aushielt, und es ärgerte mich, dass ich mich freute, wenn er getroffen wurde, weil ich dann glaubte, er würde doch aufstehen und das Warten aufgeben. Einmal kam mein Vater früher von der Arbeit und sah, wie die Jungen Younes' Rücken zum Ziel ihres Spiels gemacht hatten. Er schimpfte mit ihnen und fragte, ob sie sich nicht schämten, einen harmlosen Jungen zu schikanieren, und Raffiq, der immer mit rasender Wut schoss, sagte, Younes spielt mit, Onkel, wir schikanieren ihn nicht, sagte er, gebrauchte ein zu großes Wort für seinen Mund, und der andere Junge, Walid, sagte, Younes sei das Tor, und da brüllte mein Vater, sie sollten sich gefälligst ein anderes Tor suchen. Aber wir hatten kein Tor im Viertel, es wurde immer improvisiert, mit Schulranzen oder Wasserflaschen; es gab einen Spielplatz mit einer einseitig gerissenen Schaukel, weil es im Viertel mehr Kinder als Spielmöglichkeiten gab, und mein Vater wusste das und schimpfte immer darüber, dass die Stadt das Viertel vergessen habe, also schnappte sich Vater den Ball und meinte zu den Jungen, sie sollten ihm folgen. Wir liefen alle meinem Vater hinterher, der auf den großen Marktplatz zusteuerte, wo ein Lidl war, und fragte, ob jemand von den Jungen einen Edding dabeihabe. Sie reichten ihm einen Edding, und mein Vater malte ein großes Rechteck an die Seitenwand des Supermarkts und rief den Jungen zu, hier sei ihr Tor, und die Jungen öffneten die Münder in blödem Staunen, als hätte mein Vater ihnen das Universum gezeigt. Dann fingen sie an zu lachen und meinten, ja, Mann, danke, Onkel, und bevor sie weiterreden konnten, drohte Vater ihnen mit Prügel, wenn sie noch einmal Younes anrührten, und da drehte Raffiq sich zu mir und meinte, Amal, erzähl mal, wie du Younes geschlagen hast, und da schämte ich mich, weil ich meinen Vater blamierte. Mein Vater wendete sich mir erschrocken zu und fragte, ob ich bei ihrem dummen Spiel mitgemacht hätte, und da konnte ich ihn beruhigen. Ich glaubte zu wissen, warum ich Younes nicht mehr verprügeln durfte, damit Vater ihn zukünftig vor anderen beschützen konnte, ohne sich Vorwürfe anhören zu müssen. Auf dem Nachhauseweg erzählte mir Vater, warum Younes dasaß, als wüsste ich das nicht.

Keiner möchte gegen Younes kämpfen. Eigentlich: Keiner könnte gegen Younes kämpfen; sie lauern, streunen um ihn herum, und er steht da und ist groß und mächtig und unberührt, und sie flüstern einander ins Ohr, und im nächsten Moment lachen sie laut auf und kreischen ein unverständliches Wort, sodass ich ihnen gerne meine Faust in den Mund rammen würde, aber ich darf nur auf der Bank sitzen, als Einzige, ich bin ein Mädchen. Es gibt sonst keine Zuschauer, weil es langweilig ist: Und niemand traut sich, mit Younes in den Ring zu steigen. Ich begleite Younes nur, der unbedingt bei der Box-AG mitkämpfen möchte und Angst verbreitet und mich zum Beobachten zwingt, weil ich nicht hier sein darf, denn die Box-AG ist nur für Jungen, sagt der Lehramtsstudent. Younes meinte, ich müsse ihn nicht begleiten, und ich habe ihm nicht gesagt, dass ich Raffiqs Gruppe nicht vertraue, und ich musste das nicht sagen, weil wir uns an das Dribbeln des Basketballs erinnerten. Sie sind hinterhältige Feiglinge, das wissen wir beide, sie sind wie fünf Finger, die nur als Faust stark sind, ansonsten leicht zu brechen. Ich genieße es, wie die Unsicherheit sie umgibt. Wie kleine Hügel sehen sie mit Younes in ihrer Mitte aus. Und Younes verwandelt sie in die Jungen aus der fünften Klasse, die an ihm zerrten: Von hinten kamen sie, immer von hinten die Hände an Younes Rücken, bis ich lernte, was es heißt, jemandem den Rücken freizuhalten, und ich hatte nicht die Muskelkraft, also biss ich zu, und sie zogen an meinem lang gewordenen Haar.

Mutter brachte mich nicht zum Friseur, seit Vater gegangen war. Younes und ich schnitten im Badezimmer die Haare so kurz, als wäre Vater nie gegangen, und wir nahmen die Schere seiner Mutter, schnitten wütend die nachgewachsenen Haare und planten, wie wir Raffiq und seine Freunde schlagen könnten, und die Pläne blieben nur Ideen, weil sie uns überraschten, als sie auf der Treppe zum Klassenraum an Younes' Rucksack zogen, und ich konnte Younes vor einem Sturz retten, aber sie beschimpften ihn als Hurensohn, und ich schubste Raffiq von der Treppe, dass er sich ein Bein brach, und so konnte er nicht mehr Fußball spielen und musste warten, und da wurde die Jungengruppe wilder, verwandelte sich in ein Tier, das uns jagte. Younes verzog keine Miene, als wartete er lediglich darauf, dass sein Vater endlich auftauchte, endlich auftauchte, damit er keine Schläge mehr gegen den Rücken bekam, und wir rannten zu Younes' Mutter, und sie beherbergte uns in ihren Armen. Sie strich mir immer wieder über die kurzen Haare und versprach, den Schnitt zu korrigieren.

Younes steht heute vor diesen kleinen Jungen und fordert sie heraus. Er zeigt auf Raffiq und sagt, du und ich, sagt, wir kämpfen jetzt, und Raffiq schüttelt den Kopf, schüttelt und schaut die anderen an, sagt, er würde lieber von Walid, der auch den Kopf schüttelt, eins auf die Fresse bekommen, als von jemandem wie dir berührt zu werden, sagt er, und Younes steht ruhig da an der Seite des Lehramtsstudenten, der neben Younes verloren wirkt; er kann keinen zwingen, mit Younes zu kämpfen, deswegen klatscht er in die Hände und schlägt vor, jeder solle mit einem Partner sparren, und er weiß, dass Younes keinen Partner hat, und ich darf nur auf der Bank sitzen.

Die Jungen verteilen sich in der Sporthalle, und Younes bleibt mit dem Studenten allein. Er schaut zu mir rüber, und ich lächle ihn an, schneide die Haare, damit ich seinen Rücken freihalten kann, ziehe weite T-Shirts an, laufe seine Schrittgeschwindigkeit, um an Younes' Seite zu bleiben, aber es reicht nicht. Er lächelt zurück, als müsste er mir versichern, dass es ihm gut geht.

Und der Lehramtsstudent wirkt verloren in dieser großen Sporthalle, und seine Worte haben keinen Wert hier, treffen auf niemanden, auch auf Younes nicht, der mit großen Schritten auf Raffiq zuläuft, läuft, und seine Bewegungen geben dem Wind einen Sinn. Die Jungenpaare schauen alle zu Raffiq, der an der Stelle verharrt und dessen Mimik nicht verrät, ob er gerade einen Schlaganfall hat oder einfach nur Angst. Ich schmecke Blut im Mund. Als Younes vor ihm stehen bleibt, zuckt Raffiq kurz zusammen, und sein Zucken dauert lediglich eine

Sekunde, aber es reicht, um Younes zu zeigen, dass er sein Ziel erreicht hat, und in diesem Moment, die Jungen und der Lehramtsstudent sind meine Zeugen, wächst Younes um zehn Zentimeter, einfach so, als hätte Gott beschlossen, kein Geheimnis mehr aus seiner Existenz zu machen und das Wunder vor unseren Augen zu vollführen. Younes grinst Raffiq an, grinst über diesen tollen Scherz, über das Zucken und über Gott, der ihn vor aller Augen wachsen ließ, und verabschiedet sich von Raffiq mit einem tollen Grinsen und schreitet zu mir, befreit die Hände von den Handschuhen, wirft sie auf die Bank und sagt nur: Wollen wir? Eine der schönsten Fragen auf Deutsch: Wollen wir? Und ich darf mir aussuchen, was wir wollen, und denke die Frage im Kopf zu Ende, und ich würde gern Younes' Hand nehmen und aus der Sporthalle stürmen. Zusammen sind Younes und ich unwiderstehlich, sind Titanen, wenn wir wollten, könnten wir Welten bauen, bräuchten dafür nur einen Tag, und ich denke das alles zu Ende, während Younes und ich aus der Sporthalle laufen und den Wind Wind sein und den Lehramtsstudenten weiter verloren wirken lassen.

Draußen fällt Younes in sich zusammen wie ein Zaubertrick; jetzt, da keiner von Raffiqs Jungs ihn sehen kann, brechen wir uns die Knie, weil wir nie Titanen waren, wir sind noch nicht einmal Mann und Frau, wir sind Kinder auf Stelzen.

Wir gehen zur Fahrschule: Wir werden uns anmelden, wir machen das gemeinsam, Younes und ich, und weil sein Vater verschwand und weil mein Vater verschwand, warteten wir gemeinsam auf dem Bordstein auf ein Auto, das in unsere Straße einbiegt, und irgendwann beschlossen wir, selbst das Fahren zu lernen, und Younes sagte, das sei gar nicht so schwer, und ich bestätigte, es sei nicht schwer.

Mein Vater hat nie Jeans getragen, erzähle ich Younes, und er nickt, er weiß das, und er raucht. Er tut es meinem Vater gleich, und Younes hat meinen Vater in besserer Erinnerung als seinen eigenen. Sein Vater bedeutet für Younes Warten und Aushalten, das Warten aushalten.

Er hat immer nur schwarze Stoffhosen getragen und das Hemd locker in der Hose, sage ich zu Younes, er war schlaksig, deswegen flatterte das Hemd an den Seiten, die Klamotten wirkten eine Nummer zu groß für seinen Körper und trotzdem genau richtig an ihm. Kein Aktenkoffer, sondern die Lässigkeit war sein Accessoire, und ich frage mich, wie er sich jetzt kleidet, ob er noch Klamotten trägt, die aus seiner Studentenzeit stammen.

Einmal nahm Vater mich mit zu seiner Arbeit, wo er von allen Kollegen begrüßt wurde, von den Schwarzköpfen auf die Schulter geschlagen wurde und von den Almans nur ein Nicken bekam, und da fiel mir auf, dass alle mit Ausnahme meines Vaters Jeans trugen, fleckige, löchrige, enge oder weite Jeans trugen – nur mein Vater trug schwarze Stoffhosen, und das Hemd war zu weit für seinen Oberkörper, da fiel es mir auf, als ich diese anderen Männer in ihren Arbeitsklamotten sah. Mein Vater zog sich wie alle anderen eine dunkelblaue Weste an und reichte mir eine, weil es drinnen kalt war, um das Obst und Gemüse frisch zu halten.

Bei seiner Arbeit musste Vater immer nur zuhören, reden sollte er nur, wenn er etwas nicht verstanden hatte, sonst hatte er zu nicken und auszuführen, und das machte er, und wir fuhren in einem Gabelstapler, und Vater brachte Paletten mit Obstkisten von einem Ort zum nächsten und witzelte mit seinen Kollegen und verstummte, wenn der Chef auftauchte. Und in der Pause fragte einer seiner Kollegen, warum ich denn so kurze Haare hätte, und Vater antwortete, dass sie sonst beim Fußballspielen störten, und der Chef tauchte auf und fragte, ob ich denn nicht zur Schule müsse, und Vater sagte, dass ich hier bestimmt mehr lernen würde als in der Schule, und der Chef schaute meinen Vater streng an und fragte mich, was ich heute gelernt hätte, aber ich konnte dem Chef nicht erzählen, dass mein Vater ihn nicht mochte, dass mein Vater keine Jeans trug, immer nur schwarze Hosen. Später verstand ich, warum er wutentbrannt die Jeans, die meine Mutter ihm gekauft hatte, aus seinem Kleiderschrank auf den Boden schleuderte, obwohl sie ihm erklärte, dass Jeans bei seiner Arbeit doch sinnvoller seien. Mein Vater verstand sich aber nicht als Obstkistenstapler, sondern immer noch als Architekt, der schwarze Hosen trug und weiße Hemden, das sagte er ihr nicht. Meine Mutter wollte ihn als Obstkistenstapler kleiden, ihn unter die anderen mischen, damit er seinen Beruf endlich vergaß, das sagte sie ihm nicht. Sie glaubte, durch eine Jeans wäre er kein Architekt mehr, und mein Vater glaubte, durch die schwarze Stoffhose wäre er immer noch ein Architekt. Dann besuchte er abends die Schule, anstatt sich mit Mutter zu streiten, die sich auf dem Balkon mit den Nachbarinnen unterhielt, die Geschichten erzählten, über die Nachbarin mit den kurzen, engen Röcken. Und sie nannten sie Shahira, und ich dachte an Shahrasad.

Er ging und hatte vergessen, mir das Autofahren beizubringen; er wollte mir das Autofahren beibringen, sage ich Younes, und Younes lächelt, als müsste er mir versichern, dass es ihm gut geht. Younes lächelt, um mir zu bedeuten, ich dürfe weiter über meinen Vater reden, der mich verließ und vergaß, mir das Autofahren beizubringen, bevor er mich verließ. Nur das Lenken hatte ich gelernt, weil er mich einmal auf seinen Schoß setzte, und ich lenkte das große Auto, er gab die Richtung vor, aber ich durfte lenken, und irgendwann konnte ich sogar richtig abbiegen. Aber das Fahren hat er mir nicht beigebracht, das wird ein fremder Mann machen, der gar nicht weiß, dass mein Vater mir versprochen hatte, mir das Fahren beizubringen, und fast begehe ich den Fehler, Younes zu fragen, ob sein Vater ihm auch das Fahren beibringen wollte, und dann höre ich, wie sein Vater mit rasender Geschwindigkeit wegfuhr, und Younes krümmte sich, als hätte er Seitenstiche, und ich erzählte meiner Mutter nicht, was ich beobachtet hatte.

Ich habe angefangen, Vaters Spuren zu sammeln. Vater hinterließ Abwesenheit, Vater hinterließ Fehlen, Vater hinterließ Scham, Vater hinterließ Ungewissheit. Vater hinterließ Zersplitterung, Vater hinterließ Auflösung.

Und Vater hinterließ Unvollständigkeit.

Im Viertel machen alle ihren Führerschein bei Rolf. Er ist klein und, wie soll es anders sein, auch dick. Bei Rolf im Laden steht Sanye und füllt ein Anmeldeformular aus. Sanye ist groß und, wie soll es anders sein, auch schlank, ihr laufen alle Jungen hinterher, weil sie keinen beachtet. Ihre Haare trägt sie lang und offen und schwarz und glatt, perfekt zum Dranziehen. Ihre Handschrift ist genauso schön wie ihr Gesicht. In der vierten Klasse wurde ich neben sie gesetzt, damit sie mich erzieht, wie sie ihren jüngeren Bruder erzogen hat. Ich hielt es neben dieser kleinen Frau nicht aus und schubste sie und riss an ihren glatten Haaren und zerkratzte ihr hübsches Gesicht, und Mutter musste wieder zur Direktorin. Mutter war nicht überrascht, gerufen zu werden, nur davon, dass es diesmal ein Mädchen getroffen hatte, ein liebes Mädchen, sagte die Direktorin, ein kluges, sagte sie, ein braves, sagte sie, ein harmoniebedürftiges, eine Einser-Schülerin, sagte sie, und Amal schafft gerade einmal, mit ganz viel Mühe, eine Drei, sagte sie, und ich verstand nicht, warum Noten besprochen wurden. Die Direktorin nannte mich emotional gestört, und Mutter strich sich über den Kugelbauch, weil sie im achten Monat schwanger war, und sagte der Direktorin, sie bete zu Gott, es möge ein Junge sein, nicht noch ein Mädchen, ein Mogli-Mädchen. Vater habe mich verzogen, und nun habe er sich verzogen, erzählte sie der Direktorin, und die Direktorin nickte wissend und nahm sich unserer an, indem sie Mutter half, eine Liste an Strafen für mich zu erstellen. Auf dem Weg nach Hause zog sie mich am Arm, weil sie wusste, dass ich abhauen würde. Ich hätte mich leicht von ihr losreißen können, hatte aber Angst, sie könnte umfallen und ihr Bauch könnte platzen, und nur einmal wollte ich verantwortungsvoll sein wie Sanye.

Mit rot lackierten Nägeln streicht sie sich eine Strähne aus dem Blick und sieht uns und grüßt Younes. Younes lächelt zurück und fragt, ob sie jetzt auch mit dem Führerschein anfange, und sie lächelt ein Ja und erzählt Younes, wie aufgeregt sie sei; plötzlich gibt es mich nicht.

Draußen sage ich zu Younes, dass sie ihm gefalle, dass mir das aufgefallen sei, dass es auffalle. Aber er fragt nur, wen ich meine, hält mich für blöd. Sanye mit den schwarzen, glatten Haaren, mit dem schönen Gesicht wie Schönschrift. Amal, du spinnst, sagt er, aber ich spinne nicht, sage ihm, es sei mir aufgefallen, wie er sie angestarrt habe, und dann grinst er wieder und fragt, eifersüchtig? Ich wehre mich mit einem übertrieben ironischen Ton, der mich entlarvt. Und dann sage ich einfach, er solle aufpassen, weil Sanye zu Raffiqs Gruppe gehört. Und Younes lacht, verursacht ein Erdbeben im Viertel, zumindest im Kopf fühlt es sich so an.

Wir gehen immer gemeinsam nach Hause, und manchmal will ich Younes sagen, dass er sich verpissen soll aus dem Viertel. Er hat dafür gesorgt, dass alles auf dem Kopf steht, er und seine Mutter, wie sie das Viertel einfach für sich vereinnahmt haben. Wie seine Mutter es geschafft hat, dass Familien zerbrechen, ja, verpisst euch von hier, und ich höre meinen Vater mir erzählen, ich solle den Jungen in Ruhe lassen. Mein Vater ist nicht da. Seit er verschwunden ist, hat sich das Viertel verändert. Ich verabschiede mich mit einer halben Umarmung von Younes, und ihn kümmert es nicht, er geht. Vor dem Aufzug warten polnische Saisonarbeiter, die wie Sardinen zu zehnt in die Wohnungen gesteckt werden, weil die Wohnungen hier billig sind. Im Aufzug starren sie einen an, deswegen laufe ich lieber die Treppe hoch, und ihr Lachen knallt gegen meinen Rücken, wenn ich vor ihnen weglaufe, als wüssten sie, dass ich vor ihnen weglaufe, und obwohl ich kein Polnisch verstehe, verstehe ich sie. Weil wir nicht die gleiche Sprache sprechen, fällt es ihnen leichter, mir auf den Arsch zu starren, auch wenn ich so alt bin wie ihre Töchter zu Hause, und mir fällt es leichter, sie zu verachten, weil wir nicht die gleiche Sprache sprechen.

In meinem Bett hält mein kleiner Bruder Baran ein Mittagsschläfchen. Wenn Mutter die Bettwäsche wechselt, legt er sich in diesen frischen Duft hinein. Manchmal tickt er wie eine alte Frau, und ich lasse ihn drin schlafen, weil die Bettwäsche dann seinen Geruch annimmt, den Schweißgeruch eines Achtjährigen, und ich kuschele mich von hinten an ihn heran und lege einen Arm um seinen Körper und hoffe, dass er eines Tages so stark wird wie Younes. Baran ist die Erfüllung von Mutters Gebeten. Als Vater ging, erzählte sie mir abends immer, weil sie niemanden hatte, mit dem sie sich streiten konnte, erzählte sie mir abends immer, wie sehr sie hoffe, in ihrem Bauch würde ein Junge heranwachsen. Jungen sind unkompliziert, sagte sie, man braucht sich keine Sorgen zu machen, sie leiden weniger, sagte sie und küsste mich auf die Stirn und wünschte mir eine gute Nacht. Wenn sie aus dem Zimmer ging, wischte ich mit dem Ärmel über meine Stirn.

Am Telefon verpetzte ich Mutter bei Vater und fragte, wann er denn endlich zurückkomme, wann er mir wieder Geschichten aus alf laila wa laila erzählen würde, und er antwortete immer mit einem Wort: bald.

Wenn du nicht bald zurück bist, dann verliere ich meinen Verstand, drohte Mutter und wiegte den kleinen Baran hin und her, der von der Welt abgekapselt in seinem kleinen Babykopf wohnte und nur schlief, und wenn er die Augen aufmachte, dann lachte er. Das Lächeln war nicht aus seinem Gesicht zu kriegen, als erwartete ihn das beste Leben, als wüsste er bereits mit sechs Monaten, dass Gott für ihn das beste Leben reserviert hatte. Mutter hat ihn Baran genannt, Regen, weil Baran getarnt als Regen eigentlich Mutters Tränen symbolisieren soll, ihre Tränen, die sie nicht weint, seit Vater weg ist, weil er zurückkommen wird, ihre Tränen darüber, dass ich ein Mogli-Mädchen bin, ihre Tränen, weil sie eine Frau ist und Frauen etwas mehr leiden als Männer. Baran weiß nichts von all dem, als Baby lachte er ungewöhnlich viel und widersprach damit seinem Namen und machte Mutter glücklich, und sie sagte ständig, schau mal, wie er lacht, Amal. Schau ihn dir an, und ich antwortete, ich würde ihn gerne auffressen, so süß ist er, und küsste ihn auf die Wange, bis die Wange rot wurde, und nein, nein, niemand frisst meinen Sohn auf, sagte Mutter und nahm mir das kleine Bündel aus der Hand, um es fest an sich zu drücken, wie ich es jetzt mit ihm tue. Ich hoffe, er wacht nicht auf und stößt mich nicht weg. Aber das würde er nie tun. Baran ist so brav, als wäre er mit einer glücklichen Mutter und einem fürsorglichen Vater in der Vorstadt aufgewachsen. Das Lächeln ziert immer noch sein Gesicht, dabei gibt es wirklich nichts zu lächeln für ihn. Er hat meinen Vater noch nie gesehen. Denn Vater kam nicht zurück und wird es auch nicht tun.

Er kann endlich schwarze Stoffhosen tragen, weil er in einem Büro arbeitet, weil er eine Frau hat, und diese Frau hat drei Töchter, und jetzt hat auch Vater drei Töchter, ohne etwas dafür getan zu haben, er musste nur nach Kurdistan zurück, und dort wartete auf ihn das Leben, das er gelebt hätte, wenn er nicht in Deutschland gewesen wäre. Das Leben hat einfach auf meinen Vater gewartet, war auf Stand-by geschaltet, und Vater ging und drückte auf Play, und Kurdistan tat so, als wäre Vater nie weggewesen, nein, behandelte ihn sogar besser, um ihn nie wieder zu verlieren, und wenn du Kurdistan einen Sohn entreißt, wird sie dich mit ihren langen Ärmeln strangulieren.

Von Mutter hat er sich nicht scheiden lassen, offiziell sind sie verheiratet, offiziell ist er nur in Kurdistan arbeiten, wie Mutter erzählt, aber die Nachbarn nicken wissend. Wenn ich den schlafenden Baran in meinen Armen halte, ist alles egal. Neuerdings fragt Baran nach Vater, und meine Mutter weicht aus, und ich weiche aus, weil wir beide überfordert sind, nicht wissen, was wir erzählen sollen. Wenn ich mir Barans Zimmer mit all dem Spielzeug anschaue, will ich ihm erzählen, dass ich all das nicht hatte. Vater schenkte mir keine Puppen, keine Autos, keine Malbücher und Buntstifte, er schenkte mir Zeit, wir rauften, wir rannten um die Wette, er rannte immer etwas schneller als ich, weil er mich nicht für dumm hielt. Wenn er mir etwas erklärte, dann tat er das nicht nebenbei, dann erklärte er es mir, als könne ich es verstehen, und er sorgte dafür, dass ich es verstand. Aber Mutter schenkt lieber Gegenstände, damit es Baran an nichts fehlt, damit es auch für jeden ersichtlich ist, dass es ihrem Sohn an nichts mangelt. Keiner im Viertel soll Baran bemitleiden, weil seine Mutter ihn allein erzieht: Unsere Kleiderschränke waren immer voll, die Schuhe immer neu. Wenn ein Kleidungsstück verwaschen aussah, nutzte Mutter es bald als Putzlappen, wir mussten, müssen immer noch aussehen wie an Eïd, immer frisch gewaschene Haare und eingecremte Gesichter, dass die Nasenspitze glänzt. Keinmal durften wir vergessen, unsere Zähne zu putzen. Sie kaufte uns weiße Sneakers und ließ uns nicht aus dem Haus, wenn sie diese nicht inspiziert hatte. Wenn irgendwo Dreck klebte, musste mit einem nassen Putzlappen der Schuh sauber gewischt werden, und da bemerkte ich, dass Mutter mein Lieblingsshirt zu einem Lappen geschnitten hatte. Niemals sollten wir ein Kleidungsstück so lange tragen, dass man dieses Kleidungsstück mit uns assoziierte. Wir sollten aussehen wie Kinder aus Katalogen.

Anfangs fragten alle Mutter, wie es meinem Vater in Kurdistan gehe, wann er zurückkomme, und Mutter wiederholte Vaters Ein-Wort-Antwort: bald. Und bald war bald vorbei, aber Mutter ließ sich nichts anmerken, Mutter schob den Einkaufswagen durch die Supermarktgänge mit erhobenem Haupt, als wäre ihr Mann als Märtyrer an der Seite des Propheten gestorben.

Raffiq erzählte allen in der Schule, mein Vater habe eine andere Familie in Kurdistan, er habe uns verlassen, weil ich eine Missgeburt sei. Mutter riet mir, sie zu ignorieren, aber das konnte ich nicht, und Younes und ich verprügelten Raffiq, als er allein war, und dann wurden wir wieder gejagt, und später nannte Raffiq mich ein Mannweib und stachelte die Mädchen in der Klasse an, zu behaupten, ich hätte einen Penis, ich schlug Raffiqs Nase blutig, und dann forderten die Mädchen die Sportlehrerin auf, mich aus der Sportkabine zu verbannen, weil ich sie belästige, und die Lehrerin versammelte uns und fragte mich, ob das stimme, und alle sagten im Chor, es stimme, und ich schwieg, weil ich sonst geheult hätte, die Lehrerin wandte sich an Sanye, die immer die Wahrheit spricht, weil sie so vernünftig ist, und die Lehrerin fragte die schöne Sanye, aber Sanye schwieg, weil ich ihr in der vierten Klasse das Gesicht zerkratzt hatte, das gut verheilt war, das keine Narben trug, und trotzdem schwieg Sanye, und ich musste nachsitzen und dachte nicht darüber nach, warum die Mädchen mich bestraften, sondern warum ich damals Sanyes Gesicht zerkratzt hatte, und ich ignorierte die Strafarbeit, und die Lehrerin drohte mit weiteren Konsequenzen, und ich sagte ihr, ich würde mich weigern, so einfach sei das, und sie rief meine Mutter an, die mich von da an jeden Tag von der Schule abholen musste, und das war gut, weil Raffiq und seine Gruppe mir nicht auflauern konnten. Das passiere alles, weil Vater gegangen sei, sagte Mutter.

Und weil Vater verschwand, freundete ich mich mit Younes und seiner Mutter an, besuchte sie heimlich, damit Mutter nicht schimpfte. Und weil Vater weg war und Mutter niemanden hatte, mit dem sie reden konnte, fing sie an, mit den Nachbarinnen zu reden, die ihr erzählten, was sie über Vater wussten, was man sich im Viertel erzählte, was ihre Verwandten ihnen aus Kurdistan über meinen Vater erzählten, und Mutter hörte nur zu, und abends saß sie allein im Wohnzimmer und dachte nach, so intensiv wie ich beim Nachsitzen, und trotzdem kam sie zu keinem Ergebnis, und sie musste ihrem Gefühl nachgeben und zündete Zigaretten an, die sie im Wohnzimmer im Aschenbecher ablegte, damit der Zigarettengestank, den Vater immer verursacht und Mutter immer zum Schimpfen gebracht hatte, damit dieser Zigarettengestank im Wohnzimmer aufstieg.

Beim ersten Mal rannte ich aus meinem Zimmer in den Wohnraum und dachte, mein Vater sei da, er würde sich einen Scherz erlauben und wäre ganz leise wie im Traum herangeschlichen und würde sich ganz leise mit meiner Mutter unterhalten, und sie würden mich erst viel zu spät benachrichtigen, dass er da sei, und ich wollte sie im Wohnzimmer überraschen, und dann überraschte mich Mutter in ihrer Einsamkeit, mit einem Gläschen Chai saß sie da und starrte in den ausgeschalteten Fernseher. Sie bemerkte mich nicht, und ich wollte sie nicht beim Nachdenken und Erinnern stören und ging zurück in mein Zimmer und vermisste Vater noch ein bisschen mehr. Als könnte man einen Menschen derartig vermissen, dass man sich mit der bloßen Muskelkraft des Herzens ersticken kann.

Und Mutter erinnerte sich: einen Chai in einer Hand, in der anderen die Zigarette, starrte Vater in den Fernseher, auf Al Jazeera schrien sich Araber an, sie diskutierten über die Lage Iraks. Er meckerte, er würde jetzt lieber eine Zeitung lesen als Hunden dabei zuschauen, wie sie sich anbellen. Und er schlürfte seinen Chai, Mutter meckerte aus der Küche zurück, zumindest könne er in Frieden seinen Chai trinken und die Zigarette rauchen.

In Kurdistan konnte er zwischen den Zeitungen wählen. In Deutschland verstand er nur die Lokalnachrichten. Ich auch.

So viel hatte ich ihm beigebracht. Als er dann die F.A.Z. aufschlug, um zu lesen, und mehr als eine Stunde konzentriert in die Zeitung blickte, war meine Mutter ziemlich glücklich, ihn nicht mehr über die Al-Jazeera-Männer schimpfen zu hören, und ich war stolz, dass mein Vater Texte verstand, die für Erwachsene geschrieben wurden. Dann warf er die Zeitung mit einer Wucht auf den Tisch, als hätte er gelesen, dass es dem Irak nie wieder gut gehen würde. Und er sagte nur: Ich verstehe nichts. Er hatte es versucht, ich hatte es ihm beizubringen versucht, aber es funktionierte nicht. Er bekam die Feinheiten nicht mit, die Lokalnachrichten verstand er, aber er redete von Zusammenhängen, die er nicht begriff, die zwischen den ganzen großen Worten versteckt waren, versteckt wurden, die ihm die deutsche Sprache verwehrte, die deutsche Sprache fühlte sich wie eine Verschwörung gegen meinen Vater an.

Aber man verlässt doch keinen Menschen, nur weil man die Zeitung nicht versteht, denkt Mutter bestimmt. Und Mutter wird jeden Tag aufs Neue verlassen, wenn sie aufsteht und die Bettseite neben sich leer vorfindet. Und sie gibt vor, niemals verlassen worden zu sein, nur Frauen wie Younes' Mutter werden verlassen, aber nicht sie, die aus gutem Hause stammt, die meinem Vater nie Schande gemacht hat, die ihre Karriere für ihren Mann aufgegeben hat; solche Frauen werden doch nicht verlassen, glaubt Mutter, und sie wird jeden Tag aufs Neue verlassen. Aber Baran, ihre fleischgewordenen Tränen, ist der Beweis, dass Vater nicht heute oder gestern oder vor einem Jahr Mutter verlassen hat, sondern vor acht Jahren und zwei Monaten. Was auch immer Mutter und Vater zusammengehalten hat, ob Liebe, Respekt oder einfach nur der Anstand, nichts hat genügt, um Vater zum Zurückkehren zu bewegen, und daran denkt Mutter jeden Tag, und wenn sie mal über ihn spricht, dann immer so, als wäre er gestern gegangen, und tut uns weh. Ich drücke Baran fester an mich, und er wehrt sich erst mit der Kraft eines Schlafenden und gibt dann nach, lässt sich erdrücken und mir keine Möglichkeit, Vater zu vergessen, und immer wieder die gleiche Frage: Warum ist er nicht zurückgekehrt? Wir haben nicht ausgereicht, weder Mutter oder Baran noch ich, und nach dem ersten halben Jahr in Kurdistan und unseren Fragen, wann er denn wiederkomme, schickte er uns Pakete als Bestätigung, dass er uns nicht vergessen hatte, dass er uns immer noch versorgte. Irgendwann erzählte er, er habe mit seinem Bruder ein Architektenbüro gegründet, und forderte Mutter auf, nach Kurdistan zu kommen. Sie schrien sich am Telefon an, und selbst da schloss Mutter die Fenster und die Balkontür, selbst da glaubte sie noch, die Leute aus ihrer Gefühlswelt verbannen zu können, und Mutter tat mir leid in ihrem Bemühen, weil ihr nichts anderes blieb, als die Fenster und die Balkontür zu schließen. Und sie weinte nicht, und Mutter weinte nie wieder, und keiner weinte bei uns, auch als Vaters Pakete ausblieben und mit den Paketen die Gewürze, die es in Deutschland nicht gibt, aber für kurdische Speisen notwendig sind, sonst sind es keine kurdischen Speisen, sondern gewürztes Essen. Als unser Biryani nur noch nach Reis mit Real-Gewürzen schmeckte, verstanden wir, dass er weg war. Mutter verbrachte viel Zeit damit, Gewürze miteinander zu mischen, die richtige Kombination zu finden, den Geschmack des Biryanis, die Essenz zu enträtseln und damit Vaters Abwesenheit zu leugnen, und Biryani schmeckte uns nie wieder. Mutter verzichtete auf Biryani, und ich habe vergessen, wie Biryani schmeckt, und Biryani ist nur noch ein Code.

Mutter unterdrückte ihre Sehnsucht: Die Nachbarn bat sie nicht, ihr Gewürze aus Kurdistan mitzubringen, weil sie damit bestätigt hätte, keinen Kontakt zu ihrem Mann zu haben. Einmal brachte eine Nachbarin uns einen Teller Biryani, wir löffelten den Reis, die Gewürze piksten in der Nasenspitze, und dann, als würden wir in eine andere Zeit versetzt werden, erlaubten wir uns zu weinen, und wir erinnerten uns an Vater, und mir fiel auf, dass ich zuletzt vor einer Woche an ihn gedacht hatte, als hätte ich ihn überwunden. Und immer fragten die Nachbarn meine Mutter, wie es Vater in Kurdistan gehe, wann er zurückkomme, und irgendwann hörten die Leute von Vaters Zweitfrau, und sie fragten Mutter, wann Vater zurückkomme, und warteten, dass sie antwortete, und Mutter ließ sich nichts anmerken. Ich habe angefangen, Vaters Spuren zu sammeln. Vater hinterließ Fehlen.

Ich muss eingeschlafen sein, eine Decke liegt auf mir, Baran ist nicht da. Ich höre seine Stimme und die von Mutter, sie könnten in der Küche oder in Mutters Schlafzimmer sein, sie lässt ihn gern in ihr Zimmer, er hat ganz spät ein eigenes Zimmer bekommen. Ich finde die zwei in der Küche, sie essen Reis mit roter Kartoffelsoße. Meine Mutter sagt, ich hätte lange geschlafen, und fragt, ob in der Schule etwas vorgefallen sei. Ich könnte ihr von der Box-AG erzählen, an der ich nicht teilnehmen darf; ich könnte ihr von Raffiqs Zucken erzählen oder von Sanye und diesem schönen Gesicht, das sie mit sich trägt, und Mutter würde sich nicht an diese Namen erinnern, für sie ist Raffiq nur als eine blutige Jungennase und ein gebrochenes Bein zu fassen, für sie ist Sanye nur als ein zerkratztes Gesicht und ein herausgezogenes Haarknäuel erinnerbar.

Die blutige Jungennase mit dem gebrochenen Bein ist vor Younes zusammengezuckt, endlich, das zerkratzte Gesicht und ein herausgezogenes Haarknäuel haben Younes angelächelt, scheiße. Und Younes erzeugt in Mutter zu viele Erinnerungen, deswegen will sie auch nichts über ihn wissen, da muss Platz für andere Menschen bleiben.

Ich sage, ich habe mich für den Führerschein angemeldet, und sie sagt nichts.

Baran sagt, er möchte auch Auto fahren, und sie sagt, das wirst du.

Ich möchte sie fragen, was sie heute gemacht hat, ob sie bei Jamals Frau war, die ich als verheulte Augen, als einen Mund mit schiefen Zähnen und schlimmen Worten über Jamal für mich zusammenfasse. Und den Namen Jamal habe ich mir nur gemerkt, weil in jedem Satz von Jamals Frau der Name Jamal fällt, und ich kenne Jamal nur von sporadischem Sehen, und eigentlich sehe ich ihn nur durch die verheulten Augen seiner Frau und höre ihre Stimme, die immer kurz davor ist zu reißen.

Ich stelle mir vor, dass Mutter und ich die gleiche Sprache sprechen. Als Vater nach Kurdistan zurückging, wusste meine

Mutter nicht, in welcher Sprache sie mit mir sprechen soll: Deutsch, damit sie es auch lernt, oder Kurdisch, damit ich es nicht verlerne. Und in meiner Vorstellung beschließen wir, beide Sprachen zu sprechen und immer dann zu wechseln, wenn uns die Wörter ausbleiben, und wir träumen in Kurdeutsch, einer Sprache, die so nicht vorgesehen war, die 2587 nach Christus in den ersten offiziellen Dokumenten auftauchen wird, die ihre Präzision durch die Melodie erreicht; in dieser Sprache haben Menschen gedacht, noch bevor sie das erste Wort sprachen, und nur in dieser Sprache kann im All über die Erde gesprochen werden, darüber wie sie von dort aus betrachtet aussieht. Ich stelle mir vor, wie wir einander jetzt beim Essen erzählen können, was wir heute beobachtet haben und was das mit uns gemacht hat. Ich stelle mir vor, wir leben in der gleichen Zeit.

Meinen Teller stelle ich in die Spüle, drehe den Wasserhahn voll auf, wische die Essensreste mit dem Strahl weg, um Mutter nicht zu verärgern. Ich verlasse die Wohnung; Mutter hat längst aufgegeben, mir das zu verbieten, jetzt sagt sie nur noch, ich solle nicht lange draußen bleiben, und weil sie mich nicht mehr kontrollieren kann, wird Baran strenger erzogen. Ich bekomme ein schlechtes Gewissen, weil er mein Fehlverhalten ausbaden muss. Mutter will nicht, dass ich rausgehe, weil es keinen Ort gibt, wo ich mich aufhalten könnte. Es gibt den Marktplatz mit dem Lidl, an dessen Wand mein Vater mit Edding ein Tor gemalt hat, es gibt eine Teestube, es gibt drei Spielcasinos, es gibt zwei türkische Lebensmittelläden, die von einem Kurden und von einem Libanesen betrieben werden, es gibt eine halbseitig gerissene Schaukel, es gibt acht Sitzbänke über das ganze Viertel verteilt, es gibt zwei Bushaltestellen, es gibt drei Kioske, es gibt vier Wettbüros, es gibt eine türkische und eine deutsche Bäckerei, es gibt zwei Kirchen, es gibt am Rand des Viertels eine Moschee – aber keine richtige, nur so ein Haus, aber da drin wird gebetet, also zählt es schon als Moschee –, es gibt eine Eisdiele, es gibt drei Dönerbuden, es gibt einen Schuhladen, der schließen wird, an seinen Platz kommt ein Deichmann, es gibt zwei Internisten, einen Zahnarzt, aber keinen Orthopäden, es gibt viele Menschen, die nicht wissen, wo sie sich aufhalten sollen, wenn sie rausgehen, und viele bleiben auf ihren Balkonen sitzen und schauen runter auf die Menschen, die nicht wissen, wo sie sich aufhalten sollen, wenn sie rausgehen, und deswegen bleiben sie auf ihren Balkonen sitzen und schauen auf den Marktplatz mit dem Lidl, an dessen Wand Vater ein Tor gemalt hat, schauen zur Teestube und zu den drei Spielcasinos und zu den zwei türkischen Lebensmittelläden, die von einem Kurden und von einem Libanesen betrieben werden, schauen auf die halbseitig gerissene Schaukel und dann auf die acht Sitzbänke, die über das ganze Viertel verteilt sind, dann beobachten sie die zwei Bushaltestellen, die drei Kioske, die vier Wettbüros und blicken zur türkischen und zur deutschen Bäckerei, sie hören die zwei Kirchen und sehen und hören nicht die Moschee, wissen aber, es gibt eine am Rand des Viertels – aber keine richtige, nur so ein Haus, aber da drin wird gebetet, also zählt es schon als Moschee –, dann schauen sie zur Eisdiele, zu den drei Dönerbuden, dem Schuhladen, der schließen wird, und danach wird ein Deichmann zu beobachten sein, sie sehen, wer zu welchem Internisten geht, sie sehen, wer beim Zahnarzt war, aber sie sehen keine Menschen zum Orthopäden gehen, ihn gibt es hier nicht, und das ist alles.

Ich schlendere zu dem Libanesen, dort werde ich mir eine große Tüte Kürbiskerne holen, und danach werde ich auf einer der acht Bänke sitzen und versuchen, nicht nachzudenken, ich werde weder in Bildern noch in Worten denken, ich werde an das Nichts denken und mir vorstellen, wie sich ein schwarzer Punkt in meinem Kopf ausbreitet, meinen Kopf verschlingt und die Welt verschlingt, und werde dann doch gedacht haben. Ich gehe zum Libanesen, weil ich nicht mit dem Kurden reden will; der Kurde, Ramsy heißt er, Ramo nenne ich ihn, hat dafür gesorgt, dass meine Mutter seit Jahren ein Kopftuch trägt, nicht aus Überzeugung, es ist eine Attrappe. Der Ring an ihrem Finger hat Ramo nicht davon abgehalten, meine Mutter zu belästigen, ihre Hand an der Kasse zu berühren und beim nächsten Mal sogar länger zu halten und sie zu zwingen, ihm in die Augen zu schauen. Der Ring ist ungültig, weil der Ehemann weg ist, dachte Ramo an der Kasse und fasste nach Mutters Hand, die sie ihm entzog, so schnell entzog wie von der Schlange gebissen, hektisch den Einkauf in Tüten packte, mich vor sich her schubste, nach Hause schubste, als würde die Welt schwarz werden, von einem schwarzen Punkt verschlungen werden. Und sie schloss sich im Bad ein und winselte, und ich wollte ihr Winseln nicht hören, ich steckte mir Kopfhörer in die Ohren und stellte die Musik so laut, dass ich an nichts mehr denken konnte, und das ist gelogen. Am nächsten Tag stand Mutter vor dem Spiegel und band ein Tuch um den Kopf, und ich sagte ihr, dass sie wie eine türkische Oma aussehe, damit sie das Tuch nicht trug, und sie sagte, genau das wolle sie erreichen, und ich schämte mich für das Kopftuch meiner Mutter, weil sie zehn Jahre älter aussah, und das ist nicht gelogen, ich schäme mich immer noch, weil Mutter nicht Stoff trägt, sondern Schlagzeilen – plötzlich ist Mutter unterdrückt, Mutter ist ungebildet, Mutter ist fanatisch, Mutter ist abhängig, Mutter ist schwach, Mutter ist nicht ansprechbar, weil Mutter gebrochen Deutsch spricht, weil sie keine Sprache hat, ist sie keine Frau, sie ist ein Streitfall, sie ist eine Schlagzeile. Sie ist das Kopftuch, und ich schäme mich, versuche in der Öffentlichkeit nicht mit ihr gesehen zu werden, und deswegen kaufe ich beim Libanesen die Kürbiskerne.

Im Laden sehe ich Younes' Mutter Gemüse kaufen. Der Libanese vollführt einen Balztanz um sie, sagt ihren Namen in jedem Satz, Shahira, als würde er alle drei Sekunden den Klang ihres Namens vermissen, und der Name fließt an seinen Gliedern hinab, Shahira lächelt und redet ihn mit Akhouya an, Bruder, und der Libanese freut sich, dass Shahira Arabisch spricht, und Shahira sieht mich, grüßt mich, zeigt sich dankbar für meine Anwesenheit: Ich diene ihr als Attrappe, und meine Klamotten alleine reichen, um den Libanesen abzukühlen. Er nennt mich Junge, weil er nicht versteht, wie ein Mädchen sich gegen langes Haar entscheiden kann, für weite T-Shirts und sich ungeschminkt aus dem Haus traut. Der freche Junge, sagt er, obwohl ich nicht frech bin, vielleicht gefällt ihm der Klang des Wortes »frech« oder die Kombination »frecher Junge«, ich weiß es nicht und erlaube dem Libanesen seine Worte. Shahira bezahlt meine Kürbiskerne mit, und wir verlassen den Laden, und vermutlich schaut der Libanese Shahira auf den

Arsch, aber Shahira bleibt Shahira, sie zieht weiterhin enge Blusen und Jeans an, oft einen kurzen Rock, und wenn der Libanese sie länger berührt und Andeutungen macht, dann lacht Shahira nur, und wenn der Libanese vor ihrer Tür steht mit Tüten voller Lebensmittel in jeder Hand, lässt sie ihn sogar rein, und wenn er sie anfasst, begleitet sie ihn einfach raus und sagt, es sei gerade schlecht, und deswegen hasst Mutter Shahira, weil Shahira mit Selbstverständlichkeit Fehler begeht und mit Unschuld, die Fehler umkehrt.

Sie spricht mit Männern, die verheiratet sind und die am Abend von ihren Frauen für das Gespräch mit der Nachbarin, die kurze, enge Röcke trägt, ausgeschimpft werden. Ich schaffe es nicht, mich daran zu erinnern, worüber Vater und Shahira damals, als sie Younes und mich von der Schule abholten, sprachen, so intensiv sprachen, dass Vater die andere Nachbarin übersah und nicht grüßte. Ich habe sogar Shahira gefragt, worüber sie geredet haben, weil meine Erinnerung an ihr Gespräch mit Vater verschwand. Ich kann mir einfach nicht vorstellen, was ein Kurde und eine Kurdin, die einander fremd sind, austauschen können an Worten. Und weil meine Mutter sich das auch nicht vorstellen konnte, stritten meine Eltern. Und ich will so gerne wissen, ob dieser Streit gerechtfertigt war.

Shahira konnte sich auch nicht erinnern: vielleicht über das Viertel, vielleicht über die Arbeit, vielleicht über Younes' Vater, vielleicht über das Essen, vielleicht über die Deutschen, vielleicht haben sie einander auch nichts gesagt, nur Worte hin- und hergeschoben, weil Schweigen intimer ist. Meinen Vater habe ich nicht gefragt, vielleicht wüsste er es als Einziger, weil er später am Abend deswegen ausgeschimpft wurde. Dafür müsste ich ihn anrufen, und ich habe das seit einer Weile nicht getan, und er ruft auch nicht an, und wir scheinen uns darauf geeinigt zu haben, dass man sich nicht einfach anruft, nur an bestimmten Tagen, zu Eïd und zum Pilgerfest und einmal sogar an meinem Geburtstag, auch wenn es nur ein Zufall war und er mir erst beim Abschied gratulierte, als wäre sein Blick abgeschweift, auf einen Wandkalender mit einer bekannten Zahlenkombination gefallen. Bei dieser Peinlichkeit erwischt, änderte sich der Ton ganz plötzlich.

Die Seltenheit der Anrufe verbietet uns beiden, über Banalitäten zu sprechen, wie Erinnerungen an ein Gespräch mit einer Nachbarin, die kurze, enge Röcke trägt. Mein Vater hat Shahira bestimmt nicht vergessen, Shahira bleibt in allen Köpfen.

Shahira ist keine Nachbarin, sie ist keine Frau, sie ist kein Mensch – sie ist eine Idee, und jeder im Viertel sieht Shahira, in jedem Kopf spielt sich eine Geschichte ab, wenn Shahira vorbeiläuft: Shahira hört nicht mehr auf, in unseren Köpfen zu laufen, und ihre Schuhe sind abgenutzt, so viel muss sie laufen, irgendwo am Straßenrand muss sie ihre Schuhe ausziehen, und sie läuft barfüßig weiter, und wenn ihr die Sohlen schmerzen, setzt sie sich in unseren Köpfen hin, und es eilen fünf Männer herbei, die ihr die Füße und Beine massieren, und Shahira hat mir erzählt, wie sie das Laufen lernte. Sie erzählt mir an meinem Geburtstag immer Geschichten, weil sie keine Geschenke kauft, sie lässt sich beschenken, aber unter Frauen verschenkt man Geschichten, sagte sie, und sie erzählte mir einmal, wie sie das Laufen lernte. Es fing mit dem kurzen Kleid an, ein kurzes Kleid verwandelte eine Frau in Shahira: Nur die Beine habe sie sich im Park bräunen wollen, weil sie keinen Balkon hatten; Younes war noch nicht geboren, er existierte als Blutklumpen im Bauch und hatte die Taille noch nicht gedehnt, diese Mädchentaille, die nach der Geburt verrutschte, und der Körper war nicht mehr an der gleichen Stelle. Shahira wollte sich lediglich die Beine bräunen und lernte zufällig das Laufen, sie zeigte zum ersten Mal Haut, und am Anfang glaubte sie, von jedem angestarrt zu werden, bis sie sich daran erinnerte, dass niemand sie kannte und dass sie doch in der Fremde war, und in der Fremde laufen Frauen mit kurzem Kleid, und Shahira setzt einen Fuß vor den anderen und atmet die Parkluft, die nach nichts riecht, weil dieses fremde Land ein Puppenhaus ist, das keinen Geruch hat. Die Leute starren bestimmt, denkt Shahira, nein, es ist ein Puppenhaus, und dann denkt sie: Schaut auf meine Beine und auf meine Haut, die weiß leuchtet, weil die Sonne sie zum ersten Mal berührt, und Shahira streichelt ehrfürchtig ihre Arme, deren Weiß in den Augen schmerzt, und sie läuft weiter in einem kurzen Kleid, und keiner kennt Shahira, und weil niemand sie kennt, schämt sie sich nicht für ihren Körper, die Dellen in den Armen verlieren an Bedeutung, die wenigen schwarzen Punkte auf den Beinen werden immer kleiner, und Shahira ist ganz allein, obwohl so viele Menschen im Park sind. Sie ist allein, sie ist mit sich, sie ist für sich, sie ist sich, sie ist nicht Shahira Shafiq, die Tochter von Anisa und Ramazan, sie ist nicht eine Frau, sie ist nicht ein Mensch, sie ist viel mehr und sie ist nichts, sie läuft und sie atmet und sie ist da und über ihr steht Gott und sagt, schau dir mein Werk an, bewundere es. Und

Shahira läuft und hört nie wieder auf zu laufen. Und wir verabschieden uns.

Wenn Younes und ich früher Playstation spielten und durstig wurden und ich auf den Balkon rannte, um eine Colaflasche aus dem Sechserpack zu reißen, entdeckte ich im Gardinenspalt Shahira, die sich an den Tag erinnerte, als sie das Laufen lernte. Sie war nackt, und ihre Nacktheit bedeckte den Mann unter ihr wie das Meer, er war kaum sichtbar, ein Ertrinkender in Shahira; Shahira tobte in ihrem Körper, fasste nach ihren hellbraunen Nippeln, nach den weichen Oberschenkeln mit weißen Dehnungsstreifen, nach dem Bauch und immer wieder nach dem Bauch, als verschlinge sie den Ertrinkenden, und sie betrachtete ihre Arme und legte mit ihren hungrigen Händen den verschwitzten Nacken frei, und die hungrigen Hände fassten ihre Brüste an und griffen zwischen ihre Beine, und all ihre Bewegungen verursachten ein Pochen zwischen meinen Beinen. Ich wollte nach Hause gehen und mich im Badezimmer einschließen und den ganzen Tag nichts machen, als an Shahiras Körper zu denken. Ich holte die Colaflasche, und ich schenkte ein, und ich spielte mit Younes *Street Fighter*, und ich verlor, und Younes lachte mich aus, und ich trottete nach Hause, und ich aß, und meine Mutter fragte mich, was los sei, und ich antwortete ihr benommen, was sie beunruhigte, und sie befühlte meine Stirn und meinte, ich würde schwitzen und solle kalt duschen.

Ich fühle mich wieder so benommen, dabei wollte ich keinen Gedanken denken, nur an einen schwarzen Punkt denken, und in diesem Moment tätschelt Younes meine Schulter und sagt, ich solle mal aufrücken, und ich rücke auf, und zwischen uns ist die Tüte mit den Kürbiskernen, Younes nimmt sich eine Handvoll, und wir sitzen da, und er fragt mich, wie es mir geht, und ich antworte nicht, weil ich ihn nicht anlügen möchte, zucke mit den Schultern, und Younes atmet aus. Und atmet so laut, dass die Tauben wegfliegen und dass die Leute auf dem Marktplatz gucken, und von ihren Balkonen schauen sie auch rüber, diese Geier, und können sich an unserem Anblick nicht sattsehen, ich irritiere sie, weil meine Haare so kurz sind wie die von Younes und die Augen so traurig wie die von Younes.

Die Leute denken, ich liebe Younes, aber es ist viel komplizierter, und meine Mutter schämt sich, und das vereinfacht nichts; sie schämt sich, weil ich mit Younes befreundet bin, und sie schämt sich, weil ich ein Mädchen bin, und sie schämt sich, dass ich kein Mädchen bin, und sie ist auch irritiert, als wäre sie so blöd wie die Leute und nicht meine Mutter, und sie sagt immer, ich solle nicht mit Younes Zeit verbringen, als klebte Pech an Younes, nein, sagt sie, seine Mutter ist eine Hure, sagt sie, halt dich von ihnen fern, sagt sie, und ich sage ihr, dass das nicht stimme, aber ich weiß, dass es stimmt, dass Younes ein Hurensohn ist, dass Shahira rumhurt und es anders nennt, aber ich verstehe es nicht und komme mir so blöd vor wie die Leute und fange an, Shahira zu hassen, weil Younes wehgetan wird, um sie zu bestrafen, und ich schäme mich, weil ich verwirrt bin wie die Leute, weil ich blöd bin wie die Leute.

Während wir still unsere Kürbiskerne knacken, sehe ich Sanye, wie sie den Einkaufswagen ihrer Mutter hinter sich herzieht, und ihre Mutter sieht aus wie eine Oma, klein und dick und bebrillt, trägt ein gemustertes Kopftuch. Sanye und ihre Mutter unterhalten sich, als hätten sie ihre eigene Sprache, und Sanye lacht so laut, dass es echt sein könnte, und die Leute auf dem Marktplatz gucken, und von ihren Balkonen schauen sie auch rüber, diese Geier, und können sich an ihrem Anblick nicht sattsehen, Younes und ich glotzen auch. Und dann, vor aller Augen, weht der Wind das Kopftuch lose, und die zwei Frauen bleiben stehen, und Sanye hilft ihrer Mutter, das Kopftuch wieder festzubinden, und dann gehen sie einfach, gehen und gehen. Wir bleiben sitzen, beobachten, wie der Himmel seine Farben ändert, und denken an Sanye und ihre Mutter.

Der Mond taucht auf in der Dunkelheit, und die Sterne, die da sind, sind nicht da, weil zu viele Lichter das Sternenlicht schlucken, und die Sterne, die nur durch das Licht existieren, sterben ohne Zeugen. Ein Mann taucht auf, steht vor Younes und mir, fragt nach Feuer, um sich eine Zigarette anzuzünden. Er fragt Younes, auf Kurdisch fragt er ihn, ob ich seine Freundin sei. Er ist ein Fremder, Younes schweigt und hält sein Feuerzeug hin. Der Mann grinst kopfschüttelnd und zündet seine Zigarette an, und Younes bleibt ruhig. Die Zigarette des Fremden glüht rot in der Dunkelheit, und sein Grinsen bleibt unverändert, der Mann weiß, was wir nicht wissen, und er grinst, muss toll sein, zu wissen, was wir nicht wissen. Younes, sagt er, und der Name ist ihm nicht fremd, geht schnell von der Zunge, er hat den Namen oft gesagt. Ich bin dein Onkel, sagt er, und Younes sagt, ich habe keinen Onkel, und der Mann sagt wieder, Younes, ich bin dein Onkel, Younes aber sagt, nein, ich habe keinen Onkel, und der Mann sagt ein drittes Mal: Younes, ich bin dein Onkel, und Younes schweigt. Der Mann, der ohne Sterne gekommen ist, sagt mir, ich solle aufrücken, und er setzt sich zwischen mich und Younes, sitzt da mit seiner glimmenden Zigarette im Mund, sperrt mich aus Younes' Blickfeld aus und sagt noch einmal, dass er sein Onkel Azad sei, der Bruder seines Vaters. Sein Vater lebe in Frankfurt, sagt er, Frankfurt, das ist doch nebenan, so ungefähr sagt er das, und Younes bleibt still, denn er hat doch so lange gewartet auf den Vater, und der Bordstein und der Basketball und der Vater – drei Wörter, die Younes' Kindheit zusammenfassen. Ich versuche, Younes' Gesicht zu sehen, und ich sehe nur das halbe Gesicht, die andere Seite wird vom Kopf des Onkels verdeckt, aber das halbe Gesicht reicht, um Younes zu sehen, ein Auge, ein Mundwinkel, die Hälfte seiner Stirn, eine Augenbraue, das reicht, um Younes zu verstehen. Aber sein Onkel kennt ihn nicht, und da reicht auch Younes' ganzes Gesicht nicht aus, und deswegen sagt der Onkel, Blut ist dicker als Wasser.

Er sagt, du gehörst zur Familie.

Er sagt, egal, wer deine Mutter ist, du bist zuallererst der Sohn meines Bruders, du bist mein Sohn.

Er sagt, ich habe dich als Baby in meinen Armen gehalten.

Und warum bist du nicht früher gekommen, will ich ihn fragen, und ich muss es nicht, weil Younes ihn fragt.

Und er erzählt, wie verletzt der Vater gewesen sei und dass er sich erst um seine Wunden habe kümmern müssen.

Und meine Wunden waren egal, sagt Younes, und der Onkel versteht es als Frage, und er antwortet auf die Frage, die nie gestellt worden ist. Jeden Tag fühle der Onkel Schmerz in seiner Brust, und mit so viel Schmerz kriegt man bestimmt einen Herzinfarkt, will ich sagen, lasse aber Younes reden: Mein Vater hat mich verlassen, und jetzt tauchst du auf, und dir ist plötzlich Familie wichtig.

Und der Onkel vergisst seine Zigarette für einen Moment, und auch mich vergisst er, und seine Aufmerksamkeit gilt nur Younes: Du hast recht, Younes, ich hätte früher kommen müssen. Das ist nicht zu verzeihen, die Vergangenheit kann ich nicht mehr ändern, Younes, und er sagt nach jedem Satz seinen Namen, Younes, du bist mein Blut, Younes, und erst fängt seine Stimme an zu weinen und dann seine Augen und dann sein ganzer Körper, und er bittet Younes um Verzeihung, das war alles unrecht, sagt er, alles eine große Ungerechtigkeit. Jetzt wendet er sich ab, schaut nur in den dunklen Himmel, wo Sterne sein könnten, und wischt sich mit dem Handballen die Wangen trocken. Younes sitzt da, der Onkel sitzt da, und ich sitze da auf der Bank, und wir starren geradeaus, aber wir sehen nichts, und niemand sieht uns, wir haben kein Licht, das verschluckt werden könnte. Eigentlich sind wir nie da gewesen. Wenn ich jetzt nach Hause gehe, mich ins Bett lege und schlafe, dann ist das nie passiert, denn es gibt keine Zeugen.

Zu Hause sitzt Mutter im Schein des Fernsehers, sie raucht nicht, hat aber eine Zigarette angezündet, in einer Vertiefung des Aschenbechers abgelegt, und Mutter erinnert sich: eine Zigarette in einer Hand, in der anderen einen Chai, starrte

Vater auf den Fernseher, auf Al Jazeera diskutierten Araber die Lage des Irak. Sie bellten sich an, die Männer vom Al Jazeera, Vater meckerte, er würde lieber eine Zeitung lesen, denn in Kurdistan konnte er alles lesen. Und die Männer auf Al Jazeera schrien sich an, dem Irak würde es nie wieder gutgehen. Und Mutter sagte, zumindest könne er in Deutschland in Frieden seinen Chai trinken. Vater las in der F.A.Z. Ich war erleichtert, dass Vater schlauer war als ich, aber die Männer auf Al Jazeera schrien sich an, und Vater warf die Zeitung mit Wucht auf den Tisch, weil die deutsche Sprache eine Verschwörung gegen meinen Vater war. Und Mutter gibt vor, niemals verlassen worden zu sein, und sie wird jeden Tag aufs Neue verlassen. Wenn sie über ihn spricht, dann immer so, als wäre er gestern gegangen, und sie bindet das Kopftuch strenger, damit kein Mann sich in ihr Bett schleicht. Ich stelle mir vor, wir leben in der gleichen Zeit. Ich setze mich zu ihr, und ich streiche über ihr Haar, das zu einem Pferdeschwanz gebunden ist, und ich löse das Gummiband und wühle in ihrem Haar, berühre die warme Stelle am Hinterkopf, wo das Band alles zusammengehalten hat. Und als ich so in ihrem Haar wühle, Shampoo und Mutter rieche, fällt mir auf, dass wir kein Kurdeutsch brauchen, wenn wir doch unsere Hände haben und unsere Körper berühren. Ich drücke die Zigarette im Aschenbecher aus.

So vieles ist nicht passiert, so vieles habe ich Mutter nicht erzählt. Es war einmal ein Mann, der Shahira besuchte, und es war nicht, hebî, nebî çi j xudê û pêxembera mastir nebî, es gab und es gab nichts größer als Gott und die Propheten, es gab einen Mann, der Shahira besuchte, und er sollte Onkel genannt werden, sagte Shahira, und er sah nicht aus, als wäre er aus unserem Viertel. Und dieser Mann, den wir Onkel nennen sollten, war nicht Younes' Onkel, aber das wussten wir nicht.

Wir versteckten uns jedes Mal, wenn Younes und ich ihn sahen, und wir rannten nach Möglichkeit weg, weil wir immer rannten, wenn wir Ärger befürchteten, und den Onkel konnten wir nicht schlagen, höchstens zubeißen, aber das Klügste war, zu rennen oder sich vor ihm zu verstecken, nicht in Shahiras Armen, denn ihre Arme umfassten den Onkel, und in ihren Schoß legte er den Kopf, sie fuhr mit geduldigen Fingern über seine Schläfe.

Wenn ich heute diesen Onkel aus früheren Tagen sähe, würde ich ihn nicht wiedererkennen. An sein Gesicht erinnere ich mich nicht, nur an seine Oberschenkel. Er hatte ein hübsches Gesicht, ohne eine Besonderheit, irgendwie durchsichtig und im Laufe der Zeit entwischte das Gesicht meinem Gedächtnis, aber die Erinnerung an seinen Körper ist geblieben. Breitbeinig saß er auf dem Sofa. Der graue Anzug spannte um die Oberschenkel, und ich starrte seine Oberschenkel an und erinnerte mich an Vaters schwarze Stoffhose, die immer locker saß, nur die Andeutung eines Beins preisgab. Der Onkel ließ die Hände auf seinen Oberschenkeln ruhen, die Finger waren lang und grob, die Nägel gepflegt. Ich würde seine Finger wiedererkennen, heute; wenn ich seine Hände sehe, dann werde ich mich an diese graue Stoffhose erinnern, diese Anzughose, die zu eng um die Oberschenkel saß und dafür sorgte, dass ich mich unwohl fühlte, als wäre sie um meine Beine gebunden. Der Onkel schien meinen Blick bemerkt zu haben und tätschelte die harten Muskeln seiner Oberschenkel, lächelte mich an und sagte: Komm zu mir. Ich erinnere mich nicht an sein Lächeln, aber er muss gelächelt haben, und er sagte, komm zu mir.

Ich zögerte erst, und Younes blieb allein vor dem Fernseher sitzen, zu nah, und er schaute sich *Chip und Chap* an, und ich wollte zu Younes' Onkel, dem falschen Onkel aus vergangenen Tagen. Nach zwei Schritten blieb ich stehen, er hatte sich ungeduldig nach vorn gebeugt und aufgehört zu lächeln. Er bemerkte seinen Fehler und lud mich erneut auf seinen Schoß ein, und meine Neugier, diese Anspannung seiner Beine zu spüren, überstieg meine Angst vor dem fremden Mann. Seine Oberschenkel fühlten sich warm und hart an.

Er fragte, wie ich heiße, während er mit zwei Fingern die Kuhle massierte, die zwischen Hinterkopf und Nacken liegt. Das kitzelte, und ich zuckte lachend zusammen. Er lächelte, zeigte gerade Zähne. Welche Klasse, fragte er, fünfte, antwortete ich, und er erzählte mir von seiner Nichte, die in meinem Alter war, während er mit den Fingern immer wieder durch meine kurzen Haare fuhr. Younes stand auf, kam auf den falschen Onkel zu, aber er bemerkte Younes nicht, weil er mit meinen Haaren beschäftigt war. Younes trat dem Mann fest gegen das Schienbein, der Mann schnellte vor, ich fiel runter, lief Younes nach und hörte den Mann nur laut rufen, du kleiner Hurensohn.

Seit dem Vorfall verließen wir immer die Wohnung, wenn ein Onkel Shahira besuchte. Younes hasste seine Onkel, er wollte keinen kennenlernen, und der Onkel von heute kann nur der echte sein, weil er zu Younes gekommen ist, nicht zu Shahira, nicht in Shahiras Haut wie in türkischen Honig beißen will. Er will niemanden beißen, wenn überhaupt, dann ist er an Younes' Blut interessiert.

Bei Shahira in der Küche ist vieles provisorisch, das Salz ist noch in der Packung: Sie schüttet sich ein Häufchen in die Hand und lässt es über den Salat rieseln, und weil Younes es nicht anders kennt, denkt er, das sei normal. Wenn Mutter das wüsste, hätte sie einen weiteren Grund, Shahira zu hassen. Normalität ist in Shahiras Gegenwart aufgelöst, sie hat als einzige Frau im Viertel nicht gefragt, wann mein Vater komme, und als er nicht kam, hat sie mich nicht gefragt, was er in Kurdistan mache, und als er eine Zweitfrau dort heiratete, fragte sie nicht, was meine Mutter jetzt machen werde, Shahira dachte ihre Shahiragedanken, zu denen niemand Zugang hat, es sei denn, Shahira ist großzügig mit Worten und sät sie im Raum. Ansonsten spricht sie durch Bewegungen und Berührungen, und diese Sprache ist die ehrlichste.

Shahira weiß nichts von Onkel Azad, sonst wäre sie nicht gut gelaunt, sonst würde sie jetzt weinen und Younes' Vater verfluchen und dann für lange Zeit still sein, bis Younes sich wie früher an ihre Brust schmiegen und weinen und sie um Verzeihung bitten würde. Und ganz leise würde sie ihre Verwünschung in Richtung Frankfurt aussprechen und mir dann wie immer erklären, dass ihr Urgroßvater ein Sheikh war, und mich fragen, ob ich wisse, was ein Sheikh ist, und ich würde den Kopf schütteln, damit sie erklärt, was sie erklären möchte, und ein Sheikh ist jemand, der zu Gott eine besondere Bindung hat, weil er so fromm ist, die Menschen im Dorf kommen zu ihm, damit er für sie betet, und ich erinnere Shahira nicht daran, dass wir nicht im Dorf sind und dass Frömmigkeit in ihrem Fall nicht vererbt wurde.

Shahira hat das echteste Rot auf den Lippen, es ist die Definition von Rot, und fängt an zu essen, und ich konzentriere mich darauf, wie das Rot langsam verwischt, verschwindet, verschluckt wird, um nicht an Onkel Azad zu denken, der Younes mitnehmen will. Und Younes ist unsicher, was er machen soll, am liebsten will er auswandern, irgendwohin gehen, wo niemand ihn fragt, wie es seiner Mutter geht. Er will eine andere Sprache sprechen, um nicht an das Viertel zu denken. Younes kennt seine Zukunft hier, und deswegen wird Younes gehen, noch weiß er nicht, wohin, aber er wird gehen, und wenn er irgendwo ankommt und merkt, es ist nicht weit genug, dann geht er weiter, und wenn er am Rand der Welt angekommen ist, wird er einfach auf der anderen Seite weitergehen. Auf Younes' Rücken gehört ein Rucksack, und an Younes' Seite gehöre ich.

Es war immer so: Wir haben im Viertel nach einem Platz für uns gesucht und fanden nichts, kein Versteck für uns, überall war schon jemand oder kam jemand, und bevor er uns schlagen konnte, liefen wir weg, und das beste Versteck war vor aller Augen, auf dem Marktplatz. Wir spielten mit einem

Ball, dann mit Younes' Handy, und jetzt haben wir keine Dinge in den Händen, nur in unserem Mund. Und der Marktplatz ist das beste Versteck, weil vor aller Augen niemand sich traut, uns anzurühren. Aber heute gehen wir nicht raus, wir verstecken uns vor Onkel Azad im Wohnzimmer, mit der Playsi, und wir spielen stumm, und Shahira sagt, wir sollten nicht zu lange vor dem Schirm sitzen, und Shahira verlässt die Wohnung, geht ins Kino, in dem sie arbeitet, und die Viertelbewohner stellen es so dar, als arbeitete sie im Bordell: Im Kino, im Dunkeln kann alles passieren, sagen die Leute. Es stimmt, aber nicht so, wie die Leute das meinen. Im Kino, im Dunkeln, wenn man still ist, wenn man für sich ist, obwohl da noch zweihundert weitere Menschen mit einem in diesem Saal atmen, ist man komplett allein. Und vor den Augen erscheinen Bilder, und sie erzählen manchmal ohne Worte eine Geschichte, und diese Bilder können in den Körper eingehen, und der Körper fühlt die Bilder, und die Leute sagen, das ist schlecht, man soll nicht zu viel fühlen. Und wenn die Bilder ein Zittern verursachen, sagen sie, das ist nur eine Lüge, das ist nicht echt. Die Leute sagen, im Dunkeln stecken Männer ihre Finger in die Löcher der Frauen, als wären diese Löcher unbewacht. Im Dunkeln sind sie unbewacht, wiederholen die Leute, und im Dunkeln kann die Frau nichts machen, und im Dunkeln gefällt es sogar der Frau. Und ich schaue nach draußen, die Sonne ist untergegangen. Die Reflexionen im Fenster werfen die Gegenstände im Zimmer nach draußen, das Sofa, den Fernseher, Younes – ein ganzes Leben da draußen, wie eine Folie auf unsere Wirklichkeit gelegt, und wer kann uns versichern, dass das dort draußen nicht echt ist, dass nicht wir die Reflexion sind, nur eine Folie, gelegt über das eigentliche Bild, und was würde passieren, wenn man die Folie verschieben würde, was würde passieren, wenn Younes, nein, wenn ich aus dem Bild verschwinde?

Das Licht des Fernsehers bestrahlt mein Gesicht blau, das sehe ich in meiner Reflexion im Fenster, und ich erzähle Younes nichts, er ist müde vom Spiel, und er legt sich hin, und nach einigen Atemzügen ist er eingeschlafen. Ich lege eine Hand auf seine Schulter, sie ist warm. Younes ist ein verlassener Wald und die Ruhe in ihm wahr, und die Ruhe wächst in seinen Händen wie das Raue in der Baumrinde, und Younes' Geruch nährt sich von trockener Erde, und Younes ist ein verlassener Wald, wenn er schläft, und seine Beine Bäume, die gebrochen auf der Erde liegen. Seine Schultern zucken, und die Vögel fliegen auf, und die Ruhe erlaubt Rückkehr. Später werden Menschen zu Younes finden und in seinem Schatten anfangen zu glauben. Ich decke ihn zu und gehe nach Hause.

Manchmal, eigentlich: sehr oft, eigentlich: jeden Abend, besucht Jamals Frau meine Mutter, und ihr Besuch zieht sich bis in die Nacht, und die zwei Frauen schauen fern wie zwei kleine Mädchen, und sie reden, und sie werfen achtlos Worte in den Raum, wie sie es mit ihren Pistazienschalen tun, und irgendwann ist der Aschenbecher voll mit den Schalen, und irgendwann ist Jamals Sohn auf unserer Couch eingepennt, den Kopf auf den Schenkel seiner Mutter gelegt, und sie streichelt ihm ab und zu das Haar, und in Shahiras Schoß ruhen die Köpfe der Männer. Baran liegt schlafend auf dem Boden, und Mutter breitet eine Decke über seinem Jungenkörper aus, und die Frauen hören nicht auf zu reden, weil ihnen niemals die Worte ausgehen.

Das kurdische Wort shahrasa klingt wie Shahrasad, der die Worte auch nie ausgingen. Shahrasa bezeichnet jemand Kluges, nicht jemand, der gut rechnen kann, sondern jemanden, der weiß, wie man mit Menschen umgeht: jemand, der weiß, wie man beim Ausländeramt so redet, dass die Aufenthaltsgenehmigung verlängert wird, jemand, der einen blutrünstigen König mit Geschichten stillen kann. Shahrasa – das h in der Mitte wird ausgeatmet. Das s summt in den Ohren, summt das Gegenüber wach.

Mutter sagt, nachdem die Pistazientüte geleert ist, dass sie heute beim Zahnarzt war. Die Zähne würden aufeinanderpassen, als hätte sie durch stetiges Reiben die Zähne glatt gestutzt, erzählt sie; ob sie im Schlaf mit den Zähnen knirsche, fragte der junge, deutsche Arzt, das wisse sie nicht, habe sie ihm geantwortet. Ob dem Ehemann nichts aufgefallen sei, fragte der junge, deutsche Arzt, und da hat Mutter wieder die Zähne so fest zusammengebissen, dass sie mit bloßer Kieferkraft einem Pferd den Nacken hätte brechen können. Das macht Mutter, wenn sie die Worte zurückhalten muss. Ob sie den Mann beauftragen könne, sie im Schlaf zu beobachten, ja, wirklich, das waren seine Worte, den Ehemann beauftragen, sie zu beobachten, erzählt Mutter leicht empört. Jamals Frau lacht, gar nicht bitter, eher so als wäre der junge, deutsche Arzt in seiner Naivität ein putziges Wesen, dessen Unschuld geschützt gehört. Meiner Mutter wurde es jedoch zu viel, und sie klärte den Arzt auf, dass kein Mann da sei, und der junge Arzt entschuldigte sich, als hätte er ihr die Tür nicht aufgehalten und nicht etwa als habe er mit seiner Fragerei in ihrer Bettwäsche gewühlt. Mutter drückte weiterhin das Gebiss aufeinander, und der junge, deutsche Arzt meinte, es kann auch durch exzessives und starkes Aufeinanderdrücken passieren, dass der Zahnschmelz zerrieben wird und die Zähne ihre ursprüngliche Form verlieren. Machen wir einen Kontrolltermin in drei Monaten und schauen dann, ob eine Schiene notwendig ist, und Mutter hatte gar nicht vor, etwas zu sagen, da meinte der junge, deutsche Arzt, das zahle auch die Kasse, und verabschiedete sich mit einem starken Handschlag, der mir die Lunge zusammenpresste, sagt Mutter, nur leicht verärgert. Und Jamals Frau lächelt und schaut am Fernseher vorbei und sagt, ja, das würde der junge, deutsche Arzt machen: dieser starke Handschlag, man könnte auf falsche Gedanken kommen, sagt sie. Mutter schüttelt den Kopf, es gebe zwei Ärzte dort, vielleicht verwechsle sie ihn.

War es der mit der Igelfrisur, fragt Jamals Frau lächelnd.

Ja, bestätigt Mutter.

Mit dem einseitigen Grübchen, fragt sie, nicht um Bestätigung bittend, sondern um Erlaubnis, sich den Mann vorzustellen. Jetzt lächelt auch Mutter und nickt.

War es dieser mit den blauen Augen, fragt Jamals Frau.

Grün, korrigiert Mutter.

Blau, mein Herz, sie sind blau, als dürfte er sich die Farbe wünschen.

Nein, mein Herz, sagt Mutter und imitiert ihren Ton, sie sind grün wie die Meere aus Urlaubskatalogen.

Die Frauen diskutieren noch eine ganze Weile die Augenfarbe des jungen, deutschen Arztes, und Mutter ist so gelöst, dass sie ganz vergisst, die Zähne aufeinanderzubeißen. Und wenn heute Nacht Jamals Frau neben Jamal liegt, denkt sie an die grünblauen Augen des jungen, deutschen Arztes und wie er ihr beim Händeschütteln die Luft aus den Lungen zieht. Und Jamals Frau wird tief und fest schlafen, und ihr Körper wird schwer wiegen, die Matratze wölbt sich nach unten, die Latten verbiegen unter der Last, und Jamal ist verwundert darüber, wie die Schwere des Schlafes in seine schlanke Frau strömt. Und ganz neidisch ist Jamal auf den Schlaf seiner Frau, und ganz eifersüchtig wäre er, wüsste er, warum der Schlaf seine Frau übermannt.

Ich habe Younes ein zweites Mal geschlagen. Und hätte er beim zweiten Mal nicht zurückgeschlagen, wären wir heute nicht miteinander befreundet. Ich schlug ihm ins Gesicht, auf die Nase, wo es am meisten wehtut, beiden. Aus Younes' Nase floss Blut, und er ohrfeigte mich und schlug mir mit der Faust gegen die dreizehnjährigen Brüste, die besonders wehtaten, weil sie zu wachsen anfingen: Younes wusste das nicht. Ich stürzte mich auf ihn, und wir rauften uns, und weil Shahira nicht zu Hause war, dauerte der Kampf ziemlich lange. Keiner von uns heulte, erst als ich nach Hause ging und die Treppen hochstürmte und Jamal anrempelte und er mich als verrücktes Mädchen beschimpfte und ich weiterging und die Tür aufschloss und hinter mir zuknallte, weinte ich. Mutter war mit Baran beschäftigt, den sie aus dem Kindergarten abgeholt hatte, und Mutter drehte sich zu mir um und fragte schreiend, wer mir das angetan habe. Erst da bemerkte ich den zerrissenen Ärmel. Sie beruhigte mich und gab mir zu trinken, und im Bad wusch sie meine Hände, sie wusch mein Gesicht, und da entdeckte sie die Mascara und den Lidschatten, und da wusste sie, das Rot, das echteste Rot, war nicht mein Blut, sondern öliger Lippenstift, rot markiert.

Wer hat dich geschminkt, waren ihre ersten Worte, als sie sich beruhigt hatte und auch mich beruhigt hatte, und sie fragte fast gleichgültig. Und ich versuchte, mit gleicher Kälte zu antworten: Younes' Mutter.

Sie atmete laut aus und sagte, sie habe sich das schon gedacht, und da antwortete ich, warum sie dann frage, wenn sie sich schon alles denken könne. Mutter ignorierte meinen Trotz, erlaubte mir, mich an ihre Schulter zu lehnen, stütze meinen Gang ins Wohnzimmer, wo ich in ihren Armen liegen durfte, bis mein Körper nicht mehr zitterte, bis er in einen tiefen Schlaf hinabgezogen wurde.

Am nächsten Tag schmerzte der Kopf an den Stellen, an denen Younes mir an den Haaren gezogen hatte, und die Oberlippe pulsierte, die Innenwange brannte von meiner eigenen Bisswunde, und nasse Hitze beschwerte meinen Körper. Ich wollte im Spiegel das hässliche Gesicht sehen, das Younes zu hässlichen Worten verleitet hatte. Mutter befragte mich nicht mehr, und sie ahnte, dass Younes der Täter sein musste, dieser Junge, der nur sprach, wenn er gefragt wurde. Und obwohl

Mutter behauptete, sich alles denken zu können, konnte sie sich nicht erklären, warum wir uns geprügelt hatten. Wenn sie Younes nur gekannt hätte, hätte sie den Grund gewusst; und wenn ich ihn ein bisschen besser gekannt hätte, hätten wir uns nicht geschlagen.

Shahira schminkte sich so schön wie die Frauen im Fernsehen. Das sagte ich ihr, sie lachte und freute sich. Und wenn sie lachte, dann klang das wie das Lachen von Schauspielerinnen, vielleicht klang das Lachen der Schauspielerinnen wie das Lachen von Shahira. Ich glaubte, die Schauspielerinnen ahmten Shahira nach: Sie spielten Shahira, während Shahira war. Sie erlaubte mir, an den Tisch zu treten und ihre Schminke zu betrachten.

Das Schminkzeug meiner Mutter passte in einen kleinen Beutel, den sie in einer Schublade verbarg, als müsste man sich dafür schämen. Shahira widmete ihrem Gesicht einen ganzen Schminktisch, und ich wusste nicht, wo ich hinschauen sollte, und es roch nach Puder und Blumen, nach Parfüm und Frauen, und ich wollte, dass sie mich in diesen Duft einlegt und mir erlaubt, neben ihr zu schlafen, während sie mir erzählt, bis ich hundert Jahre alt wäre. Und Shahira erlaubte mir, alles anzufassen, alles in die Hand zu nehmen, es zu befühlen, die Leichtigkeit der Gegenstände, in denen Zauberkraft stecke, sagte sie, und sie bot mir die Döschen, Tuben und Phiolen und die Pinsel und Stifte und die schweren Flakons an, die beim Hinstellen auf die Glasablage einen Klang von sich gaben, der in den Gliedern kitzelte. Ich nahm all die kleinen, runden, glatten Lidschattenbehälter in die Hand, und sie hatten die Farben von Meerestieren. Ich durfte das Rouge mit dem Finger berühren, und der Puder war zart, und ich schaute Shahiras Wangen an, die auch zart waren. Mein Blick blieb an dem roten Lippenstift hängen, den Shahira gern auftrug. Und weil Shahira Gesichter lesen kann, bot sie an, mich zu schminken, und ich willigte ein und wollte so riechen wie Shahira.

Danach musste ich ihr Zimmer verlassen, weil sie verabredet war, und ich ging, und sie schloss das Zimmer ab und schloss den Duft da ein und die Schwere der Flakons und die Sanftheit des Puders, und ein bisschen davon trug sie mit sich und hatte mir auch etwas geschenkt, und ich setzte mich auf das Sofa und wartete auf Younes wie auf ein Auto, das in die Straße einbiegt. Und Younes kam, sah mich, und ich versuchte, die Schminke wie ein glücklich platziertes Muttermal im Gesicht zu präsentieren. Younes starrte mich nur an, und ich lächelte. Und Younes' Augen füllten sich mit Tränen, und ich hörte auf zu lächeln. Und Younes schaute weg, und ich schaute weg. Und Younes sagte dann, du siehst wie eine Nutte aus, und da traf meine Faust seine Nase.

Im Supermarkt gibt es ein Kosmetikregal, ich bleibe davor stehen, während Mutter einen Gang weiter Küchenrollen holt. Es gibt so viele Farben für die Fingernägel – man könnte auf die Idee kommen, es sei wichtig, sich die Fingernägel zu lackieren, oder warum gibt man sich sonst die Mühe, so viele Nagellacke zu produzieren, dass sie im Supermarkt so viel Platz einnehmen, und sie haben Namen wie *thigh high* und *playing koi* und *tickling sand*. Ich sehe das Rot, das Sanye an den Nägeln hatte, und bei ihr sah die Farbe wie mit den Nägeln verwachsen aus, und Sanye strich sich eine schwarze Strähne aus dem Gesicht und lächelte Younes an.

Ich lege ein rotes Fläschchen, *vampire's delicacy*, zwischen die Karotten und Bananen auf dem Kassenband. Meine Mutter greift danach, es ist sanyerot, nicht das echteste Rot, aber diesem sehr ähnlich. Sie lächelt mich an und legt es zurück auf das Band – endlich hinterlässt die Zivilisation Spuren bei dem Mogli-Mädchen, denkt sie. Ich weiß nicht, was meine Mutter denkt, wenn sie lächelt. Früher hat sie mir BHs gekauft, Damenrasierer, Binden und sie wortlos in eine Schublade meines Kleiderschranks gelegt. Wir mussten nicht darüber reden – die Binden benutzte ich, den Damenrasierer nicht –, auch nicht, als alle Mädchen anfingen, über Körperbehaarung zu sprechen wie über grünen Rotz, und in der Sportkabine kicherten sie, deswegen zog ich mich auf der Toilette um. Das war ihre Geheimwaffe: das Kichern und einander etwas ins Ohr zu flüstern – seit der Grundschule hatte sich nicht viel verändert. Ich durfte sie nicht schlagen, nur weil sie kicherten, damals nicht und heute nicht, Kichern reichte nicht aus, um sie schlagen zu dürfen, das wussten sie.

Baran schaut mir beim Lackieren zu und fragt, warum ich das mache. Ich muss mich konzentrieren, nicht über den Nagel zu malen. Ich frage ihn, ob er auch rote Fingerspitzen haben möchte, weil er nicht aufhört, mich anzustarren. Und er fragt, ob das nicht etwas für Mädchen sei, und ich frage ihn, ob Jungs keine Nägel hätten. Da hält er mir die Hände hin, nicht wissend, dass er morgen dafür in der Schule gehänselt werden wird. Und wenn er Pech hat, ist ein Mogli-Mädchen in seiner Klasse und verprügelt ihn, und er wird mit rot verstopfter Nase und zuckenden Schultern vor mir stehen, und er wird sagen, die Jungen hätten ihn geärgert, und er wird von mir eine Umarmung und schwesterliche Worte erwarten. Ich werde ihm sagen, hör auf zu heulen, hör auf, und der Schreck wird seine lächerlich dicken Tränen nur verzögern, für einen Moment, und sie werden selbstverständlich seine Wangen runterrollen, und ich greife nach den Tränen, aber es ist ein Ohrfeigen, du sollst nicht heulen; wenn dich jemand ärgert, dann ärgere zurück, und wenn sie dich schlagen, dann schlag zurück, und ich ohrfeige die andere Wange, und wenn du nicht stark genug bist, dann beiß zu, sagte mein Vater, bis du ihre Haut spuckst, dachte ich weiter. Baran wird aber wegrennen. Er wird nicht zurückschlagen.

Ich sage ihm, er solle jetzt auf seine Nägel pusten, damit sie trocknen, das mache man so.

Mit fünfzehn ohrfeigte Younes Shahira, als ein Mann ihr Schlafzimmer verließ.

Der Mann ohrfeigte Younes, weil er meinte, es gehöre sich nicht, die eigene Mutter zu schlagen.

Shahira ohrfeigte den Mann, weil niemand mein Fleisch und Blut anrührt, schrie sie.

Younes' Wange lief rot an, die Plötzlichkeit und die Härte dieser Männerhand ließen ihn erstarren. Younes, groß gewachsen, aber noch nicht so breit wie heute, nur die Andeutung von Muskeln, wischte sich die Tränen von den Augen, bevor sie das Gesicht bloßstellen konnten. Shahira schrie den Mann aus der Wohnung und umarmte Younes, der sich erst gegen ihre Umarmung wehrte. Und Shahira und Younes standen heulend mitten im Flur, sie hatten einander wehgetan und versuchten, den Schmerz zu lindern: Sie drückten die Körper fest gegeneinander, um eine Kugel zu werden, und scheiterten an der Haut, die sie in ihren Körpern eingrenzte.

Ich hätte mit dem fremden Mann die Wohnung verlassen sollen, man hatte mich aber vergessen, und fasziniert von der Szene stand ich in einer Ecke und war nur noch zwei Augen. Und ich drückte mich gegen die Wand und atmete flach ein und aus, um kein Geräusch zu erzeugen, atmete leise, dass die Lunge schmerzte, ich wollte die zwei sehen: Und diese Situation musste sich einige Male ereignet haben, denn ihre folgenden Bewegungen waren eine Choreografie solcher Momente. Sie nahmen auf der Couch Platz, Younes legte den Kopf in Shahiras Schoß und kämpfte gegen die Tränen an, sie streichelte ihm die Schläfe, strich über die Wange, über den Hals, tröstete ihren Sohn, ihren Propheten. Und wenn ich irgendwann wagte, mich zu ihnen zu setzen, wenn Younes längst eingeschlafen war, brauchte Shahira Trost, und sie erzählte, nicht um zu überleben, sie erzählte, um sich zu verzeihen:

Er verließ mich frühmorgens; manchmal ließ er mich schlafen, und andere Male musste ich aufstehen, Tee kochen, ein Ei kochen, Tahin in eine Schüssel gießen und Fladenbrot warm machen. Ich blieb zu Hause und wusste nicht, wohin er ging.

Und er war draußen und agierte mit Menschen und führte Gespräche, lachte über schlechte Witze, lachte über gute Witze und begegnete Frauen mit verschämten Blicken, handelte mit Männern und war in der Welt und verschwand in die Welt, tauchte ein und auf, vergaß sich und vergaß seinen Körper, seine Gedanken und wurde herausgefordert und änderte seine Meinung, seine Ansicht und seine Einstellung, weitete seinen Blick, und er war draußen.

Und später am Abend kam er zu mir, fütterte mich mit Geschichten, Lügen und Witzen, fütterte mich mit weichen, schwarzen Datteln, so süß wie die Zunge einer Huri. Ich hörte zu, hörte abends zum ersten Mal eine andere Stimme als meine, die ich nicht kannte, weil sie nur in meinem Kopf klang. Und für einen Moment vergaß ich meinen Blick und mein Gesicht, das ich den ganzen Tag über anstarrte, um einen Menschen zu sehen, und ich erkundete meine Beine, meine Oberschenkel, die Waden, die Zehen, legte mich auf das Bett und hob die Beine in die Höhe, stellte mir vor, wie er mich sah, wenn er auf mir lag, und zog mich aus, das Kleid, den BH, die Unterhose, hob die Beine, meine Schamlippen berührten nackte Haut, als ich die Beine übereinanderkreuzte. Ein Zucken durchfuhr meinen Bauch. Ich berührte meine Schamlippen. Ich fragte mich, wie er mich sah. Ob er sich fragte, wie ich ihn sah?

Shahira streichelte Younes, der sich mit dem Kopf in ihrem Schoß in den Schlaf geweint hatte. Manchmal ließ sie mich die Geschichte erzählen.

Euer Haus war umgeben von Walnussbäumen, die Äste dicht bestückt mit Blättern, und wenn du das Fenster auf der zweiten Etage öffnetest, konntest du nach den unreifen Nüssen greifen.

Erzähl es so, als wäre ich nicht da, sagte Shahira.

Und sie steckte die Nägel in die grüne Schale, um sie zu öffnen, und bekam schwarze Finger, sie wollte sich den Saft ins Gesicht schmieren – rîrash, »Schwarzwange« bezeichnet man Frauen, die Schande über sich bringen. Grün ummantelt fallen die Nüsse aus dem Fenster, fallen ihr aus dem Schoß, und würde er fragen, was mit ihren schwarzen Fingern sei, mit den Flecken auf ihrem Kleid? Und sie konnte nach den Ästen greifen, als wohnte sie in einem Baumhaus.

Als wohnten sie in einem Nest, korrigierte Shahira.

Ein Vogeljunge mit weichen, nutzlosen Federn, angewiesen auf den Erhaltungstrieb der Mutter, so öffnete Shahira den Mund, wenn er zu Hause war und saugte alles auf, was er ihr erzählte, aber er fragte nie nach ihren geschwärzten Fingerkuppen, er trug die Welt zu ihr. Wenn er einen unanständigen Witz erzählte, schaute ihr Mann sie an und sagte, er mag es, wie sie errötet, die Unschuld ist rot, sagte er und griff zwischen ihre Beine und legte ihr eine schwarze Dattel in den Mund, damit sie kein Wort von sich gab.

Ich frage Mutter nach dem Album. Sie sagt, sie wisse nicht, wo es sei, und ich würde ihr gern glauben. Und ein Mann ist mir im Traum erschienen, es war Vater, da bin ich mir sicher, und ich wünschte mir, wir könnten ein Körper werden, im Traum schaffen, was Shahira und Younes nicht schafften.

Er sah nicht aus wie Vater, eigentlich erinnere ich mich nicht an sein Gesicht, er war da, das spürte ich, seine Anwesenheit, wie ein Gefühl, ein Geist, den man mit der Haut wahrnimmt, und ich vergesse das Gesicht meines Vaters, er verkommt zu einer Ahnung. Meine Mutter versteckt seine Fotos, sein Gesicht wird uns verwunden. Sie würde zittern, wenn sie ihn auf einem Foto sähe. Ich frage Mutter noch einmal nach dem Album. Sie sagt, sie wisse nicht, wo es sei, und ich würde ihr gern glauben. Baran sagt, er möchte auch Fotos sehen. Sie verspricht, nach dem Album zu suchen, für uns. Sie hofft, wir vergessen diesen Wunsch, für sich. Ich suche in ihrem Kleiderschrank, finde das schwere rote Album unter ihren Wintermänteln vergraben. Vater ist vergessen, verkommen, verstecken, verwunden, versprechen, vergraben.

Und sie ist nicht wütend, als sie mich damit erwischt, sie sagt nur, sie erinnere sich daran, als sie das Album für zwanzig Mark bei Woolworth gekauft haben, sie hätten lange nach einem geeigneten Album geschaut. Andere Alben hätten Papierseiten gehabt, um Fotos einzukleben – sie wollte die Fotos nicht kleben, das kannte sie nicht: Fotos nicht mehr hin und her zu schieben. Die Abfolge der Vergangenheit nicht mehr neu arrangieren, sie an Seiten kleben, damit es nur eine Abfolge gibt, einzig und allein, wie die Wahrheit Gottes. Sie wollte ein Album mit Taschen, sie wollte die Fotos immer wieder neu sortieren – das hat sie aber nie gemacht.

Die Plastikseiten mit den Taschen knistern beim Blättern, über die Jahre hat die Luftfeuchtigkeit die Folien aneinandergeklebt, und beim Auseinanderreißen erzeugen sie ein Geräusch wie beim Entfernen eines Pflasters von der Haut. Und wir schauen, und Mutter hat keine Wunden, keine Narben. Sie lächelt ab und zu. Wenn ich wollte, könne ich die Fotos rausnehmen und daran riechen, die alten von Großmutter und Großvater, den Schwiegereltern meiner Mutter. Sie mochte beide, das kommt selten vor, sagt sie. Ich weiß nicht, wie ich auf diese Information reagieren soll, und blättere weiter. Es gibt nur wenige Bilder von Großmutter, das fällt mir auf, das sage ich meiner Mutter. Sie nickt. Die Großeltern lächeln nicht, die Kamera war für sie kein Auge aus der Zukunft. Ihre Körperhaltung ist gestellt, aber ihre Gesichtsausdrücke wirklich wie sie selbst. Die vielen Fotos von Großvater sind an verschiedenen Orten aufgenommen, nie zu Hause. Großmutter ist auf den Bildern immer zusammen mit einer oder mehreren Personen, als wäre ein Foto nicht wert, an ihre Person verschwendet zu werden. Sie hat kein Foto von sich allein bekommen; damals waren Fotos sehr wertvoll, erzählte Vater, als er die Fotos seiner Eltern in das Album sortierte. Meine Großeltern mütterlicherseits hatten nur ein einziges Bild, sie kamen aus dem Dorf, flüsterte mein Vater, damit Mutter es nicht hörte, als würde es sie verletzen, zu hören, woher ihre Eltern kamen. Ich traue mich, weiterzublättern, zu den farbigen Fotos zu gelangen, und da steht mein Vater als Student auf dem Platz der Freiheit in Bagdad.

Meine Mutter sagt: Das ist euer Vater. Nicht etwa: Da ist euer Vater. Nicht etwa: Hier ist euer Vater. Das ist euer Vater, sagt sie.

Und mein Vater ist nie weg gewesen. Er schaut sich mit mir die Bilder an, und zu jedem Bild gibt es etwas zu erzählen, sagt er, früher schoss man Fotos, um später eine Geschichte zu erzählen, sagt er.

Und diese Geschichte kennt Vater nicht, weil er mich nicht als Geist begleitet, was ich mir früher einbildete, und er hört Nina und Beza nicht im Klassenzimmer kichern, und er wird ihre Blicke nie gesehen haben, er wird das Wort »Nägel« nicht gehört haben, und Vater ist kein Geist, er ist irgendwo. Ich stelle mir vor, was er in diesem Moment macht, und das Kichern von Nina und Beza verklingt. Meine Hände stecke ich in die Hosentaschen, und der Lehrer befiehlt mir mitzuschreiben. Mein Vater ist irgendwo in Kurdistan und hört das Kichern von Nina und Beza nicht, ein Kichern reicht nicht aus, um sie zu schlagen, und in Kurdistan ist es heiß, und Vater trinkt jetzt in diesem Moment eiskaltes Wasser, denkt alhamdulilah, formt das Wort mit den Lippen, als er das Glas abstellt, und tupft sich den Schweiß vom Nacken – es ist heiß in Kurdistan, so heiß, dass die Hitze aus meiner Vorstellung heraustritt und meinen Körper einhüllt.

Nina und Beza schauen wieder zu mir und bedecken das Lachen mit einer Hand. Der rote Lack sieht wie Flecken an meinen Fingern aus. Meine Nägel sind zum Kratzen da, sie haben eine Funktion, aber sie gehören nicht dekoriert, absurd, die rote Farbe betont die klumpigen Fingerspitzen. Ich verstecke sie, lege den Stift wieder weg, stecke meine Hände in die Taschen, und der Lehrer befiehlt mir mitzuschreiben, und ich reagiere nicht, und er kommt näher und warnt mich, das sagt er, ich warne dich, und ich schaue zu ihm hoch, balle die Hände zu Fäusten und bleibe still, und Sanye kichert mit den anderen Mädchen.

Mir bleiben nur Vermutungen, warum mein Vater ging. Ich habe nie mit ihm darüber gesprochen, warum er ging, und ich werde nie mit ihm darüber sprechen, ich habe ihn immer gefragt, wann er kommt, aber nie, warum er ging. Und er hat es uns nie erzählt, dabei erzählt mein Vater so gerne Geschichten, Geschichten bergen Zusammenhänge, Geschichten erzählen vom Sinn, könnte er gesagt haben. Ich glaube nicht, dass er mit Gewissheit sprechen kann. Uns bleiben nur Vermutungen. Ich werde das Younes erzählen, und Younes weiß, warum sein Vater ging, und in Younes' Leben gibt es Sinn, so viel Sinn, dass es nicht auszuhalten ist.

Younes und ich können synchron rauchen, und meine roten Nägel sind nicht zu übersehen. Er greift nach meiner Hand, dreht und wendet sie, und das ergibt wirklich keinen Sinn, sagt er nicht, aber die Hand lässt er fallen, fremd geworden. Er raucht, ohne mich anzublicken. Wir schauen uns immer an, wenn wir rauchen, und Younes, weißt du, warum Vater nach Kurdistan zurückkehrte?

Einer der Gründe, warum Vater nach Kurdistan zurückkehrte: Ich half ihm bei den Hausaufgaben, weil er die Abendschule besuchte, sein Abschluss wurde nicht anerkannt, und damals fand ich es lustig, meinem Vater bei den Hausaufgaben zu helfen, aber jetzt, wenn ich so daran denke – wer hilft denn seinem Vater, die Hausaufgaben zu machen, und kann ihn im nächsten Moment ernst nehmen, wenn er meint, man solle auf sein Zimmer gehen, warum durfte jemand mir sagen, was ich machen oder lassen soll, wenn er nicht verstand, dass es das Mädchen und nicht die Mädchen heißt?

Ich erzähle Younes, es muss traurig gewesen sein, mein Vater zu sein: Es war, als hätte er sein früheres Leben nur geträumt, weißt du. Als hätte er das alles nie geschafft. Aber meine Mutter, wäre sie nicht so, wie sie ist, wäre sie eine andere, dann wäre sie mitgegangen. Oder sie hätte es geschafft, meinen Vater hierzubehalten, bei sich, bei uns, und ihn trotzdem glücklich zu machen. Aber sie hat es nicht geschafft.

Und Younes schaut auf meine Fingernägel.

Glotz nicht so, brülle ich, schlage ihm so hart, wie ich kann, gegen den Arm und renne davon, konzentriere mich auf das Rennen, damit ich nicht heule. Younes ruft mir nicht hinterher. Mein Rucksack springt auf und ab, und Beza und Nina kichern irgendwo, und Younes schaut auf meine Fingernägel.

Und ich nehme die Treppe, weil ich nicht auf den Aufzug warten kann, und renne, dass mir die Oberschenkel wehtun, und der Schmerz tut gut, mein Hals ist ganz trocken und fühlt sich hart an, und ich nehme zwei Stufen auf einmal, bekomme keine Luft und steige höher, und das scheint Stunden zu dauern, obwohl wir auf der dritten Etage wohnen, und die Treppen nehmen kein Ende, und plötzlich sind die Tränen da, und ich wische sie mit dem Arm weg, und sobald ich das Weinen zulasse, verliere ich meine Kraft.

Jamal und sein Sohn stehen vor ihrer Wohnungstür auf der zweiten Etage, und ich bin gleich da, und Jamal grinst mich an, und ich sehe ihn verschwommen, und er fragt: Mädchen, was heulst du schon wieder? Und ich sage: Geht dich einen Scheißdreck an, und er brüllt mir hinterher, ich sei eine verzogene Göre.

Ich schließe die Tür auf, versuche, so schnell wie möglich in mein Zimmer zu gelangen. Meine Mutter steht schon davor und fragt, was los sei, und ich brülle auch sie an, sie solle mich in Ruhe lassen. Auch sie nennt mich unverschämt, und ich renne vor der Scham weg, und ich kann sie nicht hinter mir lassen.

Im Zimmer werfe ich den Rucksack neben mein Bett und lege mich hin und kratze den Lack ab, er ist dünn und haftet am Nagel, aber ich kratze mit meinem rechten Daumen den Lack weg, so fest, dass mir das Nagelbett schmerzt, und ich kratze weiter, und es bleiben rote Flecken übrig, und ich schiebe den Nagel zwischen meine Zähne und habe Lacksplitter im Mund, und ich spucke rot und zerreiße diese dünne, glatte Haut, die jeden Nagel umgibt, fresse die Haut und schmecke Blut, bis der Lack ab ist und ich mit pochenden Fingern daliege und hasse, was ich nicht bin.

Meine Mutter steht hinter der abgeschlossenen Tür, sie bleibt eine Weile dort, sie könnte weinen, sie bleibt stumm, und sie weiß vor allem nicht, welche Worte sie sprechen muss, um die Tür zu öffnen. Astaghfirullah, spricht sie, astaghfirullah. Wenn ich ihr nicht antworte, wendet sie sich an Gott. Ich höre sie ins Wohnzimmer gehen, sie wird sich eindecken und verhüllen und die Haare und die Arme und die Knöchel bedecken, und der Körper wird unwichtig, nur der Mund wird gebraucht und die Zähne und die Zunge, wie sie um sich schlägt und wie sie Worte aus dem heiligen Buch formt, und es klingt wie eine Sprache aus dem All:

lā ʾilāha ʾillā llāh muḥammadun rasūlu llāh

Und ich wiederhole ihre Worte, die Shahada, so lange, bis ich nur noch vor mich hinsumme. Shahada, Shahira, Shahrasa, Shahrasad – es gibt keinen Zusammenhang, nur Vermutungen. Du Eingehüllte, du Verhüllte, Mutter zittert vor Angst und vor den Worten, die sie versteht, und Mutter verlässt ihren Körper und Mutters Geist säubert meine Nägel mit einer brennenden Flüssigkeit und Mutter tunkt meine wunden Finger in eine Schale Wasser und Mutter wäscht meine Finger und Mutter salbt meine Hände mit Rosenöl, die Blume Muhammads, und Mutter küsst die Finger so fest, drückt sie an ihre Lippen, dass sie fast im Mund verschwinden, und zwischen ihren Zähnen steckt ein roter Lacksplitter und Mutter legt meine Hand an ihre Stirn und zittert. Mutter bittet Gott um Vergebung, für das, was sie ist und was sie nicht ist. Und Gott spricht nicht.

Mutter und ich haben nur eine gemeinsame Fotografie: Baran ist nicht geboren; ich habe ein Eis in der Hand, das in der Sonne schmilzt, und ich lasse es nicht runtertropfen, so fleißig bin ich, für das Bild darf ich nicht am Eis lecken, muss in die Kamera schauen, Mutter legt eine Hand auf meine Schulter, um jeden späteren Betrachter des Fotos zu täuschen: Wir gehören zusammen. Mein Vater war auch da, er hat die Aufnahme gemacht, seine Abwesenheit im Bild sorgt für die Existenz des Bildes, des Moments, und Vater hält uns gefangen in dieser Haltung, die Hand auf der Schulter muss müde sein, die Gier auf das Eis unermesslich. Und das Bild in meiner Hand ist die Berührung meines Vaters aus der Vergangenheit. Mit wunden Fingern streiche ich über das Bild.

Als Jamal vor vielen Jahren in Kurdistan war und Vater und seine neue Familie sah, fotografierte er sie: Sie sitzen alle am Tisch, irgendwo draußen, in einem Restaurant, hinter ihnen Felsen und ein Wasserfall, und das Foto ist körnig und die Farben matt, und Vater sitzt mit seiner Frau am Tisch, und seine

Frau lächelt in die Kamera, lächelt meine Mutter an, denn sie weiß, dass Jamal unser Nachbar ist und dass Jamals Frau Mutter die Fotografie zeigen wird, und sie lächelt, und sie hat drei Töchter, die schauen neutral in die Kamera, sie schauen, wie sie sich fühlen, und sie wollen nicht lächeln, sie kennen den Betrachter des Fotos nicht, und Fremde soll man nicht anlächeln, aber Vater lächelt. Mein Vater hatte die Dreistigkeit, mit Anfang vierzig eine andere Familie zu gründen; als wäre die erste ein Fehler in seiner Berechnung, und er hat uns durchgestrichen und in einer anderen Zeitzone mit anderen Regeln neu angefangen. Das Foto gehört uns nicht, Jamals Frau nahm es wieder mit.

Und ich habe angefangen, Vaters Spuren zu sammeln. Vater hinterließ Zersplitterung.

Weil Mutter ein Kopftuch trägt, wird sie von anderen Frauen mit religiösen Fragen behelligt, und anfangs kannte Mutter die Antworten nicht, das Kopftuch ist doch eine Attrappe, und die Attrappe wurde irgendwann ein Teil von ihr, und sie wird mit Fragen beschäftigt, die sie nicht interessiert haben, sie kann doch Arabisch, weiß sie denn zufällig, ob es erlaubt ist, sich die Nägel zu schneiden, wenn man fastet, ob das Halal-Etikett an deutschen Fleischprodukten gültig ist, ob während der Menstruation der Beischlaf erlaubt ist. Mutter schämte sich, die Antworten nicht zu kennen, und fing an, den Quran zu studieren und die Hadithe zu lesen und schaute Sendungen mit Mullahs, die ihr nicht gefielen, weil sie immer sagten, was die Frau machen müsse, und sie verbannte die Hadithen und schlug alles im Quran nach und wollte jedes Wort verstehen, und Gott spricht zu den Männern, aber das allererste Wort

Gottes an seinen neuen Gesandten ist: Iqra. Lies. Iqra bi-ismi rabbika. Lies im Namen deines Erschaffers. Und die Worte Gottes fließen in den Körper des Propheten und erschrocken und voller Angst eilt er nach Hause und bittet seine Frau, deck mich zu, mir ist kalt, deck mich zu, damit das Zittern aufhört, und Gott sprach zu Gibril, und Gibril sprach zu Muhammad, und Muhammad sprach zu den Menschen.

Ich beobachte Mutter beim Beten: Im Gebet faltet sie den Köper, sie betet nicht nur mit dem Mund, sie betet mit jedem Muskel, mit jeder Sehne und jedem Organ spricht sie zu Gott: Die Hände übereinandergelegt, auf dem Bauch ruhend, beruhigend, den Oberkörper vorbeugen, nach unten schauen, die Hände auf den Kniescheiben abstützen, für ein Allah u Akbar aufrichten, beide Hände als Zeugen zum Gruß an die Schläfen führen, zusammenbrechen, auf den Beinen sitzen, zu Gott sprechen, ihn um Gnade bitten, sich kleiner machen, mit der Stirn den Boden berühren, die Stirn in den Boden drücken, der Boden ist heilig wie die Hand der Eltern, wie der Quran. Die Hände neben den Kopf legen, sich ergeben, sich vergeben, sich ausliefern: die Augen schließen, zu Gott sprechen, leise, die ganze Zeit leise, dass nur Gott die Worte hört, zum kleinsten Wesen werden, bedeutend und deswegen verwundbar werden, wieder auf den gefalteten Beinen sitzen, die Finger in der Hand versteckt, und wenn die Shahada gesprochen wird, nur den Zeigefinger der rechten Hand aufrichten, denn es gibt nur einen Gott, nein, nicht geben, das ist das falsche Wort, es ist ein Gott, bezeugt ihr Mund, stellt der rechte Zeigefinger dar, nur einer, das Gebet, das Gespräch mit Gott beendet sie, indem sie nach rechts und links schaut, ihre Zeugen für den jüngsten Tag verabschiedet, sie streicht sich mit beiden Händen über das Gesicht, salbt das Gesicht mit Atem, mit Gottes Namen.

Sie setzt sich auf die Couch, nimmt den Quran in den Schoß, liest aber nicht, starrt aus dem Fenster, und da gibt es nur den Himmel mit Wolken zu sehen, und sie sitzt eingehüllt in Stoff im Schneidersitz auf der Couch, nur das Gesicht frei, wie eine Pyramide sitzt sie auf der Couch und schaut jetzt zu mir, und ich setze mich neben sie und erschrecke Mutter mit so viel Nähe, aber sie zittert nicht. Sie fragt mich, was passiert ist, und ich erzähle es ihr, diesmal erzähle ich Mutter alles und fange damit an, den Geist meines Vaters zu beschreiben, und sie sagt, in letzter Zeit würde ich ihn vermissen, ich solle ihn vielleicht anrufen und seine Stimme hören, und eine warme Hand enthüllt sich und greift nach meiner Wange, und ich erzähle von Nina und Beza und dem Kichern und von Younes und wie er auf meine roten Fingernägel starrte, und sie spricht: Du bist nicht Younes' Problem, und sie sagt, du bist niemandes Problem, du bist gar kein Problem, sagt sie, und dann sagt sie für lange Zeit nichts, und ich sage auch nichts, und wir sitzen auf der Couch, sie eingehüllt in Stoff und ich mit pochenden Fingern, und zum ersten Mal haben wir zueinander gesprochen. Mutter sagt, sie habe auch in letzter Zeit sehr oft an Vater gedacht, wahrscheinlich, weil ich bald mein Abitur machen und das Haus verlassen würde, und dann blieben nur sie und Baran, und da habe sie an meinen Vater gedacht. Ihm fehlte die Hingabe für ihre Ehe, sagt sie, und dann korrigiert sie sich, sie fehlte ihm nicht, dass würde bedeuten, er hätte nichts machen können, nein, er wollte nicht, sein Beruf war ihm wichtiger, und dass ich mich für ein Leben mit ihm entschieden habe, hier, dass ich ihm Kinder geboren, ihn ernährt und mein Leben an ihn gebunden habe, reichte nicht aus, ihn hierzubehalten.

Und warum lässt sie sich nicht von ihm scheiden, ist stattdessen als verlassene Frau hiergeblieben, verlassen wie Shahira, aber da schaut sie zu mir, wütend über den Vergleich, und ich bereue, es ausgesprochen zu haben. Mutter sagt nur, Vater habe keinen Respekt vor dieser Ehe gehabt, warum solle sie ihm den Gefallen tun, eine Scheidung einzureichen und diese Ehe als etwas Reales zu behandeln.

Dann bist du frei, sage ich.

Ich bin frei, sagt sie, und sie schreit fast, Mutter sagt, er ging, nicht: Er verließ uns, sondern er ging, und wir blieben hier und wir bleiben hier. Das ist ein Unterschied, verstehst du: Er ging und er kam nicht zurück, und wir blieben hier und wir bleiben hier, ob ich den verdammten Unterschied verstehe, sagt sie, und ich sage einfach, ja, ich verstehe. Mutter küsst den Quran, berührt ihn mit der Stirn und legt ihn auf den Tisch.

Ich beobachte Younes vom Balkon aus, der am Marktplatz auf unserer Bank sitzt und einfach nichts macht, sich nur ein bisschen umschaut, und dann winkt er mir zu, unschuldig, und das bricht mir fast das Herz. Nicht ich bin das Problem, das sehe ich jetzt erst, und ich schaue mir Younes einfach nur an, wie er da sitzt und nichts macht, und er braucht niemanden; jetzt wie er gerade dasitzt und nichts macht, braucht er niemanden, er genügt sich selbst, und er weiß das wahrscheinlich, und er holt sich eine Zigarette raus und raucht sie und schaut wieder zu mir und winkt mich zu sich, aber ich schüttele den Kopf, weil ich ihn nur beobachten will, von Weitem beobachten will, wie er da sitzt und nichts macht, und ich wette, er lächelt jetzt, er zieht an seiner Zigarette und winkt noch einmal, und ich hebe bloß die Hand, kein Winken, nur ein Versichern, ihn zu sehen. Ich stelle mir vor, ein Junge zu sein. Meine Mutter hätte weniger Sorgen, oder ich würde bei meinem Vater leben. Ich weiß nicht, ob Younes der Gleiche wäre, wenn ich nicht ich wäre. Ich bin ein Junge und gehe durch die Straßen und kann im Dunkeln nach Hause laufen, und die Frauen fragen mich nicht, wie es meiner Mutter geht, und sie sagen mir nicht, als großes Mädchen helfe ich meiner Mutter bestimmt im Haushalt, und Männer ignorieren mich, und ich kann einfach durch die Straßen gehen.

Und dann sehe ich, und das sieht Younes nicht, weil er nicht von oben auf das Geschehen schaut, sondern weil er das Geschehen ist, er sieht nicht, wie sein Onkel Azad auf ihn zuläuft. Und ich kann das nicht verhindern, ich bin zu weit weg, und Onkel Azad ist bei Younes angekommen, und Younes macht ihm Platz auf der Bank, und Younes schaut nicht mehr zu mir rüber. Die zwei sitzen jetzt da, und der Onkel raucht auch eine mit Younes, und ich sehe nicht, ob sich ihre Lippen bewegen, sie sind zu klein von hier aus, aber sein Onkel schaut immer wieder zu Younes, als erzähle einer von ihnen eine Geschichte. Jetzt fällt mir auf, dass Younes beim Reden die Hände nicht bewegt oder den Kopf, er konzentriert sich auf die Worte, die er spricht. Und sein Onkel bewegt sich auch nicht, er führt immer nur seine Zigarette zum Mund, und wenn er den Rauch ausatmet, dann legt er den Kopf in den Nacken, um Younes nicht mit dem Rauch zu belästigen, und ich hasse es, wenn Leute das machen, und bei dem Onkel hasse ich das noch mehr, weil Younes doch selbst raucht, und der Onkel glaubt, ihn davor zu schützen, aber ich sehe, das ist eine Macke des Onkels, er scheint das immer zu machen. Und dann holen beide ihre Handys raus und tippen, tauschen wahrscheinlich die Nummern aus, weil Younes sein Handy wieder einsteckt, aber der Onkel zeigt Younes noch etwas auf seinem Handy, wahrscheinlich ein Bild des Vaters, der in Frankfurt wohnt, und Frankfurt, das ist doch nebenan, an einem Wochenende könnte man doch den Vater besuchen, der sich auf Younes freut, der alles wiedergutmachen möchte. Und Younes nimmt das Handy des Onkels in die Hand und schaut aufs Display, und das dauert vielleicht eine halbe Stunde, die Ewigkeit dauert eine halbe Stunde, Younes ist wie erstarrt, er schaut sich ein Bild eine ganze halbe Stunde an, was kann das für ein Bild sein, ein Bild schaut man höchstens eine Minute an, und dann hat man alles gesehen. Der Onkel klickt mit dem Finger zu einem anderen Bild, und auch dieses Bild schaut Younes eine Ewigkeit an, bevor er ihm das Handy zurückgibt. Der Onkel steckt das Telefon in die Hosentasche und wendet sich mit dem Körper Younes zu und legt ihm eine Hand auf den Nacken, und Younes wehrt sich nicht gegen die Hand des Onkels auf seinem Nacken, Younes starrt nur auf den Boden, hat die Hände zusammengefaltet, das ist seine Sitzhaltung, wenn er zuhört, den Kopf gesenkt, die Finger wie ein alter Mann ineinanderverschränkt, und er hört, was man zu sagen hat, und der Onkel tätschelt Younes' Nacken, fährt ihm manchmal über den Hinterkopf, wie man das bei Kindern macht, und tätschelt dann wieder den Nacken. Ich kann mich kaum von der Szene losreißen, aber ich muss Shahira erzählen, was auf dem Marktplatz passiert, ich werde ihr erzählen, wer der Mann ist, und wie gut, dass ich weiß, wie er heißt, und weil wir wissen, wie er heißt, wird Younes ihr nicht weggerissen.

Ich renne die Treppen runter, und es dauert wieder eine Ewigkeit, bis ich unten bin und zum anderen Gebäude sprinte, und die Leute gucken gar nicht mehr, weil sie es so gewohnt sind, mich rennen zu sehen, und ich renne die Treppe hoch und bin ganz außer Atem, als ich vor Shahiras Wohnungstür ankomme, und im Gang sitzt Jamals Sohn, mit dem Rücken gegen die Wand, und er spielt mit seinen Fingern, legt den linken Daumen an den rechten Zeigefinger und dann den rechten Daumen an den linken Zeigefinger, überkreuzt, und das wiederholt er in immer schnellerer Geschwindigkeit, und dann bemerkt er mich und hört auf, mit seinen Fingern zu spielen, und schaut nur auf und wartet, was ich mache, und ich frage, was er hier macht, und er antwortet nicht, und ich wiederhole meine Frage, diesmal etwas lauter, und er sagt nur, er warte auf seinen Vater, und ich frage, wo sein Vater sei, und er antwortet wieder nicht, und er regt mich wirklich auf, wie er da sitzt und mich einfach nur anguckt, und dann presst er die Lippen aufeinander. Ich gehe auf ihn zu, und er zuckt zusammen, und ich sage ihm, ich würde ihn nicht schlagen, er solle mir nur sagen, wo sein Vater ist und warum er ihn hier warten lässt. Er sagt, er dürfe es mir nicht sagen. Ich sage ihm, falls sich in den Tüten Joghurt oder so etwas befinde, dann werde der schlecht und er kriege Ärger mit seiner Mutter, und der Junge schaut mich weiter stumm an, und eigentlich sollte es mir egal sein, das ist nun wirklich nicht mein Problem, ob er Ärger mit seiner Mutter bekommt, weil der Joghurt schlecht geworden ist. Und ich will ihn fragen, wie lange er schon wartet, und dann lasse ich es doch, er wird mir eh nicht antworten, und vielleicht ist es besser so, vielleicht sollte ich das nicht wissen. Ich springe über seine Tüten, weil er den Durchgang mit seinen Tüten versperrt, und ich klingele bei Shahira, lasse meinen Finger auf den Knopf gepresst, damit sie weiß, wie dringend es ist. Heute ist ihr freier Tag, ich weiß das, aber sie öffnet nicht die Tür, und dann sehe ich, dass sie durch den Spion schaut. Ich rufe ihr zu, ich müsste ihr etwas sehr Wichtiges mitteilen, es geht um Younes, und ich weiß, dass sie sofort öffnet, wenn es Younes betrifft, und ich behalte recht, sie schließt die Tür auf und überfällt mich mit Fragen. Ich trete ein, sie geht kaum zurück, und ich stehe vor ihr, unsere Nasen könnten sich berühren, ich nehme einen fremden Geruch an ihr wahr, die Lippen ein verwaschenes Rot, kein echtes mehr, und geschwollen, dass es wehtun muss. Ich sage ihr, wir sollten uns mal hinsetzen, und dann sehe ich Jamal in der Küche, er trinkt Chai, und dann sieht er mich, er sieht mich wie jeden anderen Gegenstand in der Wohnung an, und er trinkt den Rest seines Chais in einem Schluck aus, steht auf, fragt, warum ich so glotze, und sagt zu Shahira, falls sie etwas brauche, dann solle sie ihn einfach anrufen, und seine Lippen sind geschwollen, die Hand warm, die er mir in den Nacken legt, als er mir noch einmal sagt, ich solle nicht so glotzen, sonst könnten mir die Augen herausfallen, und er geht. Shahira, ungeduldig und genervt von meinem Schweigen, drängt mich zu erzählen, fragt, was mit Younes sei, geht zum Fenster und schaut raus, sieht Younes, der mit einem Fremden auf einer Bank sitzt, und sie fragt wieder, was los sei. Shahira ist geschwollen, so rot und so geschwollen, ich öffne die Tür, damit die Hitze flieht. Jamal legt seinem Sohn die warme Hand in den Nacken und sie gehen, seine warme Hand ließ Shahira rot anschwellen.

Du musst den Mund halten, sagt Shahira, diesen Mund, sie drückt mir auf die Lippen, diesem Mund darf keine Erzählung entschlüpfen, wir müssen ihn zunähen, und ein säuerlicher Geruch geht von ihr aus, ihre Hand drückt meine Lippen gegen die Zähne, fest, damit sie anschwellen, damit sie rot werden, und vielleicht schlägt sie mich noch, nichts dürfte ich erzählen, nicht meiner Mutter, nicht Younes. In Shahira ertrinken Männer, und ihr Körper erstickt Worte, so nahe kommt sie mir und nimmt die Hand weg. Warum Jamal, frage ich sie. Seine Frau besucht uns jeden Abend, ich höre sie immer schlecht über Jamal reden. Warum Jamal, der einen Sohn hat, dessen Schweigen wie ein Vorwurf klingt. Aber Shahira sagt nur, du musst schweigen, und ich schweige, und sie fragt, was ich über Younes erzählen wollte, und ich gehe, ich laufe die Treppe runter, und ich laufe die Treppe hoch, ich renne nicht, ich schweige nur und gehe wieder auf den Balkon und will Younes und seinen Onkel beobachten, und sie sitzen immer noch da und quatschen. Vielleicht sollte er zu seinem Vater gehen, und dann fällt von irgendwo dieser Gedanke in meinen Kopf, ein Gedanke wie ein fetter Regentropfen fällt mir auf den Kopf, und ich fasse mir an den Kopf, und der Gedanke breitet sich richtig darin aus, dass ich ihn einfach nicht loswerde: Was ist, wenn Vater nach Kurdistan gegangen ist, weil er eine Affäre mit Shahira hatte, und er und Mutter sich ihretwegen getrennt haben. Und der Gedanke verwandelt sich in ein Gefühl.

Und ich habe angefangen, Vaters Spuren zu sammeln. Vater hinterließ Ungewissheit.

Sein Beruf war ihm wichtiger, sagte Mutter. Sie könnte lügen, eine Lüge half ihr, ihn zu vergessen, wenn er seinem Beruf nachging und nicht der Nachbarin. Wenn ich nur wüsste, worüber sie damals sprachen, als sie Younes und mich von der Schule abholten, so intensiv miteinander sprachen, dass ich erst vor ihm stehen musste, bis er mich bemerkte, so intensiv miteinander sprachen, dass Vater eine andere Nachbarin übersah und nicht grüßte.

Vater ging, und wir blieben hier, und er sollte eigentlich wiederkommen, und er hat uns immer wieder angerufen, ich erinnere mich, er rief uns an, und irgendwann bat er Mutter auch, zu kommen, nach Kurdistan zu kommen, um dort zu leben, weil er es hier nicht aushielt. Mutter schrie, ich erinnere mich, sie schrie, er solle kommen, und beide haben auf den anderen gewartet, und keiner von ihnen ist aufgetaucht, weil sie keinen Ort verabreden konnten, und dann hat Vater als Erster das Warten aufgegeben.

Ich gehe zu Mutter und frage sie, warum sie damals nicht zu Vater zurückgegangen sei, und sie sagt nur, sie ertrage es nicht, sich weiter mit ihm zu beschäftigen, und ich frage sie, was sie aufgehalten habe, aber sie schüttelt nur den Kopf, und ich sage, sie hätte noch nicht einmal eine ordentliche Arbeit hier, ständig sei sie auf der Suche, und nach einem halben Jahr muss sie gehen und wieder suchen, die Hornhaut an ihren Füßen ist aufgeplatzt, ihre Hände ausgetrocknet, und Vater ist in Kurdistan Architekt und sie Lehrerin, wie kann sie es nur hier aushalten. Und dann weint sie und sagt, ich solle sie in Ruhe lassen. Ich will das jetzt wissen, sage ich zu Mutter und drehe sie an der Schulter herum, damit sie mich ansieht, und packe sie an der Schulter und zwinge sie, sich umzudrehen, wie viele Bandscheiben mussten reißen, und schau mich doch an, Mutter, und sie sagt, sie wollte nicht, dass ich dort aufwachse.

Jetzt gibst du mir die Schuld, sage ich, und sie missversteht das als Frage; dass Leute auch immer Aussagen als Frage missverstehen, macht mich fertig. Es gehe nicht um Schuld, meint sie, ich wollte nicht, dass du dort lebst, du warst damals neun oder zehn, dein Vater verstand das nicht, aber ich weiß, was einem Mädchen danach bevorsteht. Dein Vater verstand das einfach nicht. Oder er wollte es nicht verstehen.

Du weißt gar nichts, sage ich ihr. Du warst keine Hilfe hier.

Lass uns hier abhauen, sage ich zu Younes, vor Onkel Azad, vor meiner Mutter und vor deiner Mutter, lass uns nach Kurdistan, sage ich zu Younes.

Zu deinem Vater oder zu meinem Vater, nach Zaxo oder Frankfurt, fragt er und grinst, weil er an einen Scherz glaubt.

Komm, Younes, lass uns nach Kurdistan reisen, sage ich, komm, bevor du zu deinem Vater gehst. Wir könnten zum Fluss laufen, und unsere Haare und unsere Haut werden brennen, aber wir werden strahlen, und Younes' Haut – in Deutschland grau – wird von der Sonne zum Leben erweckt, seine Haut wird braun, und die Luft trägt Sand aus Basra in unser Haar. Lass uns über die Stadt fliegen, wie eine Taube, über Zaxo, wie in diesem Lied von Erdewan Zaxoyî.

Lass uns schwimmen gehen, sagt er, an den See.

Ich kann nicht schwimmen, sage ich ihm.

Es ist warm, meint Younes und schaut zum Himmel, als traue er seiner Haut nicht, als müsse er den Himmel sehen. Oder hast du Angst, dass dein Nagellack absplittert, sagt er vorwurfsvoll.

Ich habe meine Tage, ich will nicht schwimmen, sage ich ihm, erinnere ihn daran, dass ich einen anderen Körper habe, fordere ihn auf, an mir herunterzuschauen.

Ich schwimme, sagt er, geht und dreht sich um, und du guckst zu, sagt er. Ich laufe ihm nach. Wenn er das noch einmal macht, dieses Vorgehen, sich Umdrehen und mir Sagen, was ich zu tun habe, dann schlage ich ihn wieder, und es ist mir egal, ob er zurückschlagen wird oder nicht, mir die Nase bricht oder meine Lippen zum Platzen bringt. Younes, du kannst nicht so mit mir reden, sage ich ihm. Er legt einen Arm um meinen Nacken. Sollte meine Mutter uns so sehen, wird sie mich heute Abend dafür ausschimpfen, und ich werde die Fenster nicht schließen.

Am See hören wir bekannte Stimmen, und ich sage zu Younes, wir sollten den anderen Weg nehmen, aber er steuert auf die Stimmen zu, taub für meine Worte, steuert er auf die Geräusche zu: Musik, dazwischen ein Kreischen, Lachen, Rufen – bekannte Namen: Raffiq, Sanye, Walid, Jenny. Sie haben einen Grill aufgestellt, hören Musik, tanzen. Raffiq greift nach den

Kniekehlen der Mädchen, die an ihm vorbeilaufen, jedes von ihnen berührt er, als würden sie ihm Glück bringen. Sie lachen, fordern ihn zum Tanzen auf, aber er will nur sitzen bleiben und trinken.

Sanye sieht uns beide, winkt Younes zu der Gruppe hin, ich bin sein Schatten, ich verstecke mich hinter Younes, der so tut, als hätte er Raffiq nicht zusammenzucken lassen, und der sich direkt vor ihn hinstellt und vor Sanye, die ihm ein Bier anbietet, aber Younes trinkt nicht, fragt nach zwei Cola, und Sanye gibt ihm nur eine Flasche, und Younes nimmt einen Schluck und gibt mir die Flasche, sagt bahr û brati, brüderlich teilen, Sanye lacht und versteht kein Kurdisch, aber sie lacht und fragt Younes, ob er gegrillten Fisch essen möchte. Ich will Younes sagen, das ist eine Falle, das Lachen hat sie entlarvt, lass uns verschwinden, sie werden sich für Raffiqs Zucken rächen. Und die ganze Zeit redet Sanye mit Younes, und Younes antwortet ihr, und sie gehen schwimmen, und ich sitze am Ufer, schaue zu ihnen rüber, und die Cola verätzt meine Zähne, und Sanye und Younes strecken alle Glieder aus, bis ihre Körper auf der Wasseroberfläche schweben, das Wasser, das schwarz ist, und die zwei schauen in den verräterisch blauen Himmel, ihre Körper zwei gefallene Sterne im dunklen See, unheimlich, wie er sein kann, und sie gleiten. Ich möchte ihn rufen, ihn warnen, komm aus dem Wasser, es wird etwas passieren, das spüre ich in den Sohlen. Der Boden sinkt ins Wasser, der See ist ein Maul, Younes schwimmt in der Falle, und Sanye ist ein Köder. Der Himmel ist blau, verschwenderisch blau, keine Wolken, erdrückend, wie einsam dieses Blau ist, es wird sich rächen und auf uns fallen. Komm, Younes, komm da raus.

Walid setzt sich neben mich, reicht mir ein Glas mit kalter Cola, es schmeckt widerlich, und ich spucke aus, und Walid lacht und trinkt sein Getränk, als enthielte es keinen Alkohol. Ich liebe Alkohol, sagt er, vor allem wenn andere ihn trinken, ich trinke ihn nicht, aber ich liebe Alkohol, weil für die Leute Alkohol ein Mittel ist, um mein Verhalten zu erklären und sogar zu entschuldigen, sagt er und starrt mich an, und ich will ihn ignorieren und schauen, was Younes und Sanye treiben, und Walid legt sich auf die Seite, stützt sich mit dem Ellbogen ab und sagt, du könntest süß sein, wenn du nicht immer dieses genervte Gesicht machen würdest.

Was hast du denn vor, warum musst du entschuldigt werden, frage ich ihn. Ich nippe an der Cola, die Walid mir gegeben hat. Er sagt, das ist Wodka Cola, das verändert dein Denken und dein Verhalten.

Ich weiß das doch, sage ich ihm. Und er bietet mir sein Getränk an, und ich lehne ab, nein, wirklich, sagt er, trink, und ich trinke, und es ist süß, schmeckt nur nach Cola, und er sagt, er spielt gerne betrunken, weil er dann eine Entschuldigung für sein Verhalten hat, aber er will bei klarem Verstand genießen, betrunken fühlt sich betäubt an, er will den Körper spüren, sagt er und streicht mir über das Bein. An meinen Oberarmen bekomme ich eine Gänsehaut, und er sieht das und lacht und sagt, ich wusste, dass du keine Lesbe bist. In diesem Moment sehe ich Younes' und Sanyes Körper im See ineinander verhakt, ineinander übergehen, die Münder aneinandergepresst, und die Köpfe ahmen die Wellen nach, die sich von ihnen wegbewegen oder zu ihnen hinbewegen, und ich sehe Younes' Hände in ihrem langen, nassen, schwarzen Haar, das die Farbe des Sees annimmt, und der See ist nur die Verlängerung von Sanyes Haar, und Younes schwimmt in ihrem Haar, und Sanyes Finger mit rotem Lack an den Nägeln spielen mit Younes' Hinterkopf, und ich schaue auf meine Nägel, auf meine wunden Finger. *Vampire's delicacy.*

Dieser Hurensohn, sage ich, weil mir nichts anderes übrig bleibt als die Worte der Leute, und Walid lacht, und wir sehen Raffiq zum Ufer torkeln und Younes rufen. Younes und Sanye, einander noch umarmend, als wäre es das erste Mal, als wäre es das letzte Mal, schauen in unsere Richtung und beschließen, endlich zurück zum Ufer zu schwimmen, und Raffiq stürzt sich auf Younes. Ich bleibe sitzen, obwohl alle schreien, manche aus Freude und Sanye aus Angst. Auch wenn sie Angst hat, sie ist trotzdem der Köder gewesen, und Younes schlägt Raffiq mit der Faust auf die Nase, schlägt so lange, bis er das Dribbeln des Basketballs nicht mehr hört. Walid und ein paar andere Jungs greifen Younes von hinten an. Jeder, der einmal einen Ball gegen Younes' Rücken geschossen hat, tritt gegen diesen Riesen, der sich am Boden krümmt, und ihm bleiben nur die Hände, um seinen Kopf zu schützen. Und Vater sagte, jedes Mittel sei recht, um sich zu verteidigen, und ich schnappe mir eine Bierflasche und schlage damit auf Walids Kopf, er blutet, und alle rennen zu Walid, der stürzt. Ich lege mich auf Younes und warte auf Schläge. Sanye ruft die Polizei, sie wird dafür von Raffiq und den anderen ausgeschimpft, aber Sanye ist vernünftig, und sie legt sich auf die andere Seite von Younes, und unsere Körper schützen ihn, und bevor Raffiq und die anderen gehen, treten sie mir in den Rücken.

Nach einer halben Stunde kommt die Polizei, nachdem wir

alle um Jahre gealtert sind, nachdem wir für immer im Mai gefangen bleiben werden, kommt die Polizei und nimmt unsere Aussagen auf. Wir erzählen, was passiert ist, und verschweigen, was uns passierte.

Ich habe Vaters Nummer nicht, Mutter hat sie in ein kleines Telefonbuch geschrieben, die Zahlen und die Schrift sind arabisch, ich kenne die Zahlen, aber nicht die Buchstaben. Vater hat mir die Zahlen beigebracht. Die Wörter sehen wie verwickelte Kabel aus. Das Telefonbuch ist eigentlich ein Terminplaner von 2002, aber Mutter hat nie Termine, nicht so viele, dass man sie vergessen könnte, und Mutter hat ein sehr gutes Gedächtnis. Wenn ich das Büchlein aufschlage, dann bleibt es auf der ersten Seite offen liegen, der Rücken des Terminplaners ist gebrochen, weil sie die erste Seite so oft aufgeschlagen hat. Ich blättere weiter. Eine dieser Nummern gehört Vater – nicht am Anfang des Buches, in der Mitte steht seine Nummer, weil er sie mittendrin verlassen hat. Zwei unterschiedliche Handschriften, wie eigenartig, dass man Handschriften auch in einer Fremdsprache unterscheiden kann – sie sind wie gemalte Stimmen. Mutters Handschrift sieht aus, als fände sie das Schreiben lästig. Vater dagegen hat sich für den Schwung und die Rundungen mancher Buchstaben viel Zeit genommen, hat sie über die Linie geschrieben, weil er Linien, die er nicht gezeichnet hat, ignoriert.

Ich rufe ihn an, und ich möchte wieder auflegen, aber er nimmt schon beim zweiten Klingeln ab, und er klingt überrascht, als hätte er unsere Nummer gelöscht. Dann sagt er meinen Namen, nicht den Namen meiner Mutter, nicht Baran, sondern Amal, und er wiederholt ihn und fragt: cawani?, fragt in mein Schweigen rein, dann atmet er hörbar aus, nicht genervt, er hat nur zu schnell zu viel eingeatmet. Er sagt, cawani, Amal, keca mn. Er sagt noch einmal: keca mn. E?, fragt er. Meine Tochter, und? Er sagt nicht: cye?, was ist? Er sagt: e, das und, das man mitten in einer Unterhaltung benutzt oder als ein: und dann? Als wären wir acht Jahre lang mitten in der Unterhaltung unterbrochen worden.

E ce ne, sag ich, und nichts. Das sind die ersten Worte seit langer Zeit, die ich an meinen Vater richte: und nichts. Und Vater hinterließ Auflösung.

Tu ct ki, fragt er, und ich sage ihm, nichts, ich wollte nur deine Stimme hören, sage ich und merke, wie die Scham mich bei diesem Geständnis überrollt. Ich wollte nur deine Stimme hören, sage ich noch einmal, und dann auf Deutsch: Ich wollte nur deine Stimme hören, und ich sage das oft, damit es seine Bedeutung verliert, die Scham zieht sich zurück, und ich wollte deine Stimme hören, und sage es noch einmal, damit er mich hört. Ich sage ihm, ich käme ihn besuchen, direkt nach meiner letzten Prüfung käme ich ihn besuchen, ich komme alleine, sage ich, ich bleibe eine Weile da, sage ich, bis zur Zeugnisausgabe, und vielleicht komme ich dann wieder, und vielleicht bleibe ich da, sage ich, aber ich weiß das noch nicht so genau, aber ich käme ihn besuchen, meine Prüfung ist in einer Woche und dann komme ich, der Flug ist schon gebucht, ich komme in Erbil an, er müsse mich abholen, sage ich ihm, und er sagt, bla keca mn, ja, meine Tochter, und ich lege auf.

In Erbil ist die Luft trocken und warm und irgendwie herb wie in einem Kohleofen. Mutter hat mich zum Flughafen gefahren. Baran saß hinten, ich auf dem Beifahrersitz, den Kopf gegen die Scheibe gedrückt, weil ich ihn nicht halten konnte. Der Himmel stach blau in den Augen. Das Ruhrgebiet atmete Wolken aus, gleichgültig über meinen Weggang.

Als ich meine Koffer aufgab, drückte mich Mutter an ihren Körper, küsste mich auf die Stirn, Baran küsste meine Wange und ich seinen Hals, es kitzelte ihn, er zuckte zusammen, und ich habe nicht geweint, erst im Flugzeug, und eine Frau fragte mich auf Kurdisch, warum ich weinte, und nannte mich dabei ihre Tochter – das ist das Deutsche: ob es mir gut gehe. Ich sagte ihr auf Kurdisch, nichts Wichtiges, das ist das Deutsche: ja, danke.

Ich tröstete mich mit der Vorstellung, meinen Vater in vier Stunden in den Armen zu halten und mit ihm zu sprechen. Ich stellte mir vor, was ich ihm alles erzählen würde, und war gespannt, was er zu erzählen hatte, und mein Vater ist ein großer Erzähler, er hat Shahrasad im Mund. Ich werde ihm nicht erzählen, was ich zu meiner Verteidigung gebrauchte: meine Fäuste, meine Zähne und meinen Rücken für Younes.

Ich steige aus dem Flugzeug, habe geschwitzt, und die Luft ist trocken und warm und irgendwie herb wie in einem Kohleofen. Ich werde nicht weinen, ich bin nur nervös, laufe den Menschen hinterher, sie quetschen sich in einen Bus, und wir werden zur Flughafenhalle gebracht. Die Halle ist kalt, und wir frieren alle, fahren uns über die Arme, und wir laufen gemeinsam zur Gepäckausgabe, ab hier achte ich nur noch auf das Englische: *baggage claim*. Ich warte auf meinen Koffer, und er ist einer der ersten. Ich frage jemanden, wo ich jetzt hinmuss. Er schaut mich verwirrt an und sagt: Kurdî baxve: Sprich Kurdisch. Ich habe vergessen, dass auch Kurden aus anderen Ländern hier sind.

Ich schaue auf die Schilder – und entdecke zwischen den Schlangenbuchstaben das Wort *exit* in kursiv und laufe in die Pfeilrichtung, die neben *exit* in kursiv steht.

Ich komme in eine andere Halle, in der einige Besucher mich anschauen und enttäuscht sind, dass ich es bin. Ich schaue jeden Einzelnen an und entdecke Vater nicht unter ihnen. Draußen kehrt ein dunkelhäutiger Mann die Straße, ein anderer fragt mich in einem seltsamen Kurdisch, ob ich ein Taxi bräuchte. Sopas, sage ich und schüttele den Kopf. Es sind keine Kurden, sie kommen aus anderen Ländern und übernehmen für die Kurden die Jobs, die die Kurden in Deutschland für die Deutschen übernehmen. Mein Vater ist nirgendwo zu entdecken, aber die Wärme fühlt sich gut an, diese trockne Wärme. Ich warte hier, will nicht in die klimatisierte Halle, will hier auf meinem Koffer sitzen. Mein Vater raucht bestimmt irgendwo in einer Ecke und kommt gleich. Die ersten Reisenden verlassen mit ihren Verwandten den Flughafen, und ich habe noch nie so viel Kurdisch wie heute gehört. Ich lockere meinen Kiefer, die Zunge, die Lippen, damit mein Kurdisch fließt. Ich stelle mich an den Rand, um niemandem im Weg zu sein.

Die ersten Taxis fahren ab: Ich starre den Leuten hinterher. Mein Vater ist immer noch nicht aufgetaucht. Ich überlege, eine Zigarette anzuzünden, weiß aber nicht, ob es hier erlaubt ist. Es ist draußen, es ist heiß, es ist Kurdistan, bestimmt ist es erlaubt, und wenn nicht, entschuldige ich mich und werde sie austreten.

Am Straßenrand liegt ein toter Vogel mit bunten Federn, er ist platt gefahren, sein Kopf ist nicht mehr zu identifizieren. Ich frage mich, ob alle Vögel hier so ein buntes Federkleid haben oder ob das ein exotischer Vogel ist, der von weit hergeflogen ist, hier eine Zwischenstation eingelegt hat und platt gefahren wurde. Wer hätte gedacht, dass eine Zwischenstation tödlich sein kann.

Und nach meiner ersten Zigarette kommt mir der Gedanke, Vater könne meine Ankunft vergessen haben, er könne die Uhrzeit vergessen haben und er fahre vielleicht jetzt los. Nach der zweiten Zigarette denke ich, er könne im Krankenhaus liegen, auf dem Weg von Zaxo nach Erbil könne er einen Unfall gehabt haben, und da liegt er und vermisst mich schmerzlich. Und nach meiner dritten Zigarette gehen mir die Erklärungen aus, aber ich weine nicht. Ein junger Mann bleibt vor der Glastür der Halle stehen, er wollte eigentlich reingehen, und dann starrt er mich an, aber ich weine nicht. Und er lächelt, und ich schaue zur anderen Seite, Mutter hat mir geraten, keine Männer anzulächeln, dort bedeuten diese Kleinigkeiten etwas, hat sie gesagt. Er fragt, ob ich Amal sei. Ich will ihn anlügen, aber ich nicke nur.

Ich bin Ayaz, sagt er, dein Cousin. Er hört auf zu lächeln.

Wo ist mein Vater, frage ich ihn.

Er hatte einen wichtigen Termin, ich soll dich abholen.

Ich werde nicht weinen.

Wo ist dein Koffer, fragt er.

Ich stehe auf und nehme den Koffer, er habe ihn nicht gesehen, sagt er und geht und sagt, komm, und ich folge dem Fremden, der behauptet, mein Cousin zu sein. Warum habe ich noch nie was von einem Ayaz gehört, der mein Cousin sein soll. Er fragt, ob Deutschland schön sei. Ich weiß es nicht, sage ich.

Du rauchst, sagt er, nimmt den Koffer, ohne zu fragen, und deponiert ihn im Kofferraum seines Autos. Onkel hat erzählt, dass du dir mal als Kind die Haare wie ein Junge geschnitten hast, sind die nicht mehr nachgewachsen? Ich fahre mir automatisch über den Kopf und bereue, mich verraten zu haben, ihm gezeigt zu haben, dass ich ihn höre, dass seine Worte mich provozieren.

Ich werde nicht weinen. Er hat mich nicht abgeholt, sein Termin war wichtig, er konnte ihn nicht verschieben, mein Kommen war kurzfristig gewesen.

Ayaz fährt, und manchmal, ich spüre es, schaut er zu mir rüber. Ich will ihn fragen, wie lange die Fahrt dauert, und weiß einfach nicht, was Fahrt auf Kurdisch heißt, stattdessen frage ich, wann wir ankommen.

In vier Stunden, sagt er. Ich kann nicht einschätzen, ob er scherzt, ich hätte nachschauen sollen, wie lange es dauert. Ich dachte, Vater holt mich ab, da hat mich die Fahrtdauer nicht interessiert. Die Straße ist eine schwarze Linie auf beiger Erde. Erst nach einer Weile fällt mir auf, dass es hier keine Bäume oder Büsche gibt. Hier und da taucht ein Laden auf, ein oder zwei Jungen sitzen davor und verkaufen Wassermelonen oder bunten Süßkram. Ich werde nicht weinen.

Nach einer Stunde sagt er, gut, dass du Kurdisch kannst, sonst wäre das eine sehr langweilige Fahrt geworden.

Ich frage ihn, was für ein Termin es gewesen ist.

Dein Vater ist ein sehr wichtiger Mann, sagt er. Ich antworte ihm auf Deutsch, dass das meine Frage nicht beantwortet.

Was, fragt er. War das Deutsch?

Er drosselt die Geschwindigkeit, blinkt und lenkt nach rechts zu einer Tankstelle. Ob ich durstig sei, fragt er, und hungrig? Wir holen uns kalte Cokes, er kauft ein paar Chipstüten und reicht dem Verkäufer Zehntausender-Scheine – was ist das für eine absurde Zahl. Der Verkäufer starrt mich an, als er Ayaz das Rückgeld gibt.

Er habe wahrscheinlich noch nie ein Mädchen mit so kurzen Haaren gesehen, sagt mein Cousin, entschuldigt den Mann. Wir essen Chips, die nach nichts schmecken, die Finger orange färben. Ich frage ihn, ob ich in seinem Auto rauchen dürfe.

Mädchen sollten lieber nicht rauchen.

Warum nicht, frage ich ihn.

Das sieht unanständig aus, sagt er, und ich ergänze: so ein Ding im Mund zu haben, daran zu saugen und zu pusten, die Lippen zu kräuseln und den weißen, formlosen Rauch auszuhauchen.

Er sagt, das machen bestimmte Frauen. Ne-sakini, sagt er. Eine ungehaltene, eine ungeduldige, eine nicht wartende Frau. Wenn ich rauche, bin ich eine Frau, die man nicht halten kann.

Du kennst mich nicht, sage ich und zünde mir eine Zigarette an. Niemand kennt mich hier, hier kann ich alles sein. Ohne Younes und Shahira und meine Mutter und Baran kann ich sein, wer ich bin, auch wenn ich noch nicht weiß, wie ich bin, fasziniert mich der Gedanke an die Möglichkeit. Ich öffne das Fenster einen Spalt, und warmer Wind schlägt gegen mein Ohr, aber es ist nicht unangenehm, ich höre ihm lieber zu, ich verstehe ihn besser als Ayaz.

Wie lange noch, frage ich ihn. Wann kann ich meinen Vater endlich sehen, will ich ihn fragen.

Nur noch dreißig Minuten, sagt er, er hat mich schon länger nicht mehr angeschaut. Die Ewigkeit dauert dreißig Minuten, sagt der Wind, vielleicht werden wir Freunde, der Wind, die Erde, die Sonne, die Straße, sie werden nicht sagen, Mädchen sollten nicht rauchen.

Irgendwann, nach der ewigen halben Stunde, zeigt Ayaz nach rechts und sagt, da sei die große Brücke, Onkel würde direkt in dieser Straße wohnen, es könnten sich nicht viele Leute diese Straße leisten, direkt neben dem Fluss und mitten in der Stadt, er ist ein wichtiger Mann, sagt er wieder, er bekommt viele Aufträge von der Regierung.

Er ist mein Vater, natürlich ist er ein wichtiger Mann, will ich ihm sagen, und Ayaz sagt: Damit du das auch verstehst, er ist hier wichtig. Als könnte ein Ort einen Menschen wichtiger machen als ein anderer Ort. Wir leben an einem falschen Ort. Diese Unterhaltung hat nie stattgefunden.

Ayaz hält vor einem Haus an, auf dieser Straße sind alle Häuser groß und imposant, und ich stehe davor, und Ayaz holt meinen Koffer aus dem Auto und kommt und macht einfach das Tor auf, ohne zu klingeln. Wir steigen die Treppe hoch, und ich denke, das ist kein Haus, das ist eine Villa, und wir stehen vor einer Glastür, die schwarz-bronzefarben glänzt, die blickdicht ist. Ayaz zieht seine Schuhe aus, und ich tue es ihm gleich.

Wir stehen in einem großen Raum mit hohen Decken. Eine fremde Frau dreht sich um, sie stand am Herd und kochte etwas in den Töpfen, es muss die Küche sein, und jetzt kommt die Fremde auf mich zu, und ich werde nicht wegrennen, und sie lächelt und umarmt mich einfach, sagt, sie sei meine Mutter, nicht Stiefmutter, sie sagt, sie sei meine Mutter – als hätte ich in einem Paralleluniversum gelebt und jetzt wäre ich im Richtigen gelandet. Sie heißt mich willkommen und hält dabei meine Schultern fest. Ayaz fragt die Frau, die sich einfach als meine Mutter ausgibt, ob sie was brauche, er habe nämlich noch was zu erledigen, und Ayaz geht, und ich stehe mit der Frau allein in dieser riesigen Küche, und für einen Moment habe ich meinen Vater vergessen, und die Frau sagt, sie führe mich in mein Zimmer, und ich werde nicht weinen, und das Haus ist mit glänzenden Steinen gefliest, und mitten im Haus ist eine große Wendeltreppe, die nach oben führt, und oben an der Decke hängt ein Kronleuchter, groß wie ein Elefantenkopf.

Ich erkenne Vater nicht in diesen Gegenständen – sie müssen dieser fremden Frau gehören, die glaubt, meine Mutter zu sein. Im Schlafzimmer steht ein Doppelbett. Das sei Shermins Zimmer, sie teile es gerne mit mir; ihre Töchter seien in der Schule und Uni, sehr bald kämen sie nach Hause. Die Frau geht und sagt, ich solle mich ausruhen, und dann könne ich nach unten kommen. Ich will sie fragen, wo mein Vater ist, aber da verschwindet sie.

Ich lege mich auf das Bett, das nicht so weich ist, wie es aussieht, und plötzlich ist mir kalt, und ich ziehe meine Knie hoch, und mein Vater hat die Dreistigkeit gehabt, mit Anfang vierzig mit einer anderen Familie neu anzufangen; als wäre die erste ein Fehler in seiner Berechnung, und er hat uns durchgestrichen und in einer anderen Zeitzone, mit anderen Regeln neu angefangen.

Ich muss eingeschlafen sein; auf der Bettkante sitzt ein Mann und lächelt, und ich weiß, er ist mein Vater, aber es ist nicht der Vater, der gegangen ist. Er ist so sehr mein Vater, wie die Frau meine Mutter ist. Und er streicht über meine Wange, fährt mit der Hand über mein Haar und lächelt, und Tränen fließen ihm aus den faltenumsäumten Augen, über das erdige Gesicht, und ich weine nicht, und er umarmt mich, ich traue mich nicht, diesen fremden Mann anzufassen, das Haar ist spärlich, an seinen Fingern sind Härchen, und er riecht nicht wie mein Vater riechen sollte. Man hat mich verwechselt, es muss noch eine Amal geben, die aus Deutschland kommt und ihren Vater in Kurdistan besucht.

Wie groß ich sei, sind die ersten Worte, aber das Gesicht ist immer noch so unschuldig, sagt er. Und zum ersten Mal nennt mich jemand unschuldig – er irrt, will ich ihm sagen. Ich bin aus Deutschland geflohen, ich bin vor meiner Mutter, vor Shahira und Younes geflohen, ich bin vor den Spuren meines Vaters geflohen, und ich bin hier angekommen und nicht von meinem Vater empfangen worden. Mein Vater hat nur einen Schatten hinterlassen, mein Vater lebt nicht hier. Und das scheint ihm jetzt auch bewusst zu werden, und er starrt vor sich hin. Ich ziehe die Decke höher, bedecke meinen Körper, und die acht Jahre liegen nicht zwischen uns, sie sind in unseren Körpern mitgewachsen, haben uns verformt, und wir schauen einander nicht an.

Ich nenne die Frau meines Vaters Tante, ich nenne sie xalat, nicht mate, xalat wie die Schwester meiner Mutter und mate wie die Schwester meines Vaters, und Vater kann nicht seine Schwester heiraten, deswegen auch nicht mate, und ich muss sie xalat nennen, und ich darf diese Worte nicht durcheinanderbringen, denke ich und laufe die Wendeltreppe runter und betrachte diesen Kronleuchter, dessen weißes Licht bläulich schimmert. Und xalat, also die Schwester meiner Mutter, die mit meinem Vater verheiratet ist, hat sehr viel gekocht, hat den gesamten Tisch eingedeckt, und dann stehen da drei junge Frauen und schauen mich an, und mein Vater sagt ihre Namen: Shermin, Hawa und Newroz. Sie küssen meine Wangen, fremde Lippen an meinem Gesicht, so nah an meinem Mund, an meiner Nase, und ich rieche sie, und die Älteste ist es, die mir eine Hand in den Nacken legt und sagt, wie hübsch ich aussähe. Kommt nach ihrem Vater, sagt Vater, und alle lachen und setzen sich an den Tisch. Vater und die Frau sitzen an den Enden des Tisches, und die Jüngste ist es, die sagt, jetzt hätten sie endlich einen Bruder, und sie lachen, und mein Vater lacht auch, er schaut mich an, und alle schauen mich an und lachen, und ich könnte ihnen die Schüssel mit der heißen Soße über den Kopf schütten, ich fühle bloß meine Lippen sich spannen – nur eine höfliche Geste –, und die Mutter ist so freundlich zu mir, achtet darauf, dass ich viel bekomme, behandelt mich wie den wichtigsten Gast, den sie je in ihrem Leben bewirten wird, und da wird mir klar, dass ich tatsächlich nur ein Gast bin. Selbst wenn ich wollte, könnte ich meinen Vater niemals mit zurück nach Deutschland nehmen, und ich schaue diesen Mann an und will ihr sagen, ich will ihn nicht, das ist ja gar nicht mein Vater, mein Vater hatte auch schwarze Stoffhosen an und ein weißes Hemd, aber sie haben nicht um seine Arme und Beine herum gespannt. Und Vater fragt mich, wie der Flug gewesen sei und ob Ayaz sich gut um mich gekümmert habe. Es war alles in Ordnung. Wie lange fliegt man, fragt Shermin, und hattest du keine Angst, fragt Hawa. Mädchen, lasst Amal in Ruhe essen, sagt ihre Mutter. Und Vater erkundigt sich bei allen, wie ihr Tag war, und sie erzählen, was sie erlebt haben, und erzählen von Menschen, die ich nicht kenne, und sie lachen, und ich verstehe sie einfach nicht, und dann erzählen sie weiter und fragen einander Sachen, die mich nicht interessieren, und sie hören einander zu, und dann wird mir klar, ich bin kein Gast, ich bin ein Eindringling, bin in dieses Haus eingebrochen, sitze trotzdem mit den Menschen am Tisch und esse mit ihnen Kutilk und höre mir ihre Privatgespräche an. Ich habe sie nicht nach Erlaubnis gefragt, habe die Frechheit gehabt zu kommen.

Im Wohnzimmer fragen mich die Töchter, ob es in Europa so ist, wie man es im Fernsehen sieht, und ich sage, ich weiß nicht, was man bei ihnen im Fernsehen zeigt.

Stimmt es, dass man nackt über die Straße laufen kann, und es juckt keinen? Shermin.

Stimmt nicht.

Stimmt es, dass Männer und Frauen miteinander – auf der Straße – knutschen, und es juckt keinen? Shermin wieder.

Stimmt.

Stimmt es, dass Deutsche hochnäsig sind? Hawa.

Viele, ja. Vater.

Stimmt es, dass die Amerikaner gewalttätig sind? Hawa.

Sie kommt aus Deutschland, Herrgott. Newroz.

Jetzt lasst sie in Ruhe, sie muss sich ausruhen. Vater.

Shermin hat ein eigenes Bad im Zimmer, sie duscht, und bevor sie kommt, lege ich das Kissen auf das Bettende, um nicht morgen früh das fremde Gesicht zu sehen. Shermin sagt, sie überlege, sich die Haare so kurz zu schneiden wie ich, andererseits mögen die Jungen in Kurdistan Mädchen mit langen Haaren, und ob das in Deutschland anders sei, ich antworte ihr nicht, und sie stellt sich vor mein Gesicht und fragt, warum ich verkehrt herum liege, ob man das in Deutschland so mache, und ich sage, dass wir so viel mehr Platz hätten. Sie schaut mich an, und dann lacht sie, legt eine feuchtwarme Hand an meine Wange und sagt, wie süß ich doch sei, vor allem wenn ich spreche. Sie möchte Schulter an Schulter mit mir liegen, sagt sie, sonst könnte ich ja auch auf den Boden schlafen, und sie frottiert das lange, schwarze Haar mit dem Handtuch, und ich muss an Sanye denken, aber Shermin ist fülliger, und sie hat diese großen Augen, und ihr Braun ist so warm wie der Nachmittag in Erbil, und ich kann nicht anders, ich mag sie. Wir decken uns zu, und weil sie redet, hindert sie mich daran, ihr den Rücken zuzuwenden, und sie streicht mir langsam über den Kopf, fragt, warum ich die Haare so kurz schneide, wartet auf eine Antwort, und dann sagt sie, ich würde irgendwie aufregend aussehen, wie ein Junge, und sie lacht und sagt, heute Nacht schläft sie mit einem Jungen im Bett, und bedeckt ihre Augen und lacht und greift nach ihrer Stirn und schaut mich an, und sie sagt noch einmal, ich würde wunderschön aussehen, und dann sagt sie, wie gut es tut, dass du nicht sprichst, dass du anders sprichst, dein Kurdisch klingt so unschuldig, als würdest du im Ton ständig um Verzeihung bitten, dein Kurdisch hat einen anderen Klang, als hättest du Kurdisch unter Wasser gelernt. Ich sage ihr, ich habe dem Wind zugehört, und sie lacht und sagt, es fühle sich an, als würde sie gerade träumen. Sie sieht aus wie ihre Mutter, und ich verstehe, warum mein Vater diese Frau geheiratet hat, und wenn die Mutter so redet und sich so an die Stirn greift und einen anlächelt und so Sachen sagt, man habe Kurdisch unter Wasser gelernt, dann verliebt man sich, und ich muss an meine Mutter denken, daran ob sie auch so etwas sagen könnte und wie falsch es klänge, wenn sie so etwas sagen würde.

Es ist Freitag, und die Männer gehen nicht arbeiten, sie gehen in die Moschee, und Vater bringt danach frisches Brot mit, und wir frühstücken, und er fragt, wie meine erste Nacht in Kurdistan gewesen sei. Ich verstehe nicht, was diese ganzen Vergleiche sollen, ich habe geschlafen, sage ich ihm, ich habe nicht mitbekommen, wie die Nacht in Kurdistan ist, sage ich ihm, und Newroz lacht. Wir könnten heute Abend nach Duhok fahren, fragt er oder sagt er, er schaut in die Runde, und seine kurdischen Töchter nicken, und er sagt, wir könnten Fisch essen, und er wird immer fremder, während er redet, und ich erinnere ihn, dass er Fisch hasst, und er sagt, der kurdische Fisch würde ihm schmecken, so sagt er das, der kurdische Fisch ist frisch, der kurdische Fisch ist wild, ist nicht verdorben, ist nicht mit Plastik und Chemie verseucht, und ich sage, wahrscheinlich täuscht der Gedanke an den wilden kurdischen Fisch den Geschmack vor, nein, das sage ich nicht, das denke ich, und ich blicke zu dem Mann, der Fisch hasste, der alle Fenster öffnete, wenn Mutter Fisch frittierte, und der Mutter verbieten wollte, Fisch zu kaufen. Und die Mutter dieser Familie sagt, Shermin könne uns nach Duhok fahren, jetzt, da sie ihren Führerschein habe, und ich schaue Shermin an, und sie sagt zu mir, dein Vater ist ein guter Lehrer, und ich will ihr sagen, aber er hat vergessen, mir das Autofahren beizubringen, das macht jetzt Rolf, und mein Vater sagt, ich habe Amal das Fahren beigebracht, und ich will mich zu ihm hindrehen und sagen: Rolf wird mir das Fahren beibringen, du bist gegangen, du hast mir das Lenken beigebracht, Vater, und dann bist du gegangen und hast Spuren hinterlassen, und ich will ihn nicht einen Lügner nennen, deswegen sage ich, dass ich nur lenken kann, und alle schauen mich an und lachen wieder. Ich wusste nicht, dass ich lustig bin, oder sie verstehen mich nicht. Vater sagt, wir könnten gleich das Fahren üben, bevor es Mittag wird, bevor die Hitze uns alle erschlägt.

Das Auto ist gepudert mit Wüstenstaub. Wir steigen ein, die Sitze sind heiß, und Vater und ich fahren los, synchron klappen wir die Sonnenblende herunter, auf der rechten Seite befindet sich Pira Delal, sagt er, die Schöne Brücke, sagt er, oder auch Pira Mezin, die Große Brücke, sie besteht aus beigen Blocksteinen, später könnten wir dahin, gegen Abend, bevor wir nach Duhok fahren, jetzt sei es zu warm, die Regierung hat die Brücke restauriert, sagt er, oben die rauen Steine, unten die geschliffenen. Wir fahren durch die Stadt, die Verkehrsregeln sind hier etwas anders, sagt er, und ich schaue aus dem Fenster die Menschen an, die mit dünnen Plastiktüten umherflitzen, und die Frauen tragen schwarze aba und die Männer tragen weiße Hemden, als hätten sie alle Bewerbungsgespräche, wir fahren an den Rand der Stadt, wo die Straße aufgebrochen ist, und Vater sagt fast entschuldigend, die Regierung investiere viel in die Infrastruktur, aber noch sei man nicht fertig. Irgendwann wird Kurdistan so feste Straßen haben wie Deutschland, sagt er. Und ich frage ihn, ob er noch Deutsch verstehe, und er sagt auf Deutsch: natürlich. Und das ü spricht er als u aus, und er weiß das und fragt, ob ich ihm das vorsagen könne, und ich kräusele die Lippen, um ein sauberes ü zu erzeugen, und er sagt, ich solle das nicht so oft machen, sonst bekäme ich im Alter Falten um den Mund herum, und ich sage, okay, und er fragt, ob ich meine gute Laune in Deutschland vergessen habe. Ob ich Shermin und ihre Schwestern möge, fragt er, und ich bin verwirrt von dem Themenwechsel. Du lachst nicht mit ihnen, deswegen frage ich, sagt er, und ich sage, ich verstehe sie manchmal nicht.

Wir fahren auf ein unbebautes Gelände, er drosselt das Tempo und fährt auf einem unbefestigten Weg, und ich erschrecke, als Steinchen vereinzelt gegen den Unterboden des Autos schlagen. Er legt eine Hand auf meine Schulter, sagt, es ist nichts. Meine Schulter ist taub, weil seine Hand in den letzten Jahren gefehlt hat. Ich rede mir ein, sie sei warm und schwer. Fast hätte ich meinen Kopf auf die Hand gelegt, aber er nimmt sie weg, und ich kann mich nicht an sie gewöhnen, er nimmt sie weg.

Und dann sehe ich sie, diese Bewegung meines Vaters, wie er nur mit dem Handballen das Lenkrad schwingt, mühelos und schwungvoll, und diese Bewegung ist es, die mir Tränen in die Augen schießen lässt, und ich weine leise wie in den letzten Jahren, und mein Vater hält an und sagt nichts, und dann nimmt er mich in die Arme und sagt, wie sehr er mich vermisst habe, und unsere Gesichtshälften liegen aneinander, und ich weiß nicht, ob es der Schweiß ist oder ob er auch weint, seine Wange fühlt sich nass an, und ich sage ihm, in dieser Bewegung steckt mein Vater, aber er sagt nichts. Und ich weine in sein Gesicht, und er hält meinen Kopf in seinen Händen, und ich vertraue mich seinen Händen an, die diese Bewegung in sich bargen, und sie zeigten mir meinen Vater, und sie weckten die Erinnerungen, als ich neun war und auf dem Beifahrersitz saß, obwohl ich das nicht durfte, und wir ins Auto sprangen und Runden drehten. Ich habe jeden Tag an dich gedacht, sage ich ihm, ich habe es nicht geschafft, dein Fehlen zu überwinden. Er versteht mich nicht, sagt nur, ere, keca mn, ere.

Die Klimaanlage trocknet die Tränen, noch bevor ich sie wegwischen kann. Und dann erklärt er mir alles, den ersten Gang zum Anfahren, den Fuß vom Bremspedal nehmen, die Kupplung geschmeidig kommen lassen, während ich mit dem rechten Fuß langsam aufs Gaspedal trete, und ich fahre, und der Motor darf nicht heulen, sagt Vater, die Kupplung betätigen und schalten, schalten, schalten, sagt Vater, in den zweiten Gang, sagt Vater, und ich schalte und lasse die Kupplung zu schnell los, wir werden durchgerüttelt, bevor ich den Motor abwürge.

Wir verpassen das Mittagessen, weil ich nur langsam lerne und Vater viel Geduld aufbringen muss, und er ist geduldig, und wir hören erst auf, als mein Magen anfängt zu knurren. Morgen können wir weitermachen, keca mn, sagt er. Und immer keca mn, nach jedem Satz, vor jedem Satz ein keca mn wie ein Satzzeichen, wie eine Bestätigung, dass ich seine Tochter bin, und hier bin nur ich seine Tochter, niemandes sonst, keca mn.

Seine Frau serviert uns das Essen, fragt, warum wir uns verspätet haben; als Vater es ihr erzählt, interessiert es sie dann doch nicht, weil sie dann nur fragt, ob wir Chai wollen. Mein Vater sagt, lass uns erst essen. Vater lässt sich nicht hetzen. Ich sitze allein mit ihm am Tisch, und wir können uns beobachten.

Der halbe Löffel verschwindet in Vaters Mund; wenn er den Löffel aus dem Mund zieht, bleibt seine Spucke an dem Metall, ganz feine Linien bleiben am Löffel zurück, fein wie die Falten an seinen Lippen, ich will seine Spuren verwischen, ich will die Wärme seiner Mundhöhle an den Fingerspitzen spüren, warm von seiner Spucke, von seiner Zunge, dem Bogen seines Gaumens, warm wie die Milch einer Frau, die erzählt, auf der Zunge sitzt und Worte ein- und ausatmet.

Er lächelt mich an, und das Lächeln verschwindet allmählich, ein Sonnenuntergang, er fragt nach meiner Mutter, er sagt, wie geht es deiner Mutter. Ihr Name darf hier nicht ausgesprochen werden. Ich muss überlegen, wie ich die letzten Jahre zusammenfassen kann. Ich brauche Zeit, um zu antworten, will ich ihm sagen, und dann spricht aber etwas aus mir: Sie liest den Quran, sie trägt ein Kopftuch.

Und auch er braucht lange, um darauf zu antworten. Er isst

das eingelegte Gemüse in einem kleinen Schälchen auf, trinkt Wasser, und schön für sie, sagt er.

Wir können nur zögernd miteinander sprechen. Unsere Unterhaltung ähnelt dem Autofahren, denke ich, eine falsche Bewegung ist ein falsches Wort, das die Unterhaltung abwürgt.

Warum fragst du nicht nach Baran?

Das wollte ich gerade machen, sagt er, und das Essen klebt an seinem Gaumen, und die ganze Spucke klebt am Löffel, und sein Mund ist trocken, und er schluckt schwer. Wir schauen uns an, lange, und nur langsam lösen wir den Blick voneinander, lösen vorsichtig unsere Worte voneinander, wie man heiße Tomaten schält, das Fleisch nicht verwunden, die Haut mit einem Messer abreißen, vorsichtig, weil die Haut das Fleisch mitreißen könnte. Ich schiebe das Essen hin und her, der Löffel viel zu schwer, um zum Mund geführt zu werden. Wir reden nicht mehr, essen leise.

Am späten Nachmittag laufen wir zum Pira Delal, und die Luft ist wie in einem Kohleofen, die Hitze dringt ein in die Haut, in die Muskeln und wärmt die Knochen. Shermin sagt, ich würde auffallen, ich sehe anders aus, bewege mich anders, kleide mich anders, ich falle auf. Und man starrt mich an. Sie hakt sich bei mir unter, wie Mädchen das so machen, und ich sehe einige Jungs auf der Brücke das auch machen, und ich starre sie an, bin erstaunt, und sie starren zurück, und Shermin fragt, ob sie mir gefallen. Ich schüttele den Kopf, und sie fragt: Wie sind die deutschen Jungs? Man erzählt sich, sie seien weich. Werden sie an den richtigen Stellen hart, fragt sie.

Ich löse mich von ihr und laufe zu meinem Vater, er erzählt, die Brücke sei über tausend Jahre alt, ich schaue runter zum

Fluss, vorsichtig, weil die Brücke kein Geländer hat. Manchmal springen übermütige Jungen von der Brücke, erzählt er weiter. Entkommen nur knapp dem Tod, erzählt er, deutet auf die Felsen im Wasser, und manchmal unterschätzen sie, wie flach es ist. Wenn es im Frühling keinen Regen gab, gibt es Tote. Springen und sterben. Wenn Younes und ich hier aufgewachsen wären, wären wir auch gesprungen, und jedes Mal: Inshallah überleben wir, und wenn Raffiq uns hinterhergesprungen wäre: Inshallah stirbt er.

Wir laufen runter zu den Felsen auf der anderen Seite, die drei Mädchen posieren auf einem Steinbrocken und wollen fotografiert werden. Mein Vater sagt, ich solle mich dazustellen, und Shermin, Newroz und Hawa nehmen mich in ihre Mitte, zwängen mich zwischen ihre Körper, ihre Hände halten mich fest, ich könnte verschwinden, und Newroz ist es, die mir sagt, es sei erlaubt zu lächeln. Mein Vater drückt den Auslöser, es blitzt kurz, ich mache die Augen zu und bin festgehalten. Ich möchte zum Fluss, laufe zwischen den Steinen und zwischen den gelben Grasbüscheln zum Fluss hin und schaue in das Wasser, das geduldig ist, und ich schaue mir in die unklaren Augen, das Gesicht verschwommen, jede Welle trägt ein Gesicht davon, bis der Fluss voll ist mit meinen Gesichtern, und sie werden nicht sterben, auch wenn sie gegen die Felsen schlagen, sie werden verdunsten und zu Wolken werden, und sie werden versinken und zu Steinen werden, und sie werden schwimmen, und am Ufer sitzen kleine Jungen in Badehosen, die Gesichter aus dem Fluss fischen und die tote Springer zwischen spitze Finger nehmen, anschauen und in den Fluss werfen, wer kann am weitesten werfen?

Mein Vater und die drei Mädchen stehen hinter mir und fragen mich, warum ich mich so anstarre und ob ich mich noch nie zuvor gesehen habe, und ich antworte: nicht so.

Vater sitzt als Beifahrer neben Shermin, durch den Rückspiegel sehe ich das weiche Gesicht, das weich bleibt, wenn sie ernst schaut. Die anderen zwei Mädchen fahren mit Ayaz hinter uns her. Die Frau meines Vaters sitzt neben mir und fragt, ob man in Deutschland frischen Fisch bekomme. Ich schaue sie ungläubig an. Mein Vater lacht.

Wie essen die Deutschen ihren Fisch, fragt sie dann am Tisch, als drei Riesenkarpfen vor uns abgesetzt werden. Der Fisch ist als solcher nicht zu erkennen, aufgeschlitzt, sodass er niemanden in sich beherbergen kann, und der Fisch ist ein aufgeschlagenes Buch, mein Vater nennt es Mesguf, so isst man den Fisch im Irak, und die zwei Teile, die zwei Seiten, aufgeschlagen wie ein Buch, enthalten keine Worte. Alles, was einmal in dem Fisch war, ist ihm geraubt worden, und alles, was er einmal geschluckt hat, das Wasser, einen Stein, ein Gesicht, wurde verworfen, und der Fisch kann uns nicht einmal geben, wonach er schmeckt. Sein Körper braun gegrillt, das Fleisch rot gewürzt, und wir bilden uns ein, Fisch zu essen. Shermin, Hawa und Newroz pulen an dem Fischkörper, führen ihre Finger zu den Mündern und schauen zufrieden. Gegrillte Tomaten, Zwiebeln und Spitzpaprika garnieren den Fisch in den Farben Kurdistans. Ich schaue zu Shermin, die leise stöhnt, während sie glaubt, ein Fisch befinde sich in ihrem Bauch. Ich schaue auf den Bauch, der sich leicht gewölbt hat. Breitbeinig sitzt sie da, und unter ihrem Rock bewegt sich etwas, und unter der Tischdecke versteckt sich Ayaz Arm, der neben Shermin sitzt und sie mit spitzen Fingern zwischen den Beinen kitzelt. Sie schaukelt zur Seite und nach vorne, man könnte glauben, sie würde unbequem sitzen. Mein Vater und ihre Mutter bekommen es nicht mit, verführt vom Fisch, die Münder rot von den Gewürzen, die Finger glänzend vom Fett, Ayaz' Finger glänzend vom Saft, und er leckt an ihnen und sagt, wie gut es schmecke, und Shermin lacht, und ihre Finger, lang und wohlgeformt, bieten mir weißes Fleisch an. Ich greife nach einer Gabel und bediene mich vom Fisch auf dem anderen Teller. Schmeckt man überhaupt etwas mit der Gabel, fragt Hawa, mit dem kalten Metall im Mund, während sie an ihren Fingern leckt, ihre Lippen von der Schärfe aufgequollen, von der Wildheit des Fisches. Der wilde Fisch in Kurdistan. Und der ist wild.

Die Schwestern sitzen in der Hollywoodschaukel, und wir genießen den kühlen Nachmittag. Newroz befühlt mit den Fußsohlen das frisch gemähte Gras. Sie mag es, in die Haut gepikst zu werden, vermute ich. Ich sitze auf der Treppe, die zum Haus führt, die Garten und Garage trennt. Unter der Treppe wächst ein Efeu-Vorhang, wächst hoch und windet sich um das Treppengeländer. Hawa befiehlt mir, mich neben sie zu setzen, auf die Schaukel, wir fressen dich nicht auf, auch wenn du aus Deutschland kommst. Und wir sitzen gemeinsam auf der Schaukel im Garten, eng nebeneinander. Ihre Körperwärme strömt zu mir. Shermin legt ihren Arm an meinen, sagt, wie weiß ich sei. Die anderen vergleichen auch ihre Arme, wir haben vier verschiedene Hauttöne: Shermin ist die Dunkelste, ich bin die Hellste, Hawa hat die dunkelsten Haare, aber nur, weil sie so eine helle Haut habe, rechtfertigt sie sich, und das ist unfair, Shermin habe ihre gewachst, und Newroz streichelt über meinen Arm und sagt, ich sei so weiß, weil ich in Deutschland aufgewachsen bin, du bist zu einer halben Deutschen geworden. Wir haben dort nicht so viel Sonne, sage ich. Shermin meint, Hawa sei adoptiert, deswegen sei sie behaart, ihre echten Eltern hätten sie wegen ihrer Körperbehaarung zu Adoption freigegeben, und nach ein paar weiteren Sprüchen jagt Hawa Shermin durch den Garten, und sie kreischen und rennen die Treppe rauf und verschwinden in die Küche, und wir hören ihr Geschrei und Shermins Lachen, und es ist noch der wilde Fisch in ihrem Bauch und dann ein Scheppern. Hawa muss mit einem Gegenstand nach ihr geworfen haben. Endlich ist es still.

Newroz ist die Erste, die sich traut, mich zu fragen, warum ich hier sei, warum jetzt, und ich erzähle ihr davon, wie ich den neuen Jungen in der Schule verprügelt hatte, und ich erzähle ihr vom Mogli-Mädchen, und ich glaube, es gibt in allen Vierteln ein Mogli-Mädchen oder in jeder Stadt eins oder in jedem Land eins, es muss sie geben, sage ich ihr, und sie nickt mir zu, und als sie mir zunickt, kann ich weiterreden, und irgendwann, erzähle ich ihr, durchkreuzen sich unsere Wege, und wir werden uns erzählen von den Mogli-Mädchen, die wir wurden, die wir waren. Und warum bist du hier, Mogli-Mädchen, du Verwirrte, denkt sie, jemand müsste dich zudecken, du zitterst.

Wenn man sich nicht ordentlich verabschiedet, sage ich ihr, dann bedeutet es, man kommt wieder. Mein Vater hat uns mitten im Leben zurückgelassen, es fühlte sich alles unverrichtet an, es muss doch etwas passieren, dachten wir, warten wir noch bisschen, und die Zeit lief uns davon, und er hat sich nicht verabschiedet.

Das ist ein Abschied?

Von irgendwas wird es ein Abschied sein müssen.

Dein Vater ist jetzt anders, weißt du das? Er ist sonst sehr schweigsam, aber jetzt lacht er viel, und er wirkt erleichtert. Du tust ihm gut.

Newroz ist höchstens fünfzehn, ich beneide sie um ihre erwachsene Art – ich hätte sie wahrscheinlich in der Grundschule verprügelt, und vielleicht hat ein Mogli-Mädchen sie einmal verprügelt, aber Newroz verzeiht das, weil sie das Mädchen versteht und ihr Mogli-Sein.

Die Sonne sinkt, aber es wird nicht kälter – der Wind hat es nicht eilig hier, er wartet mit den Menschen, er ist still und spricht nicht mehr. Newroz sagt, wir sollten reingehen, sonst denken die Nachbarn falsch von uns, sie steht auf und gibt mir eine Hand, will mir helfen aufzustehen. Ich sage ihr, ich bleibe noch ein wenig. Aber sie besteht darauf, dass ich reinkommen solle, als hätte sie Angst vor der Dunkelheit.

Ich bleibe, sage ich ihr.

Am Hauseingang und auf der Treppe gehen irgendwann Lichter an, und Mücken, die vom Fluss kommen, sammeln sich im Licht, verbrennen sich am Licht, sterben durch Licht.

Mein Vater kommt mit schwarzen Plastiktüten nach Hause, die nicht reißfest aussehen, die nur einmal zu gebrauchen sind, die überall auf Straßen liegen und Kanalisationen verstopfen. Auf der Treppe bleibt er stehen, fragt mich, ob alles in Ordnung sei. Ich frage mich, wie er mich im Dunkeln erkannt hat. Komm rein, sagt er, ich habe Süßgebäck gekauft, er hebt eine Tüte hoch.

Ich sage ihm, ich bleibe noch eine Weile hier, allein, ich brauche das, sage ich, die Nachbarn sind mir egal. Er gibt ein Geräusch von sich, das ein kurzes Lachen sein könnte oder ein genervtes Ausatmen, und er steigt die Stufen hoch, und ich beobachte ihn, jede Bewegung, er bleibt an der Tür stehen, stellt die Tüten nicht ab, sie sind wahrscheinlich leicht, schneiden ihm nicht in die Finger, er zieht die engen Lederschuhe aus, ein Kribbeln muss durch seine Füße gehen, ein kurzes Aufatmen, die Socken sind leicht feucht vom Schweiß, er drückt mit dem Ellenbogen die Klinke und stößt mit der Schulter gegen die Tür, schaut kurz zurück, aber nicht lange und verschwindet.

Ich schaue zum Himmel und warte auf die Sterne, es sind nicht mehr Sterne als in Deutschland. Meine Mutter hat immer vom kurdischen Himmel erzählt, als hätte der Himmel Grenzen, aber der kurdische Himmel ist enttäuschend dunkel, weil auch hier die Stadt von einem Lichtnebel eingehüllt ist, der die Sterne daran hindert zu kommen. Auch hier sterben sie ohne Zeugen.

Die Frau meines Vaters öffnet die Tür, stellt sich ans Geländer und sagt, ich solle reinkommen, es gebe Abendessen. Ich sage ihr, ich hätte keinen Hunger, sie könnten ruhig essen. Sie geht wieder rein, was untypisch ist für eine kurdische Mutter. Mein Vater kommt raus, seine Stimme ist etwas lauter, auch er kümmert sich nicht um die Nachbarn, und er nennt mich wieder keca mn, komm rein, wir essen.

Ich habe keinen Hunger, sage ich. Er kommt runter, legt eine Hand an meine Wange und fragt, ob es mir gut gehe. Hat jemand etwas Blödes zu dir gesagt, fragt er. Da erscheinen Newroz, Hawa und ihre Mutter in der Küchentür, nur ihre Umrisse sind zu sehen, weil das Küchenlicht sie von hinten bestrahlt.

Nein, alle sind sehr nett. Ich möchte nur kurz allein sein, sage ich.

Okay, aber nicht lange. Die Mädchen und Nermin sorgen sich um dich. Er lügt für sie. Ich weiß, dass sie sich keine Sorgen machen, sondern nicht wissen, warum ich hier allein sein möchte. Sie sind bloß verwirrt, weil sie nur Leute sind. Du kommst gleich rein, okay? Versprich mir das, ja, sagt er, und er geht schon die Treppe hoch, und ich will ihm sagen, wir versprechen einander nichts, das ist nicht unsere Art, wir halten uns doch gar nicht daran – wir versprechen uns höchstens. Kennst du den kurdischen Himmel, von dem Mutter immer redet, und Vater verschwindet wieder, hat Hunger, muss was essen. Er wird immer verschwinden.

Ich bin nicht hungrig; eigenartig, ich habe heute nicht viel gegessen, aber ich verspüre keinen Hunger, ich ernähre mich vom Gesehenen, vorerst. Der Mond ist eine Sichel, strahlt weiß, fast künstlich, als hätte ihn jemand aufgehängt.

Und in der Dunkelheit wird die Haustür leise geöffnet, zwischen den Efeublättern sehe ich zwei Gestalten in der Garage an Vaters Auto gelehnt, eine Frau und einen Mann, ich höre Lippenschmatzen und ein Flüstern, ein Stöhnen, ein Stoßen, ich sehe Ayaz an Shermins weißen Brüsten saugen, ich sehe ihre Finger um seinen Nacken verkrampft. Sanye wühlte mit roten Nägeln in Younes' nassem Haar. Die Berührung am Hinterkopf ist es, die sie wild macht.

Ich renne die Treppe hoch, schrecke beide unabsichtlich auf und renne ins Haus. Der Tisch ist abgeräumt, niemand ist in der Küche, ich laufe die Wendeltreppe hoch, vorbei an dem Elefantenkopfkronleuchter, der künstlich weiß strahlt, eine Sichel, die man an den Himmel hängt, die Brüste beleuchtet. Ich laufe schneller, die Wendeltreppe dreht sich einige Male um sich selbst, verwirrt mich. In Shermins Zimmer lege ich mich ins Bett und warte auf den Schlaf.

Shermin stürmt ins Zimmer, setzt sich fast auf meine Brust, ihr Atem riecht nach Schweiß, und das Gesicht ist ganz warm, ihre Lippen rot geschwollen, und ihre Hände an meinem Gesicht sind klebrig, und sie sagt: Niemand darf davon wissen. Hast du das verstanden? Ja, sage ich, ich weiß, dass niemand das wissen darf. Das ist immer so, sage ich ihr. Wir müssen uns verstecken, vor den Worten, die andere Leute aussprechen.

Wir müssen uns vor ihren Worten verstecken, ja, das trifft es, sagt sie, sitzt noch zu nah. Ich beobachte sie, aber sie schaut mich nicht an, nicht aus Scham, auch wenn sie Shermin heißt, gedankenversunken blickt sie vor sich hin, dann fängt sie an, mit dem Zeigefinger über mein Schlüsselbein zu fahren.

Warum machst du das, frage ich.

Was, fragt sie.

Mit Ayaz.

Sie schaltet die Nachttischlampe an, zieht sich das Shirt über den Kopf aus, trägt keinen BH, dunkelbraune Nippel ragen zwischen den langen, schwarzen Strähnen hervor, sie führt das Haar hinten zusammen. Mit dem Zeige- und Mittelfinger fährt sie sich über alte Bisswunden auf ihrer Brust, Ellipsen auf ihrer Haut, die Brüste blau befleckt. Sie lehnt die linke Schulter nach vorne, sagt, fass an, sie meint den frischen Abdruck zweier Zahnreihen, nishan, sagt sie, ein Mal. Ayaz bemalt ihren Körper: mit seiner Zunge und den Lippen, mit den Zähnen hinterlässt er Kränze auf ihrer Haut, ich fühle jeden einzelnen Zahnabdruck, eine Wiederholung, jeder Zahn eine Bestätigung. Ich lege meine Finger in seinen Mund, und er kann nicht zubeißen, auf ihrer Schulter bleibt sein Mund immer offen.

Alle sagen, dass es wehtut, wenn der Mann in die Frau eindringt, aber das muss er gar nicht.

Liebst du ihn?

Nein. Ich will ihn nur. Aber ich kann ihn nicht haben.

Warum nicht?

Weil's haram ist, sagt sie und wirft die Decke über mein Gesicht, verschwindet ins Badezimmer, greift mit Daumen und Zeigefinger in die Augen, holt die Kontaktlinsen heraus, reibt sie in ihrer Handinnenfläche in Kochsalzlösung, weich wie das Innere einer Frau, Shermin steigt unter die Dusche, schaut sich vermutlich ihre Wunden an, tastet die Markierungen ab, die auf ihrem Körper verschwimmen, ohne Kontaktlinsen sieht alles harmlos aus, und sie drückt zu fest, und ein Schrei entflieht ihrem weichen Mund.

Sie kämmt ihr nasses Haar im Bett, es tropft auf das Laken, das in der Nacht nicht trocknet, ich berühre die nassen Stellen immer wieder und finde Shermins Hand, die so weich ist, dass sie sich nicht wie eine Hand anfühlt.

Am nächsten Morgen werden wir auf meinem Kissen liegen, und in den Falten meines Körpers werden lange, schwarze Haare kleben. Unsere Bewegungen im Schlaf werden die ausgefallenen Haare flechten, zu zerbrechlichen schwarzen Spinnen flechten, auf dem Laken werden wir sie sehen, wie zwei Mädchenbeine ineinander verhakt, die ineinander übergehen, die Bewegungen der Beine imitieren die Wellen am Fluss, und die Gesichter schwimmen nicht davon, Shermin verhindert es, in der Dunkelheit stellt sie sicher, dass ich wach bleibe, und ihr Bauch ist warm, wie Milch es sein sollte.

Shermin reicht mir in der Nacht ein halbvolles Glas: Das Wasser schmeckt süß von den Kinderhänden, die im Wasser nach Frühlingsleichen fischen.

Kann ich dir etwas erzählen, frage ich sie, nachdem ich ausgetrunken habe, und sie wiederholt meine Frage, als sei es ein Witz, sie sagt, im Kurdischen sagt man nicht: Kann ich dir etwas erzählen, man sagt: Ich werde dir etwas erzählen.

Aber ich werde es auf Deutsch erzählen.

Ich stelle mir vor, ich werde es verstehen, sagt sie.

Auf einem Jahrmarkt habe ich als Kind ein Pferd geritten. Meine Mutter sagte, es gehöre sich nicht, dass ein Mädchen ein Pferd reitet, und immer wenn sie das sagte, wusste ich, es hat was mit dem zu tun, was zwischen meinen Beinen ist, und heute und auch damals hatte ich kein Wort dafür, nur das Bild war da, und das Bild ließ mich verstummen. Ich quengelte, aber meine Mutter ließ es nicht zu, das würde unanständig aussehen, außerdem würde ich mir die neue Jeans dreckig machen. Sie wandte sich meinem kleinen Bruder zu, er war drei, saß im Kinderwagen und aß hellblaue Zuckerwatte, die klebrigen Finger versuchte er an seinem T-Shirt sauber zu wischen. Während Mutter mit Baran beschäftigt war, betrachtete ich die Pferde in einer Art Manege im Kreis schreiten und Kinder tragen, die von den Erwachsenen fotografiert wurden. Es gab keinen Kontakt zwischen den Pferden und den Kindern, weil sie auf Sätteln saßen, die Zügel in den Händen, und in die Kamera grinsten. Mein Pferd würde sattellos sein und zügellos sein, mein Pferd hätte ungeflochtenes Haar, und ich striche dem Pferd immer wieder durch die Mähne und legte meine Finger an seinen Hals und auf seinen Rücken, hart und warm, spürte ich, dass es atmet. Und meine Beine baumelten an seinem Bauch, der pulsiert. Und das Pferd, das reitet davon. Und die vier Beine sind es, die den Rhythmus vorgeben, der sich in Wellenbewegungen in unseren Körpern wiederholt und wiederholt wie ein Rhythmus mit vier Beinen, die ineinander verhakt sind, und das Pulsieren im Bauch. Shermin schläft. Im Traum versteht sie Deutsch.

Xalat, nicht mate, fragt mich, wohin ich gehe – sie nähert sich mir, nicht neugierig, sondern ängstlich darüber, was ich machen werde. Ich sage ihr, ich gehe raus.

Du kannst nicht einfach raus.

Doch, sage ich ihr, ich mache einfach die Tür auf, sage ich ihr und laufe raus.

Und wohin willst du?

Einfach raus.

Und dann?

Und dann laufe ich durch die Gegend.

Gehst du auf die Suche nach deinem Verstand?

Ich habe keine Lust, ihr auseinanderzusetzen, warum ich jetzt unbedingt raus muss und unbedingt laufen muss, und vermutlich suche ich etwas, da hat sie schon recht, auch wenn sie es ironisch meint.

Sie sagt, setz dich hin, wir Frauen müssen uns zurückhalten, um die Männer zu zügeln, nur ungeduldige, nur ne-sakini würden ziellos durch die Gegend laufen: Ein kurzes Kleid verwandelte eine Frau in Shahira. Ich öffne die Tür.

Bleib im Haus. Mach uns keine Schande, sagt xalat, mach uns keine Schande, solange du hier bist. Solange du hier bist. Ich verlasse das Haus, ich laufe die Straße entlang, und auf den Straßen sind nur Kinder und Jugendliche, und an manchen Ecken sitzen zwei Nachbarinnen in ihren Hauskleidern und essen Wassermelonenkerne, haben sich zum zehnminütigen Tratsch getroffen und schweigen, als ich an ihnen vorbeilaufe, und schauen mir vermutlich nach. Ein älterer Mann mit rot-weißem Peshmerga-Turban steht mit Wasserschlauch vor der Haustür und spritzt den Boden sauber. Auch er schaut, und ich gehe auf die andere Seite, damit meine Sneakers nicht nass werden.

Ich werde so lange laufen, bis ich an einem Marktplatz ankomme, wo ich mich kurz hinsetzen kann, auf eine Bank vielleicht, und dann können die Leute aus dem Hochhaus blöd gucken, und Younes könnte sich neben mich setzen, und zusammen könnten wir schweigen. Vermutlich ist er bei seinem Vater, und Younes dachte wirklich, sein Vater würde ihn bei sich haben wollen, sein Onkel Azad, dieser falsche Bote, hat ihn nach Frankfurt gelockt. Wenn Younes' Vater ihn sieht, dann wird er nur Shahira sehen, denn Shahira hat Younes jedes väterliche Merkmal aus dem Gesicht gewaschen. Vermutlich ist Younes zurückgekehrt zu seiner Mutter, vermutlich sitzt er jetzt schon auf der Bank, und er wartet, aber nicht auf mich, er wünscht sich, er hätte das Warten nie aufgegeben. Ich könnte meinen Spaziergang mehr genießen, wenn mich die Leute hier nicht angaffen würden, wenn ich für sie kein Ereignis wäre. Shermin meinte, alles an mir sei es, was sie anstarrten: meinen Gang, meine Klamotten, meinen Körper, ganz fremd bin ich nicht, sie erkennen ihre Tochter, ihre Schwester, ihre Cousine in mir, wie eine Vorstellung sehe ich aus, glaube ich. Ich frage eine Frau mit vollgepackten Tüten, wo der sîq ist, und laufe in die Richtung, in die ihr Finger zeigt. Sie schaut mir nach, ich weiß das, weil ich zurückschaue, weil ich wissen will, ob sie mir hinterherschaut. Da steht sie mit ihren vollgepackten Tüten, ihrem angestrengtem Gesichtsausdruck und schaut mir nach, ich sagte ja, wie eine Vorstellung sehe ich aus.

Im sîq stehen die Verkäufer an den Ladentüren, manchmal zu zweit, manchmal mit Gebetskette, manchmal mit unbeschäftigten Händen, manchmal sitzend und manchmal in den Türrahmen gelehnt, aber immer mit diesem Blick, der mich begleitet, den sie mir hinterherwerfen, und in einem Laden läuft Erdewan Zaxoyî, der von Zaxo singt, und ich verstehe:

Warum wecktest du mich, ich habe von Zaxo geträumt,
es ist Frühling, Zaxo ist die Braut.
In Zaxo steckt ein Seufzen, ach.
Zaxo ist fern, ich erreiche sie nicht.

Ich denke in letzter Zeit viel auf Kurdisch, auf Deutsch denke ich es zu Ende, aber auf Kurdisch fange ich an. Ich sehe Kurdisch, ich denke Deutsch, ich spreche manche Sätze in beiden Sprachen aus, ganz leise, dass nur Gott es hören könnte, wenn Gott keine Frage wäre. Wenn ein kurdisches Wort in einem deutschen Satz auftaucht, verformt es meinen Mund, und das nachfolgende, deutsche Wort bekommt einen kurdischen Klang, und so gehen die Sprachen ineinander über in meinem Mund. Wenn ein deutsches Wort in einem kurdischen Satz auftaucht, hat es keine Auswirkung auf die kurdische Aussprache, ich weiß nicht, wieso, wahrscheinlich, weil das Deutsche und das Kurdische noch keine Aussprache hatten, kein Kur-Deutsch, das geheilte Deutsch.

Ich frage einen Mann nach dem Architekturbüro meines Vaters, und ich wähle die kurdische Strategie: Ich nenne seinen Vornamen und den Vornamen seines Vaters und den Vornamen von dessen Vater. Der Verkäufer ruft einen anderen Verkäufer, und der Mann neben dem zweiten Verkäufer antwortet, er wisse, wo es ist. Er winkt mich zu sich, lächelt mich erst nicht an, erst als ich vor ihm stehe. Das Gesicht ist hübsch und ohne eine Besonderheit, in einer halben Stunde werde ich das Gesicht nicht mehr beschreiben können und doch kommt er mir bekannt vor, breitbeinig steht er da, sein Anzug grau, die Hose spannt an den Oberschenkeln. Mit langen, groben Fingern weist er mir den Weg, die Nägel sind gepflegt, an diese Finger werde ich mich erinnern.

Hast du mich verstanden, fragt er.

Aber ja, sage ich, warum nicht?

Du siehst nicht so aus, als wärst du von hier.

Ich muss doch nicht von hier sein, um dich zu verstehen, Onkel.

Er lacht. Du erinnerst mich an meine Nichte, sie ist in deinem Alter. Wie heißt du, fragt er.

Ich verabschiede mich, sage, muss los, sage, danke, muss aber los.

Er lächelt und zeigt gerade Zähne, und ich drehe mich nicht um, und er schaut mir nach, und ich drehe mich nicht um, sein Kopf könnte in Shahiras Schoß gelegen haben, ein falscher Onkel.

Vaters Gebäude ist ein gläserner Monolith; am Empfang sitzt eine junge Frau mit schläfrigem Blick und langen, roten Fingernägeln. Ich sage ihr meinen Namen und dass mein Vater hier arbeitet, sie lächelt, und ihr Blick bleibt schläfrig, sie zeigt auf den Aufzug und meint, es sei die siebte Etage. Die siebte Etage ist ein großer Raum, in dem die Tische verstreut stehen, alle sehen beschäftigt aus. Ein Mann kommt auf mich zu und fragt, wer ich sei und was ich hier wolle. Ich will zu meinem Vater, sage ich, laufe an ihm vorbei zu meinem Vater hin, der neben einer Gruppe von jungen Männern steht und einem von ihnen zuhört.

Vater ist überrascht und umarmt mich, als wäre ich jetzt erst in Kurdistan angekommen, er stellt mich allen vor, sagt jedes Mal ich sei seine Tochter aus Deutschland, und man fragt, ob ich auch Architektin werden möchte, und man fragt, wie es mir hier gefällt, aber ich kann nicht antworten, weil Vater mich schon dem Nächsten vorstellt, und dann führt er mich in sein Büro, die Wände sind aus Glas, und ich sage ihm, so kann jeder dich sehen, und so kann ich jeden sehen, sagt er. Du bist der Chef hier, sage ich, und er sagt: Ich bin der Chef hier. Er ist mein Echo, eine Wiederholung, eine Bestätigung.

Wir schauen einander an, und er kann meine Gedanken lesen, weil er antwortet: Amal, ich wollte, dass ihr hierherkommt. Ich wollte, dass wir zusammen hier leben. Schau dich doch mal um. Er streckt die Arme aus, zeigt auf das alles, auf die Glaswände, auf die silbernen Stehlampen, die schwarzen Bürostühle mit dickem Sitzpolster, die dunklen Massivholztische, auf seine Angestellten mit frisch rasierten Wangen und Lackschuhen, scharf gezogenen Eyelinern und glänzenden Feinstrumpfhosen zeigt er. Siehst du das alles, Amal.

Ich sehe es, Vater, aber sie sind wie der Mann mit dem grauen Anzug im sîq. In einer halben Stunde werde ich vergessen, was ich gesehen habe. Ich frage Vater, ob er sich an Younes erinnert, diesen Jungen mit Tränen wie Wasserkugeln, und ob er sich an Shahira erinnert, und worüber haben sie eigentlich damals gesprochen, damals, als sie die Nachbarin übersahen, an ihr vorbeiliefen und er am Abend dafür von Mutter ausgeschimpft wurde.

Deine Mutter schimpfte über alles.

Ich frage ihn, ob er sich erinnert, wie er an dem Abend zu mir kam, lange auf meiner Bettkante saß und mir erzählte, wie er mir das Autofahren beibringen wolle, und dann brachte er mir das Lenken bei, weißt du noch, als ich auf deinem Schoß saß, frage ich, er lächelt, und er will erzählen, dass er mir über den Kopf gestreichelt hat, weil meine Haare so kurz waren. Das ist meine Erzählung, sage ich ihm, Vater, lass mich das mal kurz erzählen. Du hast mich auf deine Arbeit mitgenommen und dein Chef – das habe ich sofort gesehen, wie du ihn gehasst hast, und weil du ihn gehasst hast und die Zeitung und Al Jazeera gehasst hast, bist du gegangen, und du kamst nicht wieder, und Mutter hat gewartet, und ich wusste, dass du kommen wirst, ich wusste es, und nach Jahren dachte ich, du kommst, und irgendwann verstand ich, dass ich es falsch wusste und dass du niemals zurückkehren würdest, weil du hier lebtest, man kann nicht an zwei Orten leben, sage ich ihm, gebe ihm recht, man kann nicht zwei Familien haben, und er schaut mich an, lächelt, als hätte er mich als Shahrasad entlarvt.

Und er sagt: Es wäre eine große Ungerechtigkeit, wenn es nur eine Wahrheit gäbe.

Wieso klingt alles aus deinem Mund so kompliziert, frage ich ihn. Es gibt eine Wahrheit: Du bist gegangen, du hast uns dort gelassen, du hast mich alleingelassen, du hast Baran nie gesehen.

Deine Mutter hat mir ein Bild von ihm geschickt.

Ist er dein Sohn, wenn du ihn nie berührt hast?

Deine Mutter hat sich geweigert, mit mir zu kommen.

Du hättest dableiben müssen.

Ich hatte da nichts zu tun. Der erste Fehler meines Lebens war es, nach Deutschland auszuwandern. Ich habe alles versucht, Amal, glaub mir, aber ich konnte nicht anders. Ich konnte auch deine Mutter nicht zu einer Rückkehr zwingen. Ich dachte, sie wird irgendwann nachkommen, dass sie es als Frau alleine mit den Kindern nicht aushalten kann. Aber sie konnte. Deine Mutter hat mehr Ausdauer als ich. Und hier konnte ich nicht ewig alleine leben. Ich brauchte Menschen um mich. Ich habe euch gebraucht, aber ihr seid nicht gekommen.

Was hätten wir hier tun sollen? Ich darf ja nicht einmal allein spazieren gehen. Mutter hatte recht. Hier ist es doch scheiße.

Halt deinen Mund. Er brüllt mir ins Gesicht und ist überrascht, dass ich nicht zurückschrecke, dass ich zurückbrülle: Du bist ein scheiß Egoist.

Wenn du dich verteidigen willst, ist alles erlaubt, und wenn du sie nicht schlagen kannst, dann beiß zu. Er hebt den Arm, holt zum Schlag aus, ich halte beide Hände vor das Gesicht, aber er schlägt mich nicht. Er wollte mich schlagen, in letzter Sekunde hielt ihn etwas zurück, aber wir wissen beide, er wollte mich schlagen, in Gedanken hat er mich geschlagen, in meiner Vorstellung schlug er mir ins Gesicht, mein Herzrasen findet nicht in meinen Gedanken statt, ich zittere. Ich werde nicht weinen.

Geh mir aus den Augen, sagt er, setzt sich auf seinen Chefsessel mit extradickem Sitzpolster und holt sich eine Zigarette aus der Schachtel. Achte darauf, wie du mit deinem Vater sprichst, sagt er, ich schaue auf seine Hände, sie zittern nicht. Er ist ruhig.

Seine Angestellten starren uns an, wie Schaufensterpuppen stehen sie da, entsetzte Blicke.

Als ihr früher gestritten habt, du und Mutter, da hat Mutter immer die Fenster geschlossen, damit die Nachbarn euch nicht hören, erzähle ich ihm.

Was willst du hier, Amal, was willst du von mir?

Ich wollte wissen, was du hier machst, warum du nicht dort bist. Jetzt habe ich dich gesehen. Jetzt kann ich gehen. Die Worte bröckeln aus meinem Mund wie Zähne in einem Traum. Ich werde nicht weinen.

Ayaz holt mich ab, bringt mich zu dem Haus, in dem mein Vater für immer leben wird. Ich setze mich in die Hollywoodschaukel, mein Rücken ist durchgeschwitzt, aber ich bleibe sitzen, und xalat sagt, ich solle reinkommen, sonst würde ich mir einen Sonnenstich holen, aber das Dach der Schaukel schützt mich, und nach einer Stunde bringt sie mir einen Teller mit Wassermelone und einen Wasserkrug, sie sagt, sie habe keine Lust, sich um mich zu kümmern, wenn ich krank werde. Ich esse die Wassermelone, die kalt ist, und ich spucke die schwarzen, glitschigen Kerne in den Garten, und vielleicht wächst der Garten zu, und Shermin und Ayaz können sich hinter riesigen Wassermelonen verstecken.

Seit Tagen ist mir, als müsste ich weinen, die Hände zittern. Ich trinke Wasser aus dem Krug. Und die Stiefmutter kommt wieder raus und fragt, ob ich ihr nicht mit dem Essen helfen könne, und ich sage, nein, tut mir leid, ich möchte lieber hierbleiben, sie schüttelt den Kopf und findet mich wahrscheinlich unverschämt, aber das ist mir egal, will ich ihr sagen, heute hat Vater mir wehgetan, als er mir in Gedanken ins Gesicht schlug.

Vater kommt, als die Nacht unheimlich ist, wie ein See es sein kann.

Er kommt auf mich zu, und auch die Dunkelheit schützt mich nicht vor seinen Händen, und Vater setzt sich neben mich, und er sagt, ich hätte genug Ärger für heute gemacht und solle jetzt einfach reingehen.

Nermin hat es mir erzählt, sagt er, und auch hier erzählt man einander so gern, wie man von mir geärgert wurde, erzählt man, wie man gelitten hat, wie einem wehgetan wurde.

Am Freitag fliegst du, sagt Vater. An einem Donnerstag kam ich, an einem Freitag gehe ich. Du hast mich nur acht Tage ausgehalten. Er greift nach meinem Handgelenk, aber ich befreie mich aus seinem Griff, und er geht.

Ich werde meinem Vater nie erzählen, wie meine Mutter den kurdischen Sternenhimmel gesehen hat. In dieser Nacht setze ich meinen Vater von meinem Rücken ab. Ich erzähle ihm das nicht, es gibt keinen Grund mehr zu erzählen.

Am Straßenrand sehe ich die platt gefahrene Vogelleiche wieder, die nur noch die Hälfte von dem ist, was sie vor einer Woche war, und bald wird nichts mehr da sein, und bald wird es den Vogel nicht gegeben haben, und es wird egal sein, was der Vogel gesehen hat, und es wird egal sein, wie der Vogel sein Ende gefunden hat. Und wenn etwas anfängt, dann hat etwas geendet, und das, was geendet hat, hatte einen Anfang, der etwas beendet hat, und deswegen gibt es keinen Anfang und kein Ende, sondern nur ein und. Und mein Vater kehrte nach Kurdistan zurück und meine Mutter blieb in Deutschland und mein Vater gründete eine neue Familie und wir hörten nicht auf, seine Familie zu sein, und ich weinte und er kam nicht zurück und ich weinte und er kam nicht zurück und nach acht Jahren reiste ich ihm hinterher und ich sah, was er machte. Und ich kehrte nach Deutschland zurück und Mutter und Baran holen mich ab, und Baran fragt, ob ich ihm was mitgebracht habe, ich sage ihm, dort sei alles hässlich gewesen. Ich sage Mutter, es sei wirklich alles schrecklich hässlich gewesen, und diese Hitze und dieser Gestank der offenen Kanalisation, und die Leute haben gegafft. Ich sage ihr, es tut mir leid, dass ich gegangen bin. Ich sage das nicht, aber Mutter sieht, dass ich das gerne sagen würde, und Mutter streicht mir über die kurzen Haare und lächelt in die Vergangenheit und schaut zu mir, mit Erbarmen in den Augen, und du hast das schon richtig gemacht, Amal, von uns allen hast du es richtig gemacht. Das sagt sie nicht, aber das würde sie so sagen, wenn sie sagen würde, was sie meint.

Und Mutter entscheidet jeden Tag aufs Neue zu bleiben, nicht dem Mann zu folgen; wenn sie aufsteht und die Bettseite neben sich leer vorfindet, bleibt sie weiterhin auf ihrer Seite, weil es ihre Seite ist. Und mit jedem Schritt im Viertel entscheidet sie sich gegen das Gehen und für das Bleiben und bestätigt allen im Viertel mit ihrer Präsenz, dass sie bleiben wird, und jeden Tag, jedes Mal, wenn sie gefragt wird, wann ihr Mann kommt, und eigentlich wollen sie fragen, wann gehst du endlich, dann antwortet sie, er werde bald kommen, denn sie wird bleiben, jeden Tag muss sie sich entscheiden, und jeden Tag entscheidet sie sich zu bleiben.

Wir nehmen die Bahn, dann den Bus und steigen wieder um, und die Wege und Straßen werden so vertraut, dass es wehtut. Mein Fortgang, meine Zwischenstation, hat ewig gedauert, hat einen Vogel das Leben gekostet, und jeden Tag werde ich diese Bahn nehmen und umsteigen und diesen Bus nehmen, und die Gesichter und Stimmen werden mir so vertraut vorkommen, dass es wehtut, und dann werde ich im alten Viertel sein, und ich werde an einem Waschsalon vorbeilaufen, aus dem vergitterten Abluftschacht strömt Dampf in die Luft, deckt

DUMONT

Raffiqs Freund Younes steht ungewollt im Zentrum der Aufmerksamkeit ihres Viertels. Der Grund ist seine Mutter Shahira, die durch ihre Freizügigkeit alle Regeln bricht. Auch Raffiqs Gedanken kreisen ständig um Shahira: Er ist gleichermaßen fasziniert wie abgestoßen. Als Younes die Situation nicht mehr aushält, plant er abzuhauen. Für Raffiq, dessen Freundin Amal ebenfalls wegziehen möchte, bricht eine Welt zusammen. Er versucht, ihre Pläne zu sabotieren. Und es stellt sich die Frage, was er mit seinem Leben eigentlich anfangen will.

Karosh Taha debütierte 2018 mit ihrem Roman ›Beschreibung einer Krabbenwanderung‹, zahlreiche Essays von ihr erschienen in Literaturmagazinen. Für ihren zweiten Roman ›Im Bauch der Königin‹ hat sie mehrere Auszeichnungen erhalten. Karosh Taha lebt in Essen.

Karosh Taha

IM BAUCH DER KÖNIGIN

Roman

DUMONT

Von Karosh Taha ist bei DuMont außerdem erschienen:
Beschreibung einer Krabbenwanderung

Das Zitat auf S. 89 stammt aus: William Langewische, Der Überfall, übersetzt von Herwig Engelmann, in: Lettre International, Nr. 122/2018, S. 20.

FSC
www.fsc.org
MIX
Papier aus verantwortungsvollen Quellen
FSC® C083411

Juli 2021
DuMont Buchverlag, Köln

Umschlaggestaltung: Marion Blomeyer/Lowlypaper. München
Satz: Fagott, Ffm
Gesetzt aus der Dante
Druck und Verarbeitung: CPI books GmbH, Leck
Gedruckt auf säurefreiem und chlorfrei gebleichtem Papier
Printed in Germany
ISBN 978-3-8321-6608-3

www.dumont-buchverlag.de

IM BAUCH
DER KÖNIGIN

Keiner möchte gegen Younes kämpfen. Wenn er einen an der Schläfe trifft, schlägt er etwas aus dem Körper, man ist nur noch ein Schatten, der Körper ist taub für Berührungen, das Essen schmeckt salzig, man rennt ins Bad und übergibt sich, und die Angst vor Younes wächst. Auf Younes' Rücken könnte man eine Weltkarte ausbreiten, und da wäre noch Platz für ein zweites Asien. Wenn ich direkt hinter ihm stehe, dann versperren mir seine Schultern die Sicht. Ich setze mich zu den anderen auf den Boden, in einer Reihe sitzen sie da und sehen Younes nicht an, sie betrachten ihn. Er weiß das alles nicht, vielleicht spürt er es, und das macht ihn einsam. Ich melde mich freiwillig, stehe auf, versuche, so groß wie möglich zu wirken. Der Mundschutz schmeckt sauer, weil ich vergessen habe, ihn zu waschen. Er ist zu groß für meinen Mund. Ich fühle mich ausgeliefert, weil er meine Lippen so nach außen

kehrt, als hätte ich bereits Younes' Faust im Mund. Nach einer Weile wird mein Kiefer schmerzen.

Walid ruft: »Jetzt hält er wenigstens die Fresse.«

Die anderen lachen, der tschechische Lehramtsstudent unterdrückt ein Grinsen. Seit einigen Monaten trainiert er unsere AG, und die Jungs mögen ihn, weil er früher Türsteher und Amateurboxer war, aber heute Muslim ist. Das behauptet er jedenfalls.

Er sagt: Die Tattoos an seinen Unterarmen seien seine Zeugen.

Er sagt: Fehler dürfe man nicht wegradieren.

Er sagt: Sie führten dir vor Augen, wer du hättest werden können.

Die Jungs nicken bedächtig, wenn der Lehramtsstudent uns Philosophie für die siebte Klasse auftischt. Er nervt mich mit seinem Getue, aber er ist breit, und wenn er sich aufrichtet, kriegt man Angst vor ihm. Younes denkt nicht an den Tschechen, sein Blick ist auf mich gerichtet, nicht streng, sondern dankbar, weil ich ihn davor gerettet habe, allein im Ring zu stehen. Wir kämpfen gegeneinander, Younes, nicht zusammen, will ich ihn erinnern. Wir sind nicht mehr in der fünften Klasse, als ich jedem in den Bauch boxte, der Younes beschimpft hatte. Das brauche ich nicht mehr, weil Younes zu einem Berg herangewachsen ist.

Younes' halbes Gesicht verschwindet hinter der Deckung aus roten Handschuhen; trotz seiner Körpermasse ist er vorsichtig, hat früher zu viele Schläge kassiert. Die Angst ist in seinen Knochen mitgewachsen, deswegen ist jede Bewegung wohlüberlegt. Wenn er zuschlägt, schnellt er nach vorn, ver-

nachlässigt nicht die Beinarbeit: Sein Körper bildet eine Einheit. Meine Schläge prasseln an seinen Handschuhen ab. Wenn ich Younes treffen will, muss ich mit dem Körper durch seine Deckung durch.

»Mach dich klein!«, ruft der Tscheche.

»Biete ihm keine Angriffsfläche!«, meint der Tscheche.

Younes hat sein ganzes Leben darum gekämpft, keine Angriffsfläche zu bieten, und irgendwie ist er immer daran gescheitert, weil wir alle den Weg kennen, Younes zu treffen. Aber der Tscheche meint natürlich mich.

Angriffsfläche – man muss das Wort nicht kennen, um zu wissen, was es bedeutet, so genau ist das Wort, wie eine gerade geschnittene Gartenhecke. Beim Boxen geht es ums Risiko, will ich zurückrufen, aber da knallt Younes' Faust gegen meinen Kiefer, und ich bin dankbar, dass er Handschuhe trägt.

Nach der ersten Runde meint der Tscheche, mir einen Ratschlag geben zu müssen, sagt, ich hätte zu viel Wut im Bauch, müsse mit einem kühlen Kopf an den Kampf rangehen, es gehe um Strategie, nicht um Straßenkampf.

»Sehr weise«, sage ich. Er ignoriert das und wendet sich Younes zu, lobt ihn. Younes jubelt innerlich, ich sehe, wie sehr er sich anstrengt, jegliche Freude in seinem Gesicht zu verbergen. Es soll niemand auf die Idee kommen, Younes würde sich so sehr nach dem Lob eines erwachsenen Mannes sehnen, dass er wie ein Hund mit dem Schwanz wedelt, weil sich jemand erbarmt, ihm über den Kopf zu streicheln. Younes ist an einen Punkt gelangt, an dem er sich gleichermaßen gegen Lob wie gegen Schläge wehrt. Keiner soll denken, Younes sei irgendwie vernachlässigt worden, Younes sei auf der Suche nach

Bestätigung. Younes steht da wie ein Denkmal. Ich will mich umdrehen und die Jungs auffordern, für die Nachwelt ein Foto von ihm zu machen.

In der zweiten Runde bin ich vorsichtiger, halte Abstand, und der Berg kommt auf mich zu. Ich zwinge mich, nicht wegzulaufen. Und die Jungs hätten was zu lachen, wenn ich wegliefe. Davon würden sie definitiv ein Foto für die Nachwelt schießen. In dem Moment, als würden meine Gedanken vor Younes ausgebreitet, schlägt er mit voller Absicht daneben. Sein Handschuh streift mein linkes Ohr, die Reibung brennt nach. Mit der Schlaghand trifft Younes all seine Ziele, das weiß ich. Zwei Sekunden lang schaut er mir in die Augen, sagt mir, er wisse, was ich gedacht habe, kenne meine Gedankenkette, würde mir niemals wehtun, ich sei sein einzig wahrer Freund, sagt er mir in diesen zwei Sekunden, sagt, ich zähle auf dich, sagt noch viel mehr in diesen zwei Sekunden und bietet mir zwei weitere Sekunden ohne Deckung, ein Fehler, damit ich ihn schlagen kann, damit ich als Sieger dastehe, der Younes getroffen hat. Den Gefallen tue ich ihm nicht, sich gut zu fühlen, weil er mich wie ein Kind gewinnen lässt. Wer zwei Asien auf dem Rücken tragen kann, den besiegt man nicht, den berührt man höchstens, so leicht wie die Kaaba. Selbst ein erfolgreicher Schlag ist unglaubwürdig, die Jungs würden denken, Younes habe ihn mir aus reiner Freundschaft gewährt. Die einzig ehrbare Möglichkeit, aus dem Ring zu steigen, ist, in die Defensive zu gehen. Ein langweiliger Kampf, nichts für die Nachwelt, nur für einen Donnerstagnachmittag. Der Tscheche fordert uns auf, einander nach dem Kampf die Hand zu geben, als sorge er für den Frieden in der Welt. Ich biete You-

nes ein High-five, weil Händeschütteln was für Menschen ist, die sich aus Zwang respektieren.

Der Tscheche will den Kampf analysieren, fragt die Jungs, ob Younes und ich Fehler gemacht hätten, auf die wir beim nächsten Mal achten könnten. Die Jungs starren uns nur mit ihren Fischaugen an, öffnen ihre Münder, aber es kommt nur Luft raus. Walid meint dann doch: »Raffiq muss noch bisschen wachsen.«

Die Jungs lachen, und der Tscheche unterdrückt wieder sein scheiß Grinsen, als würde er mich nicht beleidigen wollen, und weiß nicht, dass er mich damit tatsächlich beleidigt.

»Ab und zu hast du deine Deckung vernachlässigt, Younes«, sagt er.

Während des freien Trainings dürfen wir mit einem Sparringspartner üben. Wir schwärmen in der Halle aus, aber einige Türken versammeln sich um den Tschechen, freuen sich einen ab, dass ein Christ jetzt Muslim ist, als würde das den Islam aufwerten. Sie hören ihm zu, wenn er Hadithe zitiert, um seine Ansichten zu rechtfertigen. Younes und ich versuchen, uns nicht von seiner Konvertierung beeindrucken zu lassen, halten uns von ihm fern. Aber heute will ich ihm das Leben schwer machen, deswegen nähere ich mich der Gruppe und höre den Tschechen über Frauen labern. Wie er schon anfängt: »Unser Prophet Muhammad –«

»Dein Prophet ist Jesus, Mann!«, rufe ich ihm zu. Die Türken schauen mich genervt an, Younes lacht, und der Tscheche fährt fort: »Unser Prophet Muhammad, ṣallallāhu ʾalayhi wa sallam, hat gesagt, dass das Paradies unter den Füßen der Mütter liegt und deswegen –«

»Was ist, wenn die Mutter eine Hure ist?«, fragt Younes, und weil der Berg selten spricht, schaut ihn niemand genervt an. Hätte ein anderer die Frage gestellt, würden sich alle auf ihn stürzen, ihn unter Lachen und Grölen begraben, aber wie gesagt, Younes ist Younes, wer traut sich, genervt zu stöhnen? Ich genieße die Anspannung, die in der Luft liegt, und die Passivität, in die Younes alle gezwungen hat. Gleich explodiert der Kopf des Tschechen. Aber er löst sich als Erster aus der Starre und fragt: »Wie bitte?« Seine Augen verlieren an Blau.

»Was sagt der Prophet dazu, wie man eine Mutter behandeln sollte, die eine Hure ist?«

»Es ist ziemlich respektlos, so über eine Mutter zu sprechen, Younes.«

»Wenn es so ist.« Younes besteht darauf, dass es Mütter gibt, die Huren sind. Die anderen Jungen erwarten vom Tschechen eine Antwort.

»Trotzdem ist es respektlos.«

»Du hast keine Ahnung, oder? Außerdem will ich wissen, was der Prophet gesagt hat, nicht irgendein Türsteher.«

Der Tscheche, der früher Türsteher und Boxer war und immer noch Boxer ist, aber jetzt Muslim, hat viel Geduld mit Younes. Seine Brust hebt sich, als er zu einer Antwort ansetzt und anfängt, von früher zu erzählen, von einem Typen auf dem Sterbebett: Das ganze Dorf versammelte sich um den Mann, der zitterte und schwitzte, der Schmerzen hatte; selbst der Arzt wusste nicht, was zu tun ist. Die Leute waren ratlos, weil dieser Sterbende ein frommer Muslim war, er hatte weder gelogen noch betrogen oder unzüchtiges Verhalten gezeigt, warum ließ Allah ihn leiden? Seine Frau und Kinder weinten um

ihn und beteten, dass er endlich seinen Frieden finden solle. Da betrat der Sheikh das Zimmer, und als er den Sterbenden sah, wusste er sofort um seine Leiden. Er befahl ein paar Dorfjungen, die Mutter zu benachrichtigen, denn nur seine Mutter könne ihn aus diesen elenden Schmerzen befreien, indem sie dem Sohn die Verirrungen verzeihe. Als die Mutter ihren Sohn entschuldigte, starb er friedlich in seinem Bett.

Der Gong ertönt wie ein Zeichen Gottes für die Wahrheit in dieser Geschichte. Younes löst sich als Erster aus der Erstarrung, und wir folgen ihm in die Sportkabine. Younes packt ruhig seinen Rucksack, die Jungs reden mittlerweile über die Vor-Abi-Klausuren, aber Younes ist in einer anderen Welt, und sein Schweigen zwingt mich, mit ihm abzutauchen.

Wir wohnen in der gleichen Straße, deswegen gehen wir immer zusammen nach Hause, war früher so, und das wird auch so bleiben. Younes hasst das Viertel, weil er immer mit gesenktem Kopf und hängenden Schultern durch die Straßen läuft. Egal, wie groß und breit er sich trainiert, ein flüchtiger Blick oder ein vielsagendes Grinsen drücken ihn zu Boden. Younes raucht, damit er nicht reden muss. Ich laufe neben ihm her und fühle, wie er seine Last mit mir teilt. Ich will ihm sagen, dass jeder es im Leben schwer hat, aber ich würde dann wie der Tscheche klingen und schweige lieber. Ein Tscheche, der mir und Younes den Islam beibringen will, der sein Wissen aus irgendwelchen gebrauchten Büchern bezieht, die er online für fünf Euro erstanden hat. Der Tscheche kennt Younes nicht, er kennt Shahira nicht, die angeblich Younes' Frieden in ihrer Hand hält. Und weil die gleichen Gedanken Younes verfolgen, zündet er sich eine weitere Zigarette an, scheißt da-

rauf, dass ihm die Lungen beim nächsten Training wehtun werden. Er zieht mit aller Kraft an der Kippe. Vor dem Hauseingang verabschieden wir uns. Ich schaue Younes nach, schaue diesem Riesen mit gebrochenem Rücken nach, bis er im Haus verschwunden ist. Er tut mir wieder ein bisschen leid. Ich kann mir beim besten Willen nicht vorstellen, dass Younes gequält wird, weil das Einverständnis zum Sterben in den Händen seiner Nuttenmutter liegt. Der Tscheche redet zu viel, er kennt Younes nicht, er weiß nicht, was früher passiert ist, deswegen weiß er auch nicht, was jetzt passiert, wer Younes ist, wer seine Mutter ist. Der Tscheche kann nur labern und aus alten Büchern zitieren, was er tun sollte oder was andere Leute tun sollten. Ich muss zu Herrn Schandt gehen und ihm vom Tschechen erzählen, der Younes nicht kennt und auch nicht seine Mutter und vom Islam erzählt, als wäre der Islam eine Salbe, die jede Entzündung lindert.

Das Nervige an Jamals Frau ist nicht nur, dass sie Jamals Frau ist, sondern dass ihre Mimik und Gestik wie eine Zweitstimme ihr Reden begleiten. Es gibt nicht viel an meiner Mutter zu bewundern, aber mit welcher Aufmerksamkeit sie Jamals Frau zuhört, verlangt einem dann doch Respekt ab. Jamals Sohn sitzt neben seiner Mutter, er kann nicht älter als acht sein, aber sein Blick mit den trägen Lidern strahlt so eine Altersweisheit aus. Ich könnte meine Hand dafür ins Feuer legen, dass der Junge gerade keinen einzigen Gedanken denkt. In seinem Alter dachte ich darüber nach, wie ich langweiligen

Situationen entfliehen kann, aber er hier scheint sie herbeizusehnen, weil er über irdische Freuden erhaben ist; er verdient wirklich einen Klatscher. Mit welcher Gleichgültigkeit er da sitzt, als könnte er genauso gut woanders sein, und wie er den Orangensaft aus dem Glas trinkt, nicht schlürft, er ist zu weise, um Geräusche beim Trinken zu machen, so ganz anders als seine Mutter. Die Augen hat er von seinem Vater, der die Gleichgültigkeit wie einen Rucksack mit sich trägt. Meine Mutter fragt Jamals Sohn, ob er nicht zu Newroz, meiner Schwester, ins Zimmer gehen möchte. Sie sind in der gleichen Klasse, das ist auch so ziemlich ihre einzige Gemeinsamkeit.

Als Jamals Frau anfängt, über Younes' Mutter zu reden, höre ich ihr dann doch zu. Sie erzählt, sie habe gesehen, wie diese dêhlik, diese Hündin, im Gemüseladen die Hand des Kassierers Ramsy länger berührte, als sie musste. Sie drückte ihm die Münzen einzeln in die Hand, bei jeder Münze sei das Kichern der beiden lauter geworden, und bei der letzten Münze habe Ramsy, der Kassierer, nach den Fingern von dieser dêhlik gegriffen, die sie ihm spielerisch entzog. Dabei seien all die Münzen auf den Boden gefallen, die Kunden im Laden hätten nicht mehr verstohlen geschaut, sondern alle hätten sie angestarrt und gewusst. Ramsy habe mit hochrotem Kopf und einem dämlichen Grinsen die Münzen aufgehoben, die Hündin den Laden mit einem Schwung ihres dicken Hinterns verlassen. In jedem Satz steckt nicht nur Hohn für Younes' Mutter, sondern auch Übertreibung, als würde die Wahrheit nicht ausreichen, um sie zu verachten. Jamals Frau nimmt den Namen Shahira nicht in den Mund. Ich weiß nicht, wie er aus ihrem Mund klingen und welche Mimik sie dabei machen würde.

Wahrscheinlich bleibt der Name in ihrem schiefen Hals stecken, deswegen vermeidet sie seine Erwähnung.

Shahira breitet sich bei mir im Mund aus wie Öl. Wenn ich von ihr als Shahira denke, muss ich mich zusammenreißen. Nur wenn ich von ihr als Younes' Mutter denke, kann ich über sie reden.

Und ich hasse Younes' Mutter noch ein bisschen mehr, obwohl ich jedes Mal denke, noch mehr könnte ich die Frau nicht hassen. Aber ich tue es. Ich tue es schon seit der Grundschule, seit ich Younes das erste Mal gesehen habe und er sich hinter seiner Mutter versteckte und sich am liebsten an ihrem Rockzipfel festgehalten hätte, wenn der Rock nicht so kurz und eng gewesen wäre. Deswegen verschwand Younes hinter ihren Beinen, hielt sich mit einer Hand an einem Oberschenkel fest, hinter dem Melonenarsch versteckte er sein Gesicht. Sie kreischte: »Younes, nimm deine Hand da weg, du zerreißt mir noch die Strumpfhose.« Sie lieferte ihn am Eingang der Schule ab, winkte kurz der Lehrerin zu und stöckelte davon. Younes schaute ihr nach und blieb stumm am Eingang stehen; die anderen rempelten ihn an, und ich ärgerte mich, weil er nicht vom Eingang wegging. Er musste doch merken, dass er im Weg stand, oder war er blöd? Auch in der Klasse musste Frau Blinder ihn jeden Morgen darauf hinweisen, er solle sich doch bitte schön hinsetzen. Wenn es eine neue Sitzordnung gab, wählte Younes immer den Platz am Ausgang.

Als ich Younes verprügelte, stand am Nachmittag seine Mutter vor unserer Tür. Meine Mutter bat sie nicht rein und fragte nur, was denn los sei.

»Dein Sohn hat meinen Younes verprügelt.«

»Das glaube ich nicht«, sagte Mutter. »Raffiq, komm mal her.«

Es fühlte sich an, als hätte ich das Gehen verlernt, so langsam lief ich zur Tür. Younes' Mutter keifte sofort los, als sie mich sah. Wie eine Kobra streckte sie den Hals, beugte sich vor und schrie: »Warum hast du Younes verprügelt?« Sie zog sein T-Shirt über den Rücken, wo ein blauroter Fleck prangte.

»Was ist das nur für ein Verhalten? Du bist doch kein Tier!« Sie wedelte mit dem Zeigefinger vor Mutters Gesicht. »Wenn dein Sohn noch einmal meinen Younes anfasst, dann Gnade ihm Gott.«

»Du solltest den Mund nicht so vollnehmen, Mädchen«, sagte meine Mutter, dabei war Younes' Mutter alles andere als ein Mädchen.

»Dein Sohn hat dieses Verhalten von dir und deinem Mann gelernt. Ein Verhalten wie vom Tier, wie die Tiere!«, schrie sie weiter.

Beide Frauen schrien sich die Hälse wund, und wir schauten sie nur an. Die Nachbarn guckten raus, schlossen schnell wieder ab und lauschten hinter den Wohnungstüren weiter. Als Younes' Mutter davonstöckelte, blieb niemand anderes zum Anschreien da, weshalb Mutter sich mir zuwandte und mich mit kalter Hand ohrfeigte.

»Schäm dich!«, sagte sie, schickte mich aufs Zimmer und drohte mir noch mit Vaters Prügel. Aber er schlug mich nicht, kam nur in mein Zimmer, und ich wimmerte schon.

»Warum hast du den Jungen geschlagen?«

Weil er immer an der Tür stehen blieb. Weil er auf keine Frage antwortete. Weil er immer traurig war und nie Ball spie-

len wollte. Ich weiß es nicht, sagte ich meinem Vater. Er setzte sich auf die Bettkante und erzählte mir von Younes' Familie, und ich verstand nicht, was das mit mir zu tun hatte. Vater beendete seine Erzählung mit der Aufforderung, ich solle den Jungen nie wieder anrühren. Aber das war nicht der Grund, warum ich Younes nicht mehr verprügelte.

In der vierten Klasse organisierte Frau Blinder ein gemeinsames Frühstück mit den Eltern, kurz vor den Weihnachtsferien. Manche Eltern backten Plätzchen, andere brachten Brötchen, Käse, Marmelade mit. Es gab Kakao für die Kinder und viel Kaffee für die Almans, für unsere Eltern sogar Chai, und wir saßen gemeinsam an unseren Gruppentischen und aßen mit den Eltern.

Irgendwann rief ein Mädchen so laut in die Klasse, dass alle erstarrten: »Frau Blinder, der Younes weint.«

Und dann waren alle Augen auf Younes gerichtet, der mit einer deutschen Familie an einem Tisch saß, ein Brötchen lag unberührt in seinem Schoß. Younes winselte in seine Hände. Frau Blinder kniete sich hin, strich ihm immer wieder über den dünnen Rücken und sagte, dass alles gut werde. Die anderen Eltern fragten nur, was denn los sei, wieso der Junge denn heule. Meine Mutter schaute Vater an und sagte auf Kurdisch: »Was hat diese Frau ihrer Familie nur angetan.«

Und eine türkische Mutter tuschelte zu einer polnischen: »Seine Mutter ist nicht gekommen.«

Von da an ließ ich Younes in Ruhe.

Meine Eltern kamen zu allen Elternsprechtagen und Elternabenden, manchmal schickte meine Mutter Vater vor, weil sie

im Gespräch zu sehr darüber nachdachte, was sie wie sagen wollte, sodass sie nur halb zuhörte. Mein Vater fragte sie dann, was die Lehrerin gesagt habe, und sie sagte, sie habe es vergessen, und rührte schnell im Topf oder holte den Staubsauger. Irgendwann begriff mein Vater, dass sie nicht vergessen hatte, sondern gar nicht zuhörte. Aber Jamals Frau kann sie gut zuhören und wartet auf eine Gesprächspause, damit sie in die Küche kommen und ihre Soße umrühren kann. Sie räumt meinen Teller ab, einfach so. Amal würde sich jetzt in ihrer Meinung bestätigt fühlen, dass man mir ständig hinterherräumt und ich deswegen niemals ein selbstständiger Mann werde. Aber Amal glaubt auch, das menschliche Verhalten sei eine Rechenaufgabe – dieses Verhalten des Vaters plus jenes Verhalten der Mutter multipliziert mit den Erwartungen der Gesellschaft ergibt die Eigenschaft des Kindes. Und weil wir seit ein paar Monaten so etwas wie Freund und Freundin sind, glaubt sie, mir die Welt erklären zu können, und ich gebe vor, nicht interessiert zu sein, auch wenn sie viel schlauer ist als ich, aber das weiß sie nicht.

Meine Mutter rührt in ihrer Soße und dann leckt sie den Löffel ab, bevor sie ihn in die Spüle legt. Ich ekle mich und will ihr sagen, ob sie das nicht mal sein lassen könne. Aber ich halte mich zurück, weil sie mir sonst meine ganze Erziehung vorhalten wird: Ach, meinst du, es war nicht eklig, als ich mitten in der Nacht deinen Hintern von Scheiße sauber wischte oder wenn du mir Milch auf die Brust gekotzt hast. Mutter schaut mich an, fragt, was los sei, und widmet sich gleichzeitig dem Essen; sie glaubt, mit ihrer Frage in mir rühren zu können, aber das kann sie nicht, dafür müsste sie mich länger anschau-

en, mir mindestens so viel Aufmerksamkeit schenken wie Jamals Frau. Ich stehe auf und verlasse die Wohnung.

Ich möchte, dass Shahira ihren Kochlöffel ableckt, ich will ihre Zunge in Bewegung sehen. Aber sie tut das nie, und sie freut sich immer, wenn ich da bin.

»Komm doch rein, Raffiq.« Sie schlendert barfuß in die Küche. Sie trägt Leggings wie die Mädchen in unserem Jahrgang, nur verdeckt bei ihr das Shirt den Hintern; trotzdem ist jede Rundung zu sehen. Wenn sie keine High Heels trägt, ist sie so groß wie Amal, und ich könnte locker meinen Arm um sie legen. Die dunklen Haare fallen ihr in Wellen über Schultern und Brüste. Manchmal steckt sie die Haare mit einer Spange hoch, und man kann den Nacken sehen, der brauner ist als der Rest ihres Körpers. Ich weiß nicht, wie ihr Bauch aussieht oder die Falten unter dem Arsch, die bei Amal weiß sind, weil sie auf die Sonnenbank geht. Shahira bräunt sich manchmal in der Nachmittagssonne, nicht zu viel, das mache hässliche Falten und Flecken, sagt sie. Früher saß sie mit Sommerkleidchen auf dem Balkon und ließ die Sonne für eine halbe Stunde auf die glänzenden Beine strahlen. Sie fächerte mit den Händen Wind in ihren Nacken, und wenn ein Windstoß das Kleidchen aufbauschte, spreizte sie leicht die Beine und lüftete ihre Muschi.

Obwohl Younes neben mir saß, sah er nur seine Mutter, und ich sah Shahira. Sie lächelte uns zu, und heute lächelt sie auch, aber heute weiß sie, dass ich sie sehe.

»Wie war's in der Schule?«, fragt sie, deutet mit dem Holzlöffel hinter sich, dahin, wo Younes' Zimmer ist, und sagt: »Er erzählt mir nichts mehr.«

»Unser Boxtrainer hat heute erzählt, dass im Islam die Mutter an der höchsten Stelle steht.«

»Ach ja?«

»Ja, und dass die Mutter dafür sorgen kann, ob das Kind in die Hölle oder in den Himmel kommt.«

»Nicht Gott?«

»Zumindest ist die Mutter der Schlüssel.«

»Und was glaubst du, Raffiq?«

Sie spricht meinen Namen richtig aus, nicht wie in der Schule: Einmal kam das Wort »rar« in einem Text vor, und jemand fragte, was das denn bedeute. Der Lehrer erklärte: »Selten. Wenig.« So etwas in der Richtung, und Walid meinte: »So wie ›Rafick‹?« Und die Klasse lag unter den Tischen. Der Lehrer schmunzelte auch, der Wichser, und das nur, weil sie den Namen nicht aussprechen können.

Shahira rollt das R und verschluckt das Q, das sich auf der Zunge breitmacht und in der Kehle knistert.

»Raffiq, du Träumer, ich habe dich etwas gefragt«, sagt sie.

»Ich weiß es nicht«, sage ich.

»Es ist auch keine Frage von Wissen, sondern Glauben.«

»Glauben ist nichts anderes als Wünschen«, sage ich, wahrscheinlich habe ich den Satz von irgendwoher, aber ich bringe sie zum Nachdenken.

Younes kommt aus dem Bad, die Haare sind noch nass. Er kämmt sie nicht, und Shahira schimpft, neckt ihn eher, als würde sie das Muttersein nur spielen, und fährt mit den Fingern,

mit diesen langen, rot lackierten Nägeln durch Younes' schwarze Haare und ist stolz, weil er viel größer ist als sie und größer als ich und größer als alle im Viertel. Er hört nicht auf zu wachsen.

Wir helfen Shahira, den Tisch zu decken, das Essen anzurichten, und sitzen dann gemeinsam da, essen; obwohl ich schon gegessen habe, esse ich auch mit Younes und Shahira. Sie fragt Younes, was heute in der Schule passiert ist, aber er zuckt nur mit den Schultern, nichts Besonderes. Sie schaut zu mir, erklärt mit dem Blick: Hab's dir doch gesagt. Und ich würde ihr gern mit dem Blick antworten: Jetzt interessierst du dich für seine Schulgeschichten?

Younes passt gut darauf auf, nicht mit seiner Mutter in der Öffentlichkeit gesehen zu werden. Shahira ist ein Geist, der Younes umspielt und ständig mit uns ist, ohne dabei zu sein, als wären wir gefangen in ihrem Bauch. Irgendwann wird Younes ihrem Bauch entwachsen, und keiner weiß, was dann passiert, und das macht uns alle nervös.

Als Younes vierzehn war, wurde er das letzte Mal mit seiner Mutter in der Öffentlichkeit gesehen, auf dem Wochenmarkt. Von einem Stand schlenderten sie zum anderen, und Younes trottete immer einen Schritt hinter seiner Mutter her, die alle Verkäufer mit Namen kannte. Der Türke bot ihr die Sachen zum halben Preis an, packte das Obst und Gemüse sicherheitshalber in zwei Tüten, nicht dass etwas reißt, sagte er und lachte, glotzte auf Shahiras Dekolleté, fragte sogar, ob nicht die Aushilfe ihren Einkauf zur Wohnung bringen solle. Shahira lehnte ab, während sie noch eine Traube kostete, und zeigte auf ihren Sohn. Für die anderen Frauen gab es diesen Service nicht.

»Ich bin eine Stammkundin«, sagte Shahira und bestätigte damit Younes' Vermutung, dass dieser Austausch an Blicken und Angeboten nicht üblich war. Die Selbstverständlichkeit, mit der Shahira sich über den Wochenmarkt bewegte, der nur für sie aufgestellt wurde, nährte die Wut der anderen Frauen. Sie grüßten einander, aber nicht Shahira, wandten sich sogar ab, wenn sie kam. Für Shahira waren die Frauen Komparsen, hingepflanzt, um den Wochenmarkt lebhafter zu gestalten.

Der kurdische Gemüsehändler schenkte ihr eine halbe Wassermelone, obwohl Shahira dankend ablehnte. Aber der Kurde bestand darauf und akzeptierte keine Widerworte. Sie schleppten die Tüten nach Hause, und auf Younes' Schultern lasteten die Worte und Blicke dieser fremden Männer und der Abscheu der anderen Frauen, dass er tagelang nichts essen konnte.

Auf dem Marktplatz spielen einige Jungs Fußball, auf einer Bank unterhalten sich ältere Herren, während sie mit ihren Gebetsketten hantieren. Ich sehe Jamal aus der Spielothek kommen, mit einer Cola in der Hand, als würde er dort nur reingehen, um sich eine kalte Cola zu kaufen. Er grüßt uns beide, ist immer höflich zu Younes, und mir glaubt er befehlen zu können, ihn Onkel zu nennen, xalu Jamal. Er glaubt, weil er mit meinem Vater arbeitet und mein Vater ihm Ratschläge gibt, dass er mein Onkel ist, spielt sich immer auf. Aber jetzt ist er ganz lieb, als hätte ich eine Bulldogge neben mir, und fragt, ob wir auch Cola wollten. Er sagt, nur in der Spielothek würden sie die Cola in der Glasflasche verkaufen, deswegen

holt er seine immer von da und quasselt sich einen ab, sagt, die Cola schmecke im Glas viel besser als aus der Dose oder der Plastikflasche. Er besteht darauf, uns zwei Cola-Flaschen zu holen, richtig klein macht er sich. Fast bin ich geneigt, ihn zu beruhigen, ihm zu versichern, dass ich ihn nicht bei meinem Vater verpetze.

»Ja, hol uns mal zwei Cola«, sage ich, und Jamal mustert mich mit seinem trägen Blick, erwägt in seinem kleinen Kopf, ob er mir nicht doch eine auf die Fresse geben sollte, aber ihm bleibt nichts anderes übrig, als sie zu holen.

Ich erinnere mich nicht an den Tag, als die erste Spielothek im Viertel eröffnet wurde, vielleicht war sie schon immer da gewesen, und weil sie nie Teil unseres Lebens war, Teil unserer Gespräche, war sie eine Leerstelle im Viertel. Irgendwann hieß es an unserem Esstisch, der und der hätten ihr Geld verzockt, die Frau von dem und dem hätte kein Geld für Babywindeln. Meine Mutter verfluchte diese Männer, und Vater verbot mir, diese Läden zu betreten, und erst da tauchten sie überall auf, wie bei der Erfindung einer neuen Farbe. Irgendjemand musste über Nacht Spielotheken im Viertel errichtet haben, anders konnte ich mir ihr plötzliches Auftauchen nicht erklären. Younes darf in diese Läden rein, er hat auch keinen Vater, aber Younes ist vernünftig genug, es nicht zu tun. Walid geht da manchmal rein und kommt sich erwachsen vor und erzählt, was er verloren habe und dass diese Automaten getürkt seien, und hält einfach nicht seine Fresse, weil er genau weiß, dass ich nicht reindarf. Ich konnte Younes überzeugen, einmal reinzugehen und mir zu erzählen, was da drin los ist, und er kam wieder raus und zuckte mit den Schultern.

Die Männer stehen in Trance vor den Automaten und spielen eine Art *Bubble Shooter*, sie haben Beton in den Beinen, anders konnte er sich ihre Ausdauer nicht erklären.

Wir nehmen die Cola entgegen, Younes bedankt sich sogar, und Jamal klopft ihm auf die Schulter, sagt, er solle sich bei ihm melden, wenn er was brauche. Younes würde lieber ertrinken, als um Hilfe zu bitten, aber Jamal weiß das nicht, und keiner kennt Younes so, wie ich ihn kenne.

Die Cola schmeckt tatsächlich besser als aus der Dose. Wir holen uns noch eine Schale Erdbeeren aus dem Gemüseladen, und während Younes nach makellosen Erdbeeren schaut, beobachte ich Ramsy und kann mir nicht vorstellen, dass Shahira irgendetwas mit dieser Bohnenstange angefangen hat. Andererseits weiß ich nicht, was Shahira will.

Sei vorsichtig mit den Frauen, sagte mein Vater grinsend, als er eine Geschichte aus *Tausendundeine Nacht* zu Ende erzählt hatte. Früher erzählte er mir aus alf leila wa leila. Manchmal saß er mit der arabischen Version in der Hand vor mir und übersetzte. An einigen Stellen wurde er ganz still.

»Erzähl doch bitte.«

Er sagte immer: »Sie fordert ihn auf, dreckige Dinge mit ihr zu machen.«

»Was sind dreckige Dinge?«

»Wenn fremde Frauen und Männer zusammen sind und sich näherkommen, dann sind das dreckige Dinge. Dann machen sie sich schuldig«, erklärte er.

Als ich in der neunten Klasse von der deutschen Übersetzung von *Tausendundeine Nacht* erfuhr, bestellte ich sie mir im

Internet. Ich las diese Geschichte, die mir von allen am meisten im Gedächtnis blieb, weil so viel getötet und gefickt wird – direkt am Anfang. Es geht um einen König, dessen Königin ihn mit den Sklaven betrügt. Es sind keine Affären, die sie hat; die Königin feiert Orgien, Gang Bangs, Blowjobs, Bukakke. Die Konkubinen in Begleitung der Königin wandern mit ihren seidenen Kleidchen im Garten umher und reißen sie sich vom Körper. Es stellt sich heraus, dass die Hälfte von ihnen verkleidete Männer sind, die die Königin sich hält. Sie besitzt aber noch einen großen, schwarzen Sklaven, der über die Palastmauer zu ihr gelangt, sobald sie nach ihm ruft.

Einmal ist der Bruder des Königs zu Besuch; die Männer wollen auf die Jagd, doch der Bruder fühlt sich krank, und so wird der König nur von seinen Gefolgsleuten begleitet. Als die Königin sich unbeobachtet fühlt, ruft sie ihren großen, schwarzen Sklaven. Im Garten des Palasts ficken sie so lange, bis alle kommen. Der Bruder traut seinen Augen nicht, als er von seinem Zimmerfenster aus diese fickende Menge im Garten sieht und mittendrin die Königin mit weit gespreizten Beinen. Wie eine gewöhnliche Nutte lässt sie sich von einem Sklaven besteigen, direkt neben dem Rosenbusch. Als der König von der Jagd zurück ist, benachrichtigt der Bruder ihn. Daraufhin bringt der König die Königin und alle anderen Frauen im Palast um, und ich glaube auch die Sklaven, ein regelrechtes Blutbad richtet er an. Ein Amoklauf im Palast. Die zwei Brüder reiten aus dem Reich und wollen schauen, ob nur die Königin eine Nutte ist oder alle Frauen so sind. Sie fangen bei dem Bruder an, der auch irgendwo König ist. Es stellt sich heraus, dass auch seine Frau mit all den Palastmenschen schläft. Erneutes Blutbad. Sie

machen einen Roadtrip, aber mit Kamelen und in der Wüste. Als sie sich am Toten Meer ausruhen wollen, wirbelt das Wasser, und ein Ifrit erhebt sich aus dem Meer, so groß, wie das Meer tief ist. Die zwei Könige verstecken sich vor diesem wahsh auf einem Baum. Der Riese setzt sich genau unter diesen Baum, auf dem Kopf trägt er eine gläserne Kiste, und aus dieser Kiste fischt er das schönste Wesen heraus, das die zwei Brüder je gesehen haben. Der Ifrit schläft mit seinem Kopf auf dem Schoß der Frau ein, sie schaut gelangweilt in der Gegend herum und sieht die zwei Männer auf dem Baum. Sie schlägt den Brüdern einen Dreier vor, um sich an dem Riesen zu rächen, der sie als Lustsklavin in einer Kiste gefangen hält. Die zwei sind entsetzt und haben Schiss, dass der Riese aufwacht. Außerdem sind sie gute Muslime, und da fickt man keine fremde Frau, also verneinen sie erst. Sie droht, den Riesen zu wecken. Und so ficken die zwei Könige gezwungenermaßen die schönste Frau der Welt und haben eine Wut auf alle Frauen, dass sie jede einzelne abschlachten wollen. Der ältere von den beiden sagt so etwas wie: »Selbst dieser furchterregende Riese, der im tiefsten Ozean wohnt und seine Geliebte in eine Kiste gesperrt hat, wird betrogen.« Also kehren sie zurück und beschließen, jede Frau zu heiraten, zu ficken und sie am selben Abend noch zu töten.

Ramsy gibt Younes das Wechselgeld, und seine Hände zittern, vielleicht aus Angst oder weil Ramsy einfach zittrige Hände hat. Ich schaue ihn lange an und grinse, einfach so, um ihn zu verunsichern, und er kratzt an seinem Hals rum und wünscht uns einen schönen Tag und fragt, ob wir an den See gehen, aber wir antworten nicht: Younes, weil er ein schweigsamer Typ ist, und ich, weil ich ihn irritieren will.

»Was sind das für Vögel, die hier rumlaufen?«, frage ich Younes.

»Wieso?«

»Der eine holt sich Cola aus der Spielothek, der andere verkauft Erdbeeren, richtige Verlierer sind das.«

»Können halt nicht alle so schlau sein wie du, Raffiq.«

»Halt's Maul.«

Soll sich mal jemand trauen, Younes das Maul zu verbieten.

Wir gehen zu den Jungs, die vor dem Eingang der Teestube stehen, da, wo ihre Väter sich treffen. Ich kenne hier jeden: ihre Eltern und manchmal sogar ihre Großeltern, ich weiß, ob sie eine Aufenthaltsgenehmigung haben oder eine Duldung, ich weiß, aus welcher Stadt sie gekommen sind und warum sie in Deutschland sind, ich weiß, wie sie in der Grundschule aussahen und später auf der weiterführenden Schule, ich weiß, wie ihre Mütter sie nennen, ich weiß, wie ihre Väter sie nennen, ich weiß, wie sie auf der Straße genannt werden, weil ich sie taufe, ich weiß, wovor sie Angst haben und was sie lieben, ich weiß, was sie später machen wollen und was sie machen werden. Manche wissen, dass ich das weiß, andere ahnen es: Halit kriecht Khalil, der Krähe, in den Arsch, weil er dessen Schwester liebt, Majit glaubt, er wird Rapper, und Maher Fußballer, die MaMa-Brüder werden später bei ihrem Vater im Gemüseladen arbeiten. Kemal und Mammut verticken seit Jahren Marihuana, weil sie an die Zukunft des Marihuanas glauben. Walid ist der Einzige aus der Gruppe, der mit uns sein Abi macht und trotzdem den Clown spielt. Tobi ist der Alman.

Wir grüßen die Jungs, und jeder fragt Younes, ob er noch breiter geworden ist seit dem letzten Treffen vor zwei Tagen.

»Wir sollten Younes die Maschine nennen«, schlägt Walid vor, aber keiner geht darauf ein. Ich frage Majit, ob er sein Rap-Video schon hochgeladen hat. Er verneint und meint, sein Vater wolle nicht, dass er diese Musik macht, er solle sich auf die Schule konzentrieren. Dabei wissen wir alle, wie hohl Majit ist, aus ihm wird kein Ingenieur oder Anwalt.

»Dann trag doch einfach eine Maske«, sage ich.

»Wie Sido, oder was?«

»So eine Ski-Maske, sieht dann auch nicht so aufgesetzt aus wie bei Sido«, sage ich.

»Skimaske. Skimaskeskimaskeskimaske«, wiederholt er und grinst sein dummes Grinsen und sagt: »Passt, Mann«, und umarmt mich halb. Majit klaut nämlich, zieht jeden ab, den er nicht mag, und erzählt uns, wie er es angestellt hat. Es ist ihm wichtig, dass wir später, falls er ein großer Gangsterrapper wird, als seine ehemalige Crew den Journalisten bestätigen, dass er schon immer kriminelle Energie in sich barg und seine Lyrics nur ein Ausdruck dessen sind. Wie gesagt, Majit ist hohl.

»Du musst online auf dich aufmerksam machen, wenn du was reißen willst, Majit«, sage ich.

Er nickt nur. »Du hast recht, Mann. Dieses Myspace und so, hab aber keine Ahnung, wie ich das machen soll.«

»Ey, wenn du willst, kann ich dir helfen, musst nur Bescheid geben.«

Und während wir über Majits Rap-Karriere reden, läuft Sanye mit ihrer Mutter an uns vorbei. Sanye ist im Kopf schon eine erwachsene Frau, schon als Elfjährige war sie so unerträglich erwachsen, hat sich um ihren Bruder gekümmert,

ihn von der Schule abgeholt, seinen Schulranzen getragen, wahrscheinlich die Tasche daraufhin kontrolliert, ob er sein Pausenbrot aufgegessen hat. Sanyes Mutter kann kein Deutsch, deswegen begleitet sie die Mutter zu allen möglichen Terminen und macht das mit Engelsgeduld, übersetzt selbst bei Elternsprechtagen wahrheitsgemäß, auch auf die Gefahr hin, sich selbst zu belasten. Sanye bekommt seit Jahren zehn Punkte von den Jungs, weil sie auch den perfekten Arsch hat – weder zu groß noch zu klein, fest, aber trotzdem weich, glaube ich zumindest, denn Sanye lässt niemanden an sich ran, und das macht sie nur noch krasser. Wenn sie vorbeiläuft, dann haben alle zu schweigen und dürfen höchstens nicken.

»Amen, Brüder«, sage ich und beende damit das Schweigen. Die Jungs lachen.

»Gut, dass die keinen Bruder hat«, sagt Tobi, weil er ausspricht, was wir denken. Er darf das, er ist ein Deutscher.

»Sie ist ihr eigener Bruder«, sage ich.

»Ja, vielleicht ist sie eine Shemale«, sagt Walid und bringt Unruhe in die Gruppe, das kann Walid gut; er wird von Khalil, der Krähe, beschimpft, weil Khalil Schwule eklig findet. Er droht Walid mit Prügel, wenn er noch einmal irgendein hübsches Mädchen beleidigen sollte.

»Liebst du sie oder was, beruhige dich, Mann.«

»Das hat nix mit Liebe zu tun, du bist einfach ein Spasti«, sagt Khalil. »Du kannst Jenny beleidigen, aber nicht die Hübschen.« Khalil ist Jenny noch nie begegnet, aber er kennt sie aus unseren Erzählungen. Jenny ist seit der siebten Klasse unverändert auf dem letzten Platz; seit der siebten Klasse hat sich an Jennys Figur nichts getan, sie wird nur größer, als würde

man Backsteine aufeinanderstapeln. Wenn die Jungs was zu lachen haben wollen, dann drängen sie mich, von Jenny zu erzählen.

Selbst Younes kann sein Lachen nicht unterdrücken, obwohl er sich bei diesen Unterhaltungen unwohl fühlt, als wüsste er, dass auch seine Mutter in unseren Gedanken Platz hat, aber außer Konkurrenz läuft, weil sie einfach aus einer anderen Dimension ist. Wir verabschieden uns von den Jungs, wir können nicht zu lange bei ihnen bleiben, aber ohne sie können wir auch nicht. Im Nordpark warten die Mädchen bereits auf uns.

»Du genießt das richtig, oder?«, fragt Younes, und zum ersten Mal habe ich keine Ahnung, was er meint.

»Was denn?«

»Wie sie dir zuhören, über deine Witze lachen, nach deiner Meinung fragen.«

»Klingt ja fast nach einem Vorwurf, Mann.«

»Nein, kein Vorwurf, ich habe das nur bemerkt. Du passt hier gut rein.«

»Ich weiß jetzt nicht, ob ich beleidigt sein soll.«

»Nein, Raffiq, du weißt, dass das keine Beleidigung war«, sagt er, die ganze Zeit ein allwissendes Lächeln im Gesicht. Manchmal erlaubt er sich solche Aussagen, und die bleiben für ihn ohne Konsequenzen, einfach, weil er Younes ist. Manche denken, Younes schweigt, weil er nicht reden will, aber ich weiß, dass Younes schweigt, weil er denken will. Er seziert die Situationen und die Menschen, und manchmal, wenn man Glück hat, wie jetzt, dann teilt er einem mit, was er gedacht hat.

Was niemand wirklich zu schätzen weiß, ist Jennys Loyalität. So unattraktiv sie auch ist, so ehrlich ist sie. Ich weiß nicht, ob ihre Freundinnen merken, dass sie immer zu Jenny laufen, wenn sie ein Problem haben, dass Jenny immer die richtigen Worte findet, dass Jenny ihre Interessen vor die eigenen Bedürfnisse stellt, dass Jenny nie mit Hintergedanken agiert, sondern immer mit dem Anspruch, eine gute Freundin sein zu wollen. Jenny hat Prinzipien; keine Titten, aber Prinzipien, und Jenny weiß nicht, dass ich das weiß und zu schätzen weiß. Jenny hasst mich, weil ich dafür sorge, dass sie gut bleibt. Denn je abstoßender die Jungs sie finden, desto mehr Mühe gibt sie sich, von den Mädchen geliebt zu werden. Ich mache Jenny für die Mädchen unentbehrlich, und Jenny weiß das nicht, und sie weiß auch nicht, dass ich sie zu Amals bester Freundin erkoren habe, dass ich ihr einen Platz in dieser Gruppe ermöglicht habe. Jenny raucht gerade und freut sich hauptsächlich, Younes zu sehen. Alle Mädchen freuen sich, ihn zu sehen.

Younes ist ein melancholischer Hurensohn, die Mädchen finden ihn noch attraktiver, je mehr er leidet und man ihm das im Gesicht ansieht. Sein Schmerz, glauben sie, sei nur durch ihr Verstehen und Lieben zu heilen. Wenn Younes nur genug geliebt wird, dann wird er irgendwann die Trauer ablegen, und jede von ihnen glaubt, sie sei die Auserwählte und in ihren Armen würde Younes heilen. Younes nutzt das unter keinen Umständen aus, und deswegen ist er kein melancholischer Hurensohn, sondern ein bemitleidenswerter. Er flirtet nicht mit den

Mädchen, und wenn, dann unabsichtlich, es rutscht ihm raus. Er hatte noch nie eine Freundin, dabei könnte er jede haben, wahrscheinlich könnte er sogar Sanye haben. Er müsste es nur wollen. Aber Younes will nicht. Er will anständig sein, nicht auf religiöse Art, sondern auf kurdisch-moralische Art. Er hat Angst, dass man sagt, der Apfel falle nicht weit vom Stamm. Ich habe lange gebraucht, bis ich das verstanden habe. Er hat es auch nie erklärt, ich habe eins und eins zusammengezählt, habe Amals Methode angewandt. Erst dachte ich, Younes sei schüchtern, aber er ist nicht schüchtern, sondern konsequent. Wenn die Mädels nicht gucken, wenn Younes sich unbeobachtet fühlt, dann wagt er einen Blick auf die Hintern der Mädels oder auf ihre Nacken und stellt sich vor, wie es wäre, seine Finger über den Nacken wandern zu lassen. In so einem Moment greife ich nach Amal und ziehe sie zu mir. Younes setzt dann seinen abwesenden Blick auf, denkt, wie es wäre, wenn er nicht er wäre. Dann wäre er nur ein Spast wie wir alle.

Younes hat nicht verstanden, wie viel Macht er damit seiner Mutter gibt. Jede Bewegung, jeder Blick, jede Eigenschaft ist wohlüberlegt, aber immer nur in die entgegengesetzte Richtung zu seiner Mutter. Er verbietet sich Sachen, die er unter anderen Umständen getan hätte. Dafür hasse ich Shahira, dass sie so viel Macht über Younes hat, indem sie einfach nur so ist, wie sie ist, und dafür sorgt, dass Younes nicht sein kann, wie er gern wäre. Die Ehe war das erste Opfer ihres Verhaltens, Younes ist das zweite. Irgendwann werde ich Younes das erzählen, aber nicht bald. Er wird es komisch finden, dass ich darüber nachdenke, dass er so ist, wie er ist, weil seine Mutter Shahira ist. Wenn Younes eines Tages zu mir kommt und sagt,

übrigens, Raffiq, du bist so und so, weil deine Mutter mal dieses und jenes gemacht hat – ich glaube, dann würde ich ihn für gestört halten. Macht man nicht. Es sei denn, der andere bettelt darum. Younes ist kein Typ, der bettelt.

Im Nordpark bietet jedes Mädchen Younes eine Zigarette an, obwohl sie wissen, dass er ablehnen wird, selbst Jenny versucht es, sie hat ja nichts zu verlieren. Um ihn versammeln sich die Mädchen. Das passiert nur berühmten oder schwulen Männern, aber nicht den gewöhnlichen. Younes wird verehrt, weil er kein böses Wort verliert, nie über ein Mädchen redet, als wären sie alle seine Schwestern. Er könnte eine Sekte anführen, wäre aber miserabel darin, weil er eben keinen Nutzen daraus ziehen würde. Wenn sie ihm ihre Plastikfingernägel zeigen und fragen, wie er sie findet, sagt er nur, natürlich sähen sie schöner aus, und zu Hause reißen sie das Plastik von den Nägeln, weil Younes das gesagt hat. Sie färben ihre Haare nicht mehr, manchmal ziehen sie sogar weite Shirts an, um Younes zu gefallen, und ich könnte ihm eine klatschen, weil er die Mädchen zu Nonnen erzieht. Nur Amal scheint gewappnet zu sein gegen Younes' Melancholie, vielleicht auch, weil sie sich auf mich konzentriert und mit ihren langen, roten Fingernägeln jetzt an ihrer Zigarette zieht.

»Habibi, kannst du bitte die Nägel nicht so rot lackieren«, sage ich und denke, dass sie dabei wie eine Nutte aussieht, und da kneift sie mir in den Bauch, als hätte ich den Gedanken ausgesprochen.

»Erstens heißt das Habibti, und zweitens liebe ich Rot.«

Ich erkläre ihr, dass mit roten Nägeln Pornodarstellerinnen

assoziiert werden, und sie als kleine Frauenrechtlerin wolle doch nicht damit in Verbindung gebracht werden.

Bevor sie den Mund aufmacht und anfängt, mich mit auswendig gelernten Argumenten zu bombardieren, drücke ich meine Lippen auf ihre. Denn an Amal ist alles weich, ihre Lippen, ihre Brüste, ihr Bauch, sie fühlt sich an wie Shahira, dürfte ich Shahira berühren.

Früher durfte ich das, früher, als Younes von den Jungs geärgert wurde. Shahira nahm den weinenden Younes in die Arme. Er tauchte ab in ihrem weichen Fleisch, das sein Heulen erstickte. Sein Rücken zitterte unter Schluchzern, die seit Wochen in Younes geschlummert hatten. Ich blickte gebannt auf die Hände, die in Wellenbewegungen über Younes' Rücken strichen.

Shahiras Hände waren gesalbt, gecremt, gepudert, gewärmt. Ich wollte in diesem Moment unbedingt von Shahira getröstet werden, dass ich es schaffte, auch traurig auszusehen und ihr keine andere Wahl zu lassen, als mich wie einen zweiten Sohn zu behandeln. Ich nahm neben Younes Platz, unter der linken Brust Shahiras, wo ich ihr Herz hörte, das laut und langsam schlug. Ich roch an Shahira, ihren Schweiß, unter den Armen, sie roch nach Salz und Brot.

Am liebsten hätte ich den ganzen Tag mein Gesicht an ihre Brust gelegt, meine Nase in ihre Achselhöhle, meine Finger in ihren weichen Bauch gedrückt. Die Weichheit von Shahira hält Younes davon ab, sie zu verlassen, ein Wohnheim aufzusuchen, um allein zu leben.

Amal und ich liegen auf der Wiese, ich darf meinen Kopf auf ihren Schoß legen, und manchmal rieche ich zwischen ih-

ren Beinen und bringe sie zum Lachen, aber das Schönste an diesem Moment ist der Moment: Wir sind gefangen, wie auf einer Insel, keiner kann entkommen, keiner will entkommen, und ich bin der Einzige, der das zu schätzen weiß.

»Raffiq, was machst du nach dem Abi?«, fragt sie, fragt schon seit Wochen, obwohl sie die Antwort kennt. Ich antworte einfach nicht, ist auch eine Antwort. Amal sagt immer, es sei wichtig, herauszufinden, was man von seinem Leben will; Erwartungen zu formulieren und sie mit den Zielen abzugleichen, um keine Enttäuschungen zu erfahren. Wer denkt mit siebzehn so? »Hast du zu viel mit Sanye geredet?«, fragte ich; irgendetwas muss in der Vergangenheit zwischen Sanye und Amal vorgefallen sein, anders kann ich mir ihre latente Abneigung nicht erklären.

Amal empfahl mir, eine Tabelle zu zeichnen mit Lebenszielen und Erwartungen. In dem Moment lachte ich sie aus, aber zu Hause erstellte ich diese Tabelle und dachte lange nach, trotzdem blieb meine Tabelle wochenlang leer, weil ich nicht imstande bin, Erwartungen an das Leben zu formulieren.

»Was wirst du studieren?«, fragt mein Vater immer. Es gibt zu viele Möglichkeiten, denke ich.

»Raffiq, du wirst doch nicht weit wegziehen«, sagt meine Mutter daraufhin. Ich hatte gar nicht an eine eigene Wohnung gedacht, denke ich.

»Was wirst du nach dem Abi machen?«, fragt auch Shahira. Ich soll studieren, sagen sie, deswegen mache ich doch mein Abi.

»Welche Pläne hast du nach dem Abi?«, fragt Herr Schandt ständig. Und wenn ich keinen einzigen Plan habe, denke ich.

»Raffiq«, ruft Amal, ruft so laut, als wäre ich nicht bei ihr. »Raffiq«, sagt sie diesmal leiser, überlegt und streicht mir durch das Haar, das ich für sie nicht mehr gele, damit sie mit den Haaren spielen kann. »Ich mache ein Au-pair-Jahr in den Staaten«, sagt sie.

»Wo genau?«, frage ich, als wäre das wichtig.

»Chicago.«

»Cool«, sage ich, weil ich nichts über Chicago weiß, und bin den Rest des Nachmittags wie betäubt. So betäubt, dass ich den Streit zwischen Walid und Jenny nicht verhindern kann und Jenny heulend den Park verlässt und alle Mädchen ihr hinterherrennen, um sie zu trösten, und wir allein im Park bleiben und Walid zur Strafe nicht mehr anschauen. So betäubt, dass ich auch zu Hause die Missstimmung zwischen meinen Eltern nicht bemerke, bis einer von ihnen anfängt zu schreien. Sie streiten sich wegen des Essens, es schmeckt meinem Vater nicht, ihr Biryani habe keinen Geschmack, ob sie das Kochen verlernt habe. Die irakischen Gewürze seien ihr ausgegangen, da habe sie die deutschen benutzt.

»Die sind doch importiert«, sage ich, aber das hören sie nicht.

»Ich schufte den ganzen Tag, und dann bekomme ich so einen Fraß vorgesetzt?«

»Astaghfirullah. Wie kannst du so undankbar sein?«

»Ich bin undankbar?« Das ist der einleitende Satz zu Vaters Monolog darüber, wie dankbar wir sein sollten, dass er seinen Beruf geopfert habe: Als Architekt im Irak war er ein angesehener Mann, hier ist er ein gewöhnlicher Arbeiter bei einer Speditionsfirma. Meine Schwester Newroz schaut irritiert von Vater zu Mutter.

»Seit zwanzig Jahren halte ich es aus«, sagt er.

»Seit zwanzig Jahren hältst du mir das vor, es reicht«, antwortet meine Mutter.

»Es reicht? Dann pack doch deine Sachen.« Und jedes Mal wollen sie ihre Koffer packen und nach Kurdistan zurückkehren, bis sie wieder zur Besinnung kommen. Bevor es so weit kommt, lege ich meine Hand auf Newroz' Nacken, und wir verlassen den Esstisch. In meinem Zimmer fragt sie, warum sie sich streiten.

»Manchmal streitet man sich, das ist so. Streitest du dich nie mit deinen Freundinnen?« Ich versuche, meine Eltern zu übertönen.

»Schon«, sagt sie. »Aber wir haben immer einen Grund.«

»Und Erwachsene streiten sich grundlos, weil sie frustriert sind, weil sie sauer auf sich sind, und dann schreien sie andere stellvertretend an.«

»Das verstehe ich nicht.«

»Ich auch nicht.«

»Wann hören sie auf?«, fragt sie.

Und bevor ich wieder mit den Achseln zucke, frage ich sie, ob sie weiß, wo Chicago liegt.

»Nein.«

»Das ist eine Stadt in den Staaten. USA. Nordamerika, verstehst du, und das ist richtig weit weg.«

Das interessiert sie nicht.

»Na ja, vielleicht mache ich mal ein Auslandsjahr in Chicago, nach dem Abi.«

Sie runzelt die Stirn.

»Vielleicht. Ich weiß es nicht.« Ich schaue auf das Blatt mit

der leeren Tabelle, wo meine Ziele formuliert sein sollten. Meine Erwartungen an das Leben sind selbst mir unbekannt. Warum muss ich Erwartungen haben?

Ich drehe mich zum PC und tippe.

Chicago ist 6794 Kilometer von hier entfernt, und das ist nur die Luftlinie. Die Zeitverschiebung beträgt sieben Stunden, aber vermutlich weiß Amal das alles, und es ist ihr egal.

Am nächsten Tag treffe ich Herrn Schandt in der Mensa und sehe, wie er in seine Bockwurst beißt. »Unser Boxtrainer hat uns erklärt, warum Schweinefleisch im Islam verboten ist. Das macht die Männer unehrenhaft und die Frauen zu Schlampen.«

»Wie bitte?«

»Ja, da ist ein Wurm im Fleisch, der lässt die Menschen Sünden begehen.«

»Rafick, erzähl nicht so einen Quatsch, du bist doch viel zu intelligent, um das zu glauben.«

»Nein, wirklich, unser Boxtrainer kann das wissenschaftlich belegen. Er hat uns ein paar Koranstellen gezeigt, die Aussagen des Propheten mit Zitaten von Wissenschaftlern verglichen, das deckt sich alles.«

»Boxt ihr da auch, oder erzählt ihr euch nur Blödsinn?«, fragt er und lässt seine Wurst erst mal liegen.

»Wir boxen auch ab und zu. Aber Abu Hamza erzählt uns auch viel über das Leben unseres Propheten Muhammad, ṣallallāhu ʾalayhi wa sallam.«

»Abu Hamza? Ich dachte, er heißt Herr Dvorak.«

»Wir dürfen ihn Abu Hamza nennen.«

»Hmm«, macht er und beißt nachdenklich in seine Wurst. Wenn nur alle Menschen so durchschaubar wären wie Herr Schandt.

Weil unsere Schulmensa nichts Anständiges zu bieten hat, gehen wir Döner essen, und auf dem Weg kommt Amal zu mir; während ich mich mit Younes unterhalte, funkt sie einfach dazwischen und fragt, ob ich sie ignoriere.

»Nein«, sage ich und mache mit Younes Pläne für den Abend.

»Ich wusste, dass du wegen Chicago sauer wirst. Ich hätte dir das nicht erzählen sollen.«

»Ich bin nicht sauer.«

Sie verlangsamt ihren Schritt und läuft neben Jenny her, die sie trösten wird, sie vielleicht überzeugen kann, hierzubleiben. Ich muss mit Jenny reden.

Die Mädchen bestellen alle Pommes, weil sie glauben, hässlich auszusehen, wenn sie Döner essen. Das hat Walid mal zu irgendeiner gesagt: »Du siehst wie ein Trüffelschwein aus, wenn du Döner isst.« Seitdem isst kein Mädchen mehr Döner, jedenfalls nicht vor uns. Sie stochern mit ihren winzigen bunten Plastikgabeln in den harten Pommes und tunken sie in Mayo und Ketchup ein. Ihr Pech ist, dass sie einfach zu eitel sind und nur gucken, ob die anderen gucken. Beim Döneressen geht es nicht um Tischmanieren, da geht es um den Döner. Die meisten Leute essen den Döner falsch, richtigerweise muss man den Döner stillhalten und ihn mit dem Kopf umgarnen. Der Döner wird nicht zum Mund geführt, der Mund muss zum Döner. Wenn alle Zähne im Mund gut sichtbar sind, hat

man den Mund weit genug geöffnet, um einen anständigen Bissen zu nehmen.

Die Mädchen und allen voran Amal glotzen auf unsere vor Fett triefenden Döner, während wir mit den dünnen Servietten Tsatsiki und Cocktailsoße von unseren Mundwinkeln wischen. Und dann fängt Amal an, mit Jenny zu tuscheln, und das können sie gut. Jenny grinst und guckt verschwörerisch in die Runde, während Amal ihr weiter ins Ohr flüstert. Das können die mal wirklich gut, diese scheiß Geheimnisse, alles hinter vorgehaltener Hand, allwissend gucken und schief lächeln. Was hat die jetzt gesagt, erzählt sie von uns, erzählt sie von mir, oder flüstern sie sich nur interessant?

Ein Mann, so alt wie mein Vater, betritt den Laden und mustert uns, und das ärgert mich schon wieder, dass er sich einfach herausnimmt, uns anzustarren, so als suchte er einen Verdächtigen. Er ist Kurde, das sehe ich, aber er ist nicht von hier, das wüsste ich.

»Younes?«, ruft er, und Younes dreht sich um, mit dem Döner in der Hand, und Younes schaut den Mann an und kaut langsamer, versucht, sich zu erinnern, wer er ist.

»Ich bin's, Azad.«

Und wir starren alle Younes an, und wir finden keine Anhaltspunkte in seinem Gesicht, die darauf deuten, dass Younes Azad kennt.

»Dein Onkel«, sagt er auf Kurdisch, mam, nicht xal, der Onkel väterlicherseits, der Bruder seines Vaters. Der Vater, auf den Younes seit mehr als zehn Jahren wartet, und jetzt steht da der Onkel und lächelt, so gutmütig wie seine Mimik es ihm erlaubt. Younes trinkt seinen Ayran in einem Schluck, will auf-

stehen, und alle rücken mit ihren Stühlen zurück, um für Younes Platz zu machen, und die Metallbeine der Stühle kratzen den Boden. Obwohl niemand ein Wort fallen lässt, wird es laut im Laden, und das nur, weil Younes sich bewegt.

Sein Onkel breitet die Arme aus und lässt Younes keine andere Wahl, als ihn mit einer Umarmung zu begrüßen. Younes steht da und ist wieder der kleine Junge, der sich hinter Shahiras Arsch verstecken will. Sein Onkel fragt ihn, ob er kurz Zeit habe, Younes habe doch zehn Jahre gewartet, will er ihm sagen. Dann greift er nach seiner Jacke, geht mit diesem Mann, der sich Azad nennt, der sich als seines Vaters Bruder ausgibt und Younes mitnimmt. Seine Schultasche hat er unter dem Tisch vergessen.

Wir schauen, wie sie in einen Audi einsteigen und davonfahren.

»Der Typ ist reich«, sagt jemand, und das bleibt der einzige Satz, der am Tisch gesprochen wird. Wir essen unsere Döner still, still laufen wir zur Schule zurück, ohne Younes, der keine Lücke in der Gruppe hinterlässt, sondern Leere, und jeder Einzelne von uns stellt sich vor, was Younes gerade tut. Stumm sitzen wir im Unterricht und hören Herrn Schandt verkünden, dass die Box-AG bis auf Weiteres nicht mehr stattfinden wird. Die Türken regen sich auf, fragen nach dem Grund, aber Herr Schandt will unterrichten. Die Türken boykottieren seinen Unterricht mit Schweigen, und wir schweigen, weil Younes nicht da ist, aber sein Fehlen fällt nicht auf, weil Younes sich kaum meldet. Die Stille ist verdächtig, deswegen will Herr Schandt auf der Stelle wissen, auf der Stelle, sagt er, was hier los sei, warum niemand spreche, was vorgefallen sei. Aber das

kann niemand ihm erklären, ich könnte es und würde damit Herrn Schandts Geschichtsstunde füllen, aber das wäre nicht abiturrelevant, würde Herr Schandt sagen. Younes' Geschichte sollte abiturrelevant werden, weil sie uns alle trifft.

Ich war manchmal dabei, wenn Younes Shahira fragte, wo sein Vater wohne, damit er ihn besuchen könne. Shahira wurde wütend. Nur Wut verwüstet Shahiras Gesicht, und ich habe es gehasst, wenn Younes Shahira erzürnte. Sie sagte ihm, sie wisse nicht, wo sein Vater wohne, und er solle aufhören, sie danach zu fragen, weil sich ihre Antwort nicht ändern werde, denn sie würde alles daransetzen, diesen Menschen aus ihrem Leben fernzuhalten.

»Er wollte dich nicht, er wollte dich nicht!«, wiederholte Shahira wie ein Gebet, wenn Younes heulend nach seinem Vater fragte, damit er bei ihm leben konnte, damit er das Gerede und die Blicke im Viertel nicht mehr ertragen musste. Ich will hier weg, schrie er, und das war sein Gebet, und irgendwann willigte Shahira ein, sagte, er solle seine Sachen packen, sie würden umziehen.

Und da erkannte Younes, dass er das Viertel nicht verlassen konnte, weil er auf seinen Vater warten musste, weil er wissen musste, ob sein Vater auftauchen und ihn bei sich aufnehmen würde. Und so entschied sich Younes dafür, weiterhin der Hurensohn im Viertel zu bleiben.

»Verstehen Sie sein Dilemma, Herr Schandt? Dann erklären Sie bitte Younes' Dilemma.« Und Herr Schandt müsste sich Notizen machen und vielleicht ein Referat halten, und in der zweiten Stunde würde ich erzählen, was ich über Younes' Onkel weiß.

Younes hatte viele Onkel, fange ich an, und sie schliefen alle mit seiner Mutter.

Auch als Kind verbrachte ich meine Nachmittage bei Younes. Während Younes und ich Playstation spielten, die er von einem Onkel geschenkt bekommen hatte, bekam seine Mutter immer Besuch. Es klingelte, und Shahira trippelte aufgeregt zur Tür, und da stand dann ein Mann mit Tüten voller Obst, Gemüse, Chips und Cola. Younes' Mutter goss zwei Gläser Cola ein, riss eine Chipstüte auf und befahl uns, sie nicht zu stören. Sie verschwanden ins Schlafzimmer.

»Wer ist der Mann?«

»Mein Onkel«, sagte Younes, ohne den Fernseher aus den Augen zu lassen.

Ich dachte nur, was für ein Arsch mein Onkel war, der uns nie Tüten voll mit Knabberzeug brachte. Monate später tauchte ein anderer Mann auf, viel jünger als der letzte, ein anderer Onkel, dachte ich, und er warf Younes einen Plastikball zu. Younes' Mutter strich dem Mann über den Arm und führte ihn ins Schlafzimmer, während sie uns sagte: »Spielt mit dem Ball, Jungs.« Meine Mutter erlaubte mir nie, drinnen Ball zu spielen, und ich freute mich darüber, dass der Mann gekommen war, der Shahira dazu veranlasste, uns zu erlauben, drinnen Ball zu spielen.

»Wieso gehen sie immer ins Schlafzimmer?«, fragte ich Younes.

»Keine Ahnung.«

»Lass uns zu ihnen gehen«, schlug ich ihm vor.

»Geht nicht, Mama schließt ab.«

Beim Essen verplapperte ich mich und erzählte, Younes

habe von seinem Onkel einen Ball bekommen und warum Onkel Baran mir keinen Ball schenke.

»Sein Onkel?«, fragte Vater.

»Ja, der hat sie heute besucht.«

»Du warst bei ihnen zu Hause?«, schrie Mutter.

»Nein.«

»Lüg nicht, Raffiq.« Mutters aufgerissene Augen versprachen Ärger und ließen mir keine andere Wahl, als zu lügen.

»Ich habe ihn am Eingang gesehen, als wir gespielt haben.«

»Du darfst mit Younes spielen, aber besuch sie niemals zu Hause. Seine Mutter gehört zu den verdorbenen Frauen«, sagte sie, und ich erinnerte mich daran, was Vater mir aus *Tausendundeine Nacht* über Frauen erzählt hatte, die mit Männern dreckige Dinge taten, und plötzlich ergab alles einen Sinn.

Nach der Unterrichtsstunde fliehen alle aus der Klasse, und fast hätte ich mich umgedreht und Younes angeschaut, bis mir bewusst wird, dass sein Onkel ihn mitgenommen hat. Ich hätte Younes nichts Bestimmtes gesagt, mich nur kurz umgedreht und geschaut, ob er noch da ist, und er wäre da gewesen, weil er auch an anderen Tagen da ist, nie krank ist, immer da ist, aber ich drehe mich trotzdem jedes Mal zu Younes um und versichere mich seiner Gegenwart. Und Younes schaut zurück, sagt nichts, schaut nur zurück, und wir wissen beide, wir sind da. Jetzt gibt es niemanden, mit dem ich nach Hause laufen kann, und so laufe ich alleine und denke für mich alleine, denke aber nicht über mich nach, denke an Shahira, die bald ihren Sohn verlieren wird. Und dann denke ich an Amal, die nach Chicago auswandert. Sie weiß es vielleicht nicht, vielleicht

auch doch, aber in Chicago wird sie von Schwarzen und Latinos flachgelegt, denn Amal hat diese Karamellhaut, und wenn man in ihre Augen schaut, dann schmeckt man Kakao. Ich muss unbedingt mit Jenny reden.

Shahira berührt ihren Hals, berührt die Haut leicht, und sie hat vielleicht den schönsten Hals, lang und zierlich mit einer Kuhle, aus der man Wasser trinken möchte. Und beim Sprechen fasst sie sich immer wie zufällig an den Hals, und ihre Finger reiben die Haut, manchmal wandern sie unter das Ohr, dahin, wo die Schlagader ist, und sie befühlt ihren Puls, um sicherzustellen, dass sie noch lebt. Und wenn sie lacht, dann entblößt sie die senkrechten Linien am Hals, diesen leicht verschwitzten Hals, ganz schamlos. Sie könnte auch ihre Brüste zeigen, so auffordernd lacht sie und macht auf diesen Hals aufmerksam, an den man gerne die Nase halten möchte. Shahira weiß nichts von Azad, sonst würde sie nicht ungehemmt über irgendwelche Charaktere aus einer arabischen Serie lachen. Sie übersetzt die Witze, aber ich kann ihr kaum zuhören, und auch sonst kann ich wenig mit arabischem Humor anfangen.

»Younes!«, rufe ich, er kommt mit nassen Haaren aus der Dusche. Dass der Junge immer nach der Schule duschen muss, als würde ihn das Wissen dreckig machen, verstehe ich nicht.

Du musst hierbleiben, Younes, möchte ich ihm sagen, hierbleiben, um auf deine Mutter aufzupassen, die ihren Hals einfach jedem zeigt.

Wir laufen zum Marktplatz, holen uns eine kalte Cola und

beobachten die kleinen Jungs aus der Nachbarschaft, wie sie mit einem Plastikball von Kik gegen eine Mauer von Lidl schießen. Irgendjemand hat mit einem Edding ein Tor gemalt; das Tor existierte schon zu meiner Zeit, als ich mit Younes' Plastikball gegen diese Mauer schoss. Irgendwie bekomme ich Lust, auch mal wieder Bälle in das Edding-Tor zu kicken, wieder elf zu sein, als Younes und ich nichts wussten. Jamals Sohn ist unter den Kindern, er sieht immer noch wie ein Klon von seinem Wichser-Vater aus.

»Ey, Bilal, spiel mal zu mir.« Der Junge zögert und glaubt, ich würde ihm den Ball nicht wiedergeben, wenn ich ihn einmal habe. Wenn Kinder manchmal eins und eins nicht zusammenzählen, möchte ich sie wegklatschen. »Ja, abspielen, Junge, nicht glotzen. Komm schon.«

»Das ist nicht mein Ball«, sagt er.

»Dann spiel ab!«, rufe ich.

»Nico, darf er mitspielen?«

Was soll das denn? Seit wann bestimmen in diesem Viertel die Nicos, wer mitspielen darf? Younes sagt, wir sollten uns auf die Bank setzen, aber ich will heute auf jeden Fall ein Tor schießen, ob Nico will oder nicht. Der Ball rollt langsam auf mich zu. Ich hole aus und trete kräftig dagegen. Er fliegt in hohem Bogen in Richtung Tor, nicht wie bei Beckham, kommt dem aber schon sehr nahe, und weil es nur ein Plastikball von Kik ist, trifft er auch den Edding-Pfosten.

»Ist das Jamals Sohn?«, fragt Younes und schiebt sich eine Zigarette in den Mund.

»Ja. Abartig die Ähnlichkeit, oder? Als hätte er seine Schwester geheiratet.«

Er blickt auf den Jungen, ohne Hass, Wut oder sonst was. Da ist Younes anders als ich.

»Was wollte dein Onkel?«, frage ich.

»Er hat erzählt, wie sehr er mich vermisst.«

Wir lachen.

»Und hat er sich geärgert, dass du ihn nicht wiedererkannt hast?«

»Ich habe ihn schon wiedererkannt, ich war mir nur unsicher. Ich wollte mich nicht blamieren. Verstehst du?«, fragt er, und ich verstehe. Ich bin doch immer dabei gewesen, will ich ihn erinnern, immer dabei, aber nie mitgelitten. Nicht so richtig; die Verletzungen hat er davongetragen, ich habe nur Schürfwunden abbekommen.

»Mein Onkel hat sie damals erwischt«, erzählt er. »Er tickt ein bisschen anders als mein Vater«, sagt er, als würde er seinen Vater kennen.

»Mein Vater war auf der Arbeit, und mein Onkel ist die Woche bei uns geblieben. Dann hat er ein paar Mal gesehen, wie Typen unsere Wohnung verlassen haben, und hat das Getuschel der Leute mitbekommen. Ich hab damals gar nix gecheckt, sie hat mich immer in mein Zimmer eingesperrt und meinte, ich soll spielen. Mein Onkel hat meinem Vater erzählt, was er beobachtet hat, was er vermutet, was die Leute sich so erzählen.«

Zum ersten Mal redet er darüber, und so abwesend, wie er schaut, scheint es ihn kaum zu berühren, denn es ist zu einer Geschichte verkommen, die man ständig erzählt und von der man jede Wendung kennt, und die Figuren haben nur Grundgefühle wie Wut, Hass und Liebe wie bei einem Märchen.

»Ich weiß nicht, wie ich reagiert hätte, aber mein Vater ist ruhig geblieben, kein Geschrei, keine Schläge.« Er lächelt. »Er hat sie einfach betrachtet und fand es erstaunlich, wie sie ihm in die Augen schauen konnte und die banalsten Dinge erzählte, als wäre sie die langweiligste Hausfrau der Welt. Irgendwann meinte Vater dann, dass wir meine Großeltern in Kurdistan besuchen. Ich erinnere mich. Wir waren in den Osterferien im Irak. Mutter besuchte für ein Wochenende ihre Eltern in Duhok, mein Vater hat frühmorgens unsere Koffer gepackt, ihren Reisepass, ihren Ausweis, ihr Ticket, hat all ihre Papiere mitgenommen. Nur die AOK-Karte hat er vergessen. Wir haben uns in den Flieger gesetzt und sind nach Deutschland zurückgeflogen, er sagte mir, dass Mutter nachkommen würde. Erst als wir in Deutschland waren, hat er mir erzählt, dass sie ihn betrogen hat, dass sie mit Männern geschlafen hat, dass sie uns beide nicht liebt, aber ich hab es ihm nicht geglaubt. Ich hab geflennt, ich wollte unbedingt zu meiner Mutter und habe ihn einen Lügner genannt, wenn er über meine Mutter redete.«

»Und dann?«

»Sie wurde von ihrem Cousin in die Türkei geschmuggelt, weil sie anders den Irak nicht verlassen konnte. Sie sind nach Ankara gefahren, in die deutsche Botschaft. Sie hat den Leuten da erzählt, ihr Mann hätte sie in den Irak gelockt und den kleinen Sohn nach Deutschland entführt. Und wer weiß, welche anderen kriminellen Dinge er noch anstellen würde. Die Botschaft hat ihr geholfen, wieder nach Deutschland zu kommen. Als sie hier war, hat sie meinen Vater wegen Entführung angezeigt und dafür gesorgt, dass er mich nicht besuchen durfte. Wenn ich nach ihm gefragt habe, hat sie mir die Geschichte

immer wieder erzählt, wie er versucht hat, unsere Familie kaputt zu machen, wie er sie im Irak verrotten lassen wollte. Und manchmal hat sie es erzählt, wenn ich nur traurig geguckt habe, als wüsste sie, dass ich an meinen Vater denke.«

»Ich erinnere mich«, sage ich und biete ihm eine weitere Zigarette an. »Hast du deiner Mutter von deinem Onkel erzählt?«

»Nein, und sie darf auch nichts erfahren, Raffiq.«

»Aber sie muss –«

»Nein, Raffiq. Wehe, du erzählst ihr irgendetwas!«

»Nein, Mann, mach ich nicht.«

Er schnalzt mit der Zunge und schaut wieder zu den Blagen rüber. »Eine scheiß AOK-Karte.«

Ich rufe Jamals Sohn, hole zwei Euro aus meinem Portemonnaie und sage ihm, er solle uns eine Tüte gesalzene Kürbiskerne holen. Als er sich weigert, drohe ich, seinen Plastikball zu zerstechen.

»Du bist ein Psycho, weißt du das?«, sagt Younes und lacht.

»Der Junge geht mir voll auf den Sack.«

»Er ist gerade mal acht oder neun, Raffiq.«

»Umso schlimmer, dass er mir jetzt schon auf den Sack geht. Und was wollte dein Onkel von dir?«

»Ich weiß es nicht. Ich kann ihn nicht einschätzen. Er hat davon gelabert, dass Blut dicker ist als Wasser und er es nicht mehr ausgehalten hat, zu wissen, dass ich hier alleine bin und keinen habe, der auf mich aufpasst.«

Was für ein Wichser, denke ich und hoffe, Younes denkt ähnlich.

»Und wo ist dein Vater?«

»Er wohnt in Frankfurt. Hat eine Familie. Zwei Kinder. Ich habe einen Halbbruder und eine Halbschwester.«

»Warum ist er nicht selbst gekommen?«

Younes überlegt und sagt schließlich: »Er hier? Kannst du dir das vorstellen?«

Jamals Sohn kommt angerannt, gibt mir eine kleine Tüte mit Kürbiskernen und siebzig Cent. »Ich hatte dir gesagt, du sollst die große Tüte holen, du Vogel.« Die siebzig Cent gebe ich ihm als Bakschisch.

Wir essen die Kürbiskerne, bis wir durstig werden und die Zunge ganz rau ist.

Younes kennt seinen Vater nur aus der Erinnerung. Und in seiner Erinnerung ist er ein ruhiger, besonnener Typ, großzügig: nicht mit Geld, sondern mit Menschlichkeit. Wäre er nicht so ein großzügiger Mensch, dann hätte er seiner Frau ein Messer an die Kehle gehalten und sie wie ein Schaf geschlachtet. Weil Younes' Vater Younes' Mutter leben ließ, konnte er nur ein großzügiger Mensch sein, dachte Younes, und heute weiß er nicht, was er von seinem Vater denken soll, und mich irritiert er auch.

»Ich werde dann wohl nach Frankfurt ziehen«, sagt er.

»Und deine Mutter?«

»Was ist mit ihr?«

»Sie ist dann allein.« Ich hätte das nicht sagen sollen.

Er schaut sich auf dem Marktplatz um, sieht eine Frau aus dem Gemüseladen kommen, sieht die Kinder Fußball spielen, sieht zwei Männer vor der Teestube rauchen, sich unterhalten – vielleicht über seine Mutter.

»Sie sollte auch hier weg«, sagt er und spuckt die Hülsen aus.

Wenn Shahira das Viertel verlässt, ist es nicht mehr das Viertel.

Zwischen meinen Eltern hat sich etwas verschoben, vielleicht auch eingeschoben; ich habe nicht mitgekriegt, wann und wie. Meine kleine Schwester wird es auch nicht wissen, aber ich beobachte sie trotzdem, konzentriere mich darauf, wie sie isst. Eigentlich redet immer einer am Küchentisch, jeder hat eine Geschichte zu erzählen. Meistens fängt meine Mutter an, und dann versucht mein Vater anzuknüpfen, und ich erzähle auch etwas, und wenn nichts passiert ist, denke ich mir etwas aus, eine Geschichte mit Pointe, und alle lachen, und dann erzählt Newroz etwas, und das, was sie erzählt, kann man nicht als Geschichte bezeichnen, es gibt Nebengeschichten, und sie erzählt in keiner bestimmten Reihenfolge, alles ist gleich wichtig. Jedes Mal bin ich erstaunt, was sie als erzählenswert erachtet, und vielleicht denkt sie das Gleiche über mein Erzähltes. Heute hören wir das Besteck gegen die Teller schlagen, den Salat knacken, das Blubbern des eingeschenkten Wassers ins Glas, das Trinken – ein Konzert aus alltäglichen Geräuschen. Man müsste sich wundern über die Unordnung der Geräusche, die Gegenstände stumm schalten und mit melodischen Tönen unterlegen.

Mein Vater knallt den Salzstreuer auf den Glastisch und erschreckt uns, schreckt uns auf aus unserer Sprachlosigkeit.

»Wieso hat der Salzstreuer nur drei Löcher?«, fragt er, und ich verstehe nicht, was er meint, ob das ein Witz sein soll, so

wie: »Wieso hat die Spinne sechs Beine? Weil ihr zwei ausgerissen worden sind.«

»Wie soll da das scheiß Salz raus?«, fragt er. Er meint keinen generellen Salzstreuer, sondern den in seiner Hand, den er bei jedem Wort auf den Tisch knallt.

Meine Mutter schlägt ihm vor, etwas länger zu streuen, dann würde er die gewünschte Menge bekommen.

»Soll ich essen oder streuen?«, fragt er, und wir alle wissen, dass er keine Antwort darauf haben will, aber Mutter antwortet trotzdem: »Das Essen ist gut gesalzen, warum musst du überhaupt noch etwas darauf streuen?« Und ihr Streit scheint aus lauter Fragen zu bestehen, denn mein Vater fragt, ob es zu viel verlangt sei, dass er sein scheiß Essen mit dem scheiß Salz nachwürzen darf, und sie antwortet etwas, worauf er schreit, dann schreit sie, und ich wünschte, das Konzert aus Unordnung könnte wieder spielen.

Ich verlasse die Wohnung, ich will Younes erzählen, dass Frankfurt am Main 252 Kilometer entfernt ist, doch dann laufe ich nicht zu Younes nach Hause, ich laufe einfach weiter, genieße die Dunkelheit und den Wind, überlege, was meinen Vater in letzter Zeit bedrückt, ob einer von uns etwas falsch gemacht oder nicht gemacht hat. Ich komme einfach nicht drauf, habe mich zu sehr auf andere konzentriert und nicht mehr gesehen, was neben mir passiert. Habe versucht, mir Gründe zu überlegen, warum Amal nicht nach Chicago ziehen sollte, habe mir überlegt, wie ich Jenny überreden kann, ihre Freundin umzustimmen, hierzubleiben. Ich habe wieder lange auf das Blatt mit der leeren Tabelle geschaut, lange nachgedacht, was meine Ziele im Leben sind, was meine Erwartungen sind. Das kann

gar nicht so schwer sein. Vielleicht sind das auch die falschen Fragen, von Amal gestellt, nicht von mir. Aber dann müsste ich mir auch noch eigene überlegen, und dabei kenne ich noch nicht einmal die Antwort auf die simplen Fragen der anderen.

Auf dem Marktplatz sitzt Younes auf einer Bank und raucht. Ich wollte allein sein, den Wind und die Dunkelheit für mich haben. Ich muss sie mit Younes teilen.

»Hast du schon Hausaufgaben gemacht?«, frage ich, als ich mich neben ihn setze.

»Ich werde sie vergessen haben. Du?« Er bietet mir eine Zigarette an. Ich nehme die Zigarette, ohne sie anzustecken, spiele damit rum.

»Es sind die letzten Monate«, sage ich.

»Nein, sind es nicht. Dann fängt was anderes an, und dann zählst du wieder runter.« Ich zähle nichts runter. Manchmal glaubt Younes, mich besser zu kennen als ich mich selbst.

»Frankfurt ist 252 Kilometer von hier entfernt.«

Er überlegt lange, was er darauf antworten soll. »Erreicht man zu Fuß in ein paar Tagen«, sagt er. Seine Stimme ist so mächtig wie Younes; Younes hat plötzlich verstanden, dass er im Viertel das Sagen haben könnte, er hat verstanden, dass jeder Angst vor ihm haben könnte. Younes klingt furchtlos, irgendjemand hat ihm erzählt, der Tod sei ein Scherz. Dass nach dem Leben noch eins auf ihn wartet und noch eins und er so lange leben darf, wie er will, ihm müsste nur alles egal sein.

»Du gehst also wirklich.«

»Welche Wahl habe ich?«, fragt er.

»Hier studieren, bei deiner Mutter bleiben.«

Younes zündet sich eine weitere Zigarette an, inhaliert so tief, dass beim Ausatmen nur eine Ahnung von Rauch aufsteigt.

»Du hast die Männer hier als Verlierer bezeichnet. Wie kannst du denken, ich würde hierbleiben wollen.«

»Sie sind keine Verlierer, weil sie hier sind, sondern weil sie so sind, wie sie sind.« Es klingt nicht überzeugend.

Er atmet laut ein, schließt die Augen, erinnert sich an etwas oder träumt vielleicht von etwas, vom Meer oder davon, nicht hier zu sein, in Frankfurt zu sein oder in Berlin, in Hamburg, in München, aber nicht hier.

»Meine Eltern streiten sich die ganze Zeit, ich weiß nicht, was los ist.«

»Das ist mir erspart geblieben«, sagt er wieder in diesem Ton der völligen Gleichgültigkeit.

»Es ist merkwürdig. Ich meine, sie haben sich auch in der Vergangenheit gestritten, aber da ging es immer um etwas Konkretes, und jetzt streiten sie sich, aber eigentlich geht es um etwas anderes, und ich glaube, sie wissen selber nicht, worum es geht.« Ich schaue ihn an, mein Blick ist bittend, und ich bin lächerlich, aber ich erzähle weiter und bekomme doch noch seine Aufmerksamkeit.

»Mein Vater sucht nach Streit, er hat sich heute wegen fehlender Löcher im Salzstreuer aufgeregt. Die haben sich wegen eines beschissenen Salzstreuers gestritten, kannst du dir das vorstellen?«

Younes grunzt, schaut halb fasziniert, halb entsetzt, fast freut es ihn zu hören, dass meine Eltern sich streiten. Und dann erlaubt er sich, noch dreister zu sein, klopft mir väterlich auf die Schulter, so ein falsches Trösten, keine Ernsthaftigkeit. Dum-

mer Hurensohn, bringt mich dazu, die Zigarette anzuzünden, meine Lungen zusammenzuziehen.

»Komm mit nach Frankfurt«, sagt er.

»Was soll ich da?«

»Wir gründen eine WG. Dann bist du deine Eltern los.«

»So funktioniert das nicht, Mann.«

»Wie dann?«

»Ich muss doch erst … Ich weiß nicht, ich muss … So funktioniert das einfach nicht, Younes, du kannst nicht einfach irgendwohin gehen und ein neues Leben anfangen und so tun, als wäre vorher nichts gewesen. Wir gehören hierher, hier ist unser Zuhause.«

Er lacht. »Du hast Angst.«

»So läuft das nicht.«

»Doch, genauso läuft es. Ich wiederhole mich nicht; entweder du kommst mit oder nicht. Und hörst dir an, was für ein krasser Rapper Majit werden könnte, wenn er nicht Schiss vor seinem Vater hätte.«

»Wir könnten doch hier eine WG gründen.«

Younes schüttelt den Kopf. »Raffiq, du hast was grundsätzlich nicht verstanden.« Er drückt seinen Zigarettenstummel gegen die Bank aus, drückt so richtig die Zigarette platt, damit er ja kein Feuer entfacht, damit ja niemand verletzt wird. Noch bevor ich mich gegen seinen Vorwurf wehren kann, fängt er an zu erzählen: »Einmal waren Walid und ich bei euch zu Hause. Deine Mutter hatte diesen Auberginenauflauf gemacht, und wir saßen da und haben alles weggefressen. Sie musste noch einen Auflauf machen.«

Ich muss lachen. »Ich erinnere mich, war ein guter Tag.«

»Da fragte deine Mutter Walid, wie es seiner Mutter geht.« Jetzt schaut er mich an, die Pupillen groß und schwarz, um Welten zu verschlucken.

»Ja, und?«, frage ich, weil er eine Schlussfolgerung von mir erwartet, die ich nicht leisten kann.

»Walid hat geantwortet, und dann hat sie mich angeguckt, als wollte sie mich auch fragen, und sie hat sich erinnert, wessen Sohn ich bin.«

»Mann, das bildest du dir sicher ein«, sage ich und bereue es direkt, ihn wie einen Anfänger zu belügen.

»Raffiq, du kennst deine Mutter. Sie ist der Moralapostel des Viertels. Was glaubst du, was sie von meiner Mutter hält?«

Ich schüttele den Kopf, sage ihm nicht, was sie von seiner Mutter hält. Younes steht auf, gibt mir die Hand. »Frankfurt. Ja oder nein?«

Ich kann ihm keine Antwort geben und schweige. Für Younes bedeutet jeder Fremde die Möglichkeit, jemand zu werden, der er in dem Moment sein möchte. Es bedeutet, er kann hundert Mal Younes sein, ohne ein einziges Mal der Younes zu sein, den ich kenne. Er geht. Ich bleibe eine Weile auf der Bank sitzen, schaue, wie Younes in die Dunkelheit abtaucht und an der nächsten Laterne wieder sichtbar wird und wieder unsichtbar, ein Zaubertrick.

Und wie ein Zaubertrick ist es morgen, die Sonne hat die Welt erhellt und wärmt die Menschen, gibt sich Mühe, tut uns gut, und dann stehen wir auf, sind trotzdem schlecht gelaunt und haben Mundgeruch und verletzen uns, schlafen und wachen auf, und die Sonne ist wieder so gnädig zu scheinen.

Meine Mutter gibt mir in der Küche das Pausenbrot und sagt, mein Vater habe angerufen, er habe sein Handy vergessen, ich müsse es ihm bringen. »Kann er nicht ein paar Stunden ohne Handy?«, frage ich.

»Bring ihm sein Handy, er ist so schon schlecht gelaunt, gib ihm nicht noch einen weiteren Grund.«

»Was ist eigentlich los mit euch?«, frage ich. Morgens ist der Kopf noch frisch, da kann man Fragen so plump stellen.

»Wieso ich? Dein Vater dreht durch.«

»Und warum?«

Sie zuckt nur mit den Achseln, beschäftigt sich mit Newroz' Pausenbrot und ignoriert mich.

Vor der Haustür steht Jamal, raucht und schaut durch die Gegend. Ich könnte ihm das Handy mitgeben, aber dann würde er es wie einen Gefallen wirken lassen. Ich gehe an ihm vorbei, ohne ihn zu grüßen, lasse ihn glauben, ich hätte ihn von hinten nicht erkannt. Ich weiß, dass er mich dabei beobachtet, wie ich mein Fahrrad aufschließe.

»Bist du nicht zu alt für das Ding?«, fragt er.

»Nein«, antworte ich, nur nein, kein Spruch, kein Genervtsein. Und die einfache Antwort scheint ihn zu provozieren. »In deinem Alter hatte ich schon mein erstes Auto«, sagt er, glaubt, er könne mich bloßstellen. Und in deinem Alter werde ich einen Benz der S-Klasse fahren.

Vor unseren Augen läuft Shahira in ihrem engsten Kleid vorbei, ihr Parfüm folgt ihr als Schatten, sie setzt einen Fuß vor den anderen, niemand läuft wie Shahira. Shahiras Absätze klacken auf den Bordstein, beschwichtigen Jamal. Wir bei-

de schauen ihr nach, beobachten, wie die Arschbacken bei jedem Schritt hüpfen.

Jamal will ihr am liebsten hinterherrennen. Sie ist ein Planet und wir zwei Monde, die überall mit ihr hinziehen würden, wenn sie ihre Runden dreht.

»Diese Schenkel«, sagt Jamal. »Im Winter braucht man keine Heizung, wenn man neben ihr liegt.«

Ich schaue ihr nach und denke, wie recht er hat, bereite mich vor, loszufahren, sage aber vorher: »Hey Younes, wie geht's?« Ich sehe die Entspannung aus Jamals Körper fliehen, er schaut sich panisch um und findet keinen Younes vor, begreift meinen Streich, will mich ohrfeigen, aber er trifft mich nicht, ich bin viel zu schnell für ihn. Du bist nicht schlauer, du bist nur älter, will ich ihm zurufen, fahre ihm davon, fahre an Shahira vorbei, errieche ihren Geruch, überdeckt vom vielen Parfüm, bis heute Abend wird sie nach Popcorn riechen. Dass Männer ihren Eigengeruch unter Parfüm ersticken, verstehe ich, bei Frauen verstehe ich es nicht. Ich werde Shahira fragen, warum Frauen das machen. Vielleicht besuche ich sie im Kino, wo sie arbeitet. Sie wurde erst fürs Putzen eingestellt, jetzt darf sie Tickets und Popcorn verkaufen. Die Beförderung muss sie aus Mitleid von der Chefin bekommen haben, Shahira hat ihr ein wenig aus ihrem Leben erzählt. Ich stelle mir vor, die zwei Frauen rauchten draußen eine Zigarette und kamen ins Gespräch. Shahira findet im Gegensatz zu Younes schnell ein Gesprächsthema, ich muss sie fragen, wie sie das anstellt. Ich muss sie so viel fragen. Ihre Chefin erkannte Shahira als gute Verkäuferin und platzierte sie hinter der Theke. Stolz trägt sie ihr Namensschildchen an der Brust, und manch-

mal vergisst sie absichtlich, es abzunehmen, und ist zu Hause und wirkt offiziell. Younes erinnert sie daran, nicht weil es ihn nervt; sie beide vergewissern sich einfach ihrer Stellung und genießen diesen Moment. Younes und ich nutzen das aus und gehen hin, um Popcorn zu futtern – der einzige Nachteil ist, dass es ein Programmkino ist und die Filme scheiße sind. Ganz selten läuft ein guter Film; das weiß man, wenn man draußen ist und nicht reden will, man den Film noch einmal in Gedanken durchspielt, Younes und ich schauen einander dann an und lassen einander in Ruhe, wir werden reden, aber später.

In der Mittagspause springe ich aufs Fahrrad, erzähle jedem, der Fragen stellt, ich hätte etwas Wichtiges zu tun. Und einige glauben es. Keiner muss wissen, dass mein Vater mich in meiner Mittagspause als Boten bestellen kann. Sogar Sanye fragt mich, und weil niemand Sanye anlügen kann, wie man Gott nicht anlügen, nur ausweichen kann, winde ich mich um eine konkrete Antwort, verspreche ihr, später würde ich ihr alles erzählen.

Sein Chef, Herr Bauer, führt mich zu ihm, sagt, dass mein Vater einer seiner besten Arbeiter ist. In der Lagerhalle sehe ich Vater in einem Gabelstapler Paletten aufeinanderstellen. Er stapelt sie ordentlich deutsch, ich frage mich, warum er nicht so ordentlich Deutsch spricht, wo er doch seit mehr als zehn Jahren unter deutschen Kollegen ist, er könnte wenigstens mal die scheiß Verben konjugieren, so viel Mühe muss man sich machen. Herr Bauer ruft nach meinem Vater, wedelt ihn mit

der Hand her. Wenn er das noch einmal macht, klatsche ich ihm eine. »Herr Khalid! Kommen! Sohn da.«

Ich schaue zu Herrn Bauer, der plötzlich angefangen hat, wie ein Spacko zu reden.

Vater kommt lächelnd auf uns zu, klopft mir auf die Schulter: »Raffiq, mein großer Sohn.«

»Sohn werden später fleißig wie Herr Khalid«, meint der Chef. Alter, Sohn boxen Ihnen gleich in den Sack. Er erlaubt meinem Vater eine zehnminütige Pause, ist großzügig. »Ohne Herrn Khalid läuft der Laden nicht«, sagt er zu mir, aber so laut, dass es nicht ernst gemeint sein kann.

Vater führt mich rum, ist gut gelaunt, nicht wie zu Hause, ist wie früher, stellt mich seinen Kollegen vor, die meisten jünger als er, erzählt, dass ich Abitur mache. Ich muss an Ramsy und Jamal im Viertel denken, wenn ich meinen Vater so sehe.

»Bist du der Älteste hier?«, frage ich.

»Die Alten werden entlassen. Das ist keine Arbeit für die Ewigkeit. Es gibt keine Aufstiegsmöglichkeiten für mich. Nur für Leute, die hier eine Ausbildung gemacht haben«, sagt er.

Meine Eltern besuchten diese komischen Integrationskurse und bekamen irgendwann die deutsche Staatsbürgerschaft. Vater besuchte später das Abendgymnasium, um an der Uni seinen deutschen Abschluss in Architektur zu machen, denn in Deutschland war Vaters Vergangenheit wie ausradiert, so ungültig wie ein abgelaufener Pass, als könnte man die eigenen Fähigkeiten verlieren, wenn man eine Landesgrenze überschreitet. Er versuchte es und scheiterte, ob an der Disziplin, der Motivation oder der Überforderung, kann niemand so genau sagen. Meine Mutter erzählte, als Vater mit der Schule auf-

hörte, sperrte er sich eine Woche lang im Schlafzimmer ein; meine Mutter brachte ihm Essen ans Bett, sie durfte nicht mit ihm reden, zu groß war sein Versagen, um es mit alltäglichen Worten zu kaschieren. Er bestrafte sich regelrecht, indem er in dieser Situation verharrte. Er brauchte eine Woche Rückzug, um sich von seiner Vorstellung, in Deutschland ein Architekt werden zu können, zu verabschieden.

»Meinst du, es interessiert den Esel dort, dass ich im Irak Architekt war?«, fragt er und blickt zu Herrn Bauer. Ich weiß nicht, wie lange man braucht, um sich von der Vergangenheit zu lösen. In der kleinen Mitarbeiterkantine schnappt er sich einen Apfel, Pink Lady, seine Lieblingssorte, reibt ihn erst an seiner Weste sauber, als wäre der Apfel frisch vom Baum gepflückt, und reicht ihn mir. Ich beiße rein, und ein gutes Stück knackt ab, füllt mir den Mund. Der Saft rinnt mir aus den Mundwinkeln.

»Ein Studienkollege hat in Duhok ein vierstöckiges Architektenbüro eröffnet«, erzählt mein Vater. »Er baut das Land auf. Und was mache ich? Staple hier Obstkisten aufeinander wie ein Kind, das mit Lego spielt.«

»Willst du wieder aufs Abendgymnasium?«, frage ich, nachdem ich das Apfelstück zerkleinert habe.

Er schüttelt den Kopf. »Kurdistan befindet sich im Aufbau, die ganze Infrastruktur wird erneuert, die Regierung vergibt Millionenaufträge –«

»Du willst in den Irak zurück?«

»Wir müssen«, sagt er.

»Wir müssen mitkommen? Wie soll das gehen? Ich mache gerade mein Abi.«

»Du kannst dort Architektur studieren und für mich arbeiten. Irgendwann leitest du unser Büro.« Er setzt sich hin, zeigt mit der ausgestreckten Hand auf einen Platz, wie zwei Geschäftsleute sitzen wir uns gegenüber. Ich schaue auf den Apfel, bis die abgebissene Stelle sich braun verfärbt.

»Babu, ich kann das nicht.«

»Das lernst du.«

»Nein, ich meine, in Kurdistan zu leben. Ich kann noch nicht mal Kurdisch.«

»Das lernst du.«

»Das ist peinlich, mit siebzehn die eigene Muttersprache zu lernen.«

»Ich bin mit dreißig hier zur Schule gegangen. Bildung muss dir nicht peinlich sein, Raffiq. Stell dir einfach vor, du wohnst in diesem Land, das gerade geboren ist, wo alles möglich ist, wo du etwas aufbauen kannst, das bleibt, du läufst durch die Straßen, stehst vor Gebäuden, die du entworfen hast, die als Gedanken nur in deinem Kopf existierten, und dann steht dieser Gedanke als Gebäude da, und du kannst reingehen, und Menschen können darin leben oder arbeiten, dein Werk bewundern.«

»Das kann ich auch hier.«

Er schüttelt den Kopf, schaut auf den Apfel. »Schmeckt's nicht?« Der Apfel ist ganz braun, ein gutes Zeichen, behauptet meine Chemielehrerin, aber er sieht vergammelt aus. Mein Vater hat bis jetzt nicht nach seinem Handy gefragt, es ist immer noch in meinem Rucksack, und es wird auch dort bleiben. Er hat es absichtlich vergessen. Ich verabschiede mich, sage, dass meine Pause bald endet. Beim Rausgehen werfe ich den angebissenen Apfel in den Mülleimer.

Den Irak und Vaters Kurdistan kenne ich nur aus dem Fernsehen, und selbst da interessiert es mich nicht. Es ist ein Begriff ohne Körper, und alles in mir wehrt sich, dort zu leben. Ich fahre nicht zur Schule, ich radele ziellos durch die Stadt. Vielleicht sollte ich nie wieder zur Schule, kein Abi machen, um Vaters Pläne zu boykottieren. Seine Rückkehr hätte er sich früher überlegen sollen, vor meiner Geburt, er kann nicht einfach sein Leben umkrempeln und damit unseres durcheinanderbringen, weil ihm der Ausgang nicht gefällt. Er soll sich weiterhin über dreilöchrige Salzstreuer und Herrn Bauer aufregen. Ich fahre Straßen entlang, versuche, in Nebenstraßen einzubiegen, die fremde Namen tragen, aber ich kenne sie, mindestens einen Laden. Ich weiß, welcher Mitschüler in dieser Straße oder in jener Allee wohnt, es ist alles vertraut, die Stadt projiziert ihren Plan auf mein Hirn, dahin, wo Orte ein Teil der geistigen DNA werden. Wenn man mir die Augen verbinden würde, käme ich an meinem Ziel an, weil mein Körper die Stadt kennt, und auch wenn ich mir vornehme, ziellos durch die Gegend zu fahren, komme ich an meinem Ziel an, und ich lande vor Shahiras Programmkino, denn alle Wege führen zu Shahira.

Das Kino befindet sich im ersten Obergeschoss, unten ist ein kleines Café. Ich laufe hoch, sehe Shahira hinter der Theke in einem Magazin blättern, sie liest sehr langsam, ihr Blick ist angestrengt.

»Hallo«, sage ich so neutral wie möglich, um sie nicht zu erschrecken.

»Raffiq? Was machst du hier?« Sie steht zu schnell auf, ich habe sie doch erschreckt.

»Weiß nicht.«

»Was ist passiert? Geht es Younes gut? Wo ist er?« Sie verlässt ihren Platz und kommt auf mich zu, mit ihr die Sorgen.

»In der Schule wahrscheinlich.«

Shahira entspannt sich, aber ihr Blick ist immer noch angestrengt, versucht, mich zu lesen. Immer wenn ich vor ihr stehe, fällt mir auf, dass sie nur unwesentlich kleiner ist als ich, es überrascht mich immer wieder: die Wiederholung des Gedankens und ihre Größe. Wir setzen uns an einen kleinen Tisch in der Ecke.

Sie wechselt ins Kurdische, sagt, ich solle ihr alles erzählen. Aber alles erzählen kann ich nur mit deutschen Sätzen. Mit Shahira spreche ich kein Kurdisch, weil ich den Wortschatz und die Grammatik eines Fünfjährigen habe. Selbst mein Schulenglisch ist besser als mein Kurdisch. Meine Englischlehrerin würde mir nicht glauben, dass mein verkrüppeltes Englisch besser ist als meine Muttersprache. Ich sage ihr das nicht, ich sage das niemandem. Ich spreche mit Shahira Deutsch, weil ihr Deutsch gebrochen ist, zwar nicht so wie das meiner Mutter, aber es hat Ausreißer. Sie ist sich der Fehler bewusst, kann sie aber nicht korrigieren, weil sie nicht die Mittel hat. Ich habe sie, enthalte ihr diese jedoch vor, weil ich dann endlich mit ihr auf Augenhöhe bin; nur wenn sie sich zu mir bückt, kann ich ihr in die Augen schauen. Meistens redet sie Kurdisch, und wenn sie das tut, dann versteht man erst richtig, warum alle Männer ihr verfallen: Die Welt versteckt sich in Shahiras Mund. Doch heute hört sie mir zu, es ist unangenehm, wie konzentriert sie mir zuhört. So viel Aufmerksamkeit gönnt sie sonst nur Younes, wenn er traurig ist.

»Bestimmt ist das eine gute Möglichkeit für deinen Vater«, sagt sie schließlich. »Für dich wahrscheinlich auch, du bist der Sohn deines Vaters. Ich könnte dort nicht leben, und ich würde auch nicht wollen, dass Younes dort lebt.«

»Warum nicht?«, frage ich.

»Als junges Mädchen wollte ich so gern Fahrrad fahren, aber ich durfte nicht.« Ich will mir Shahira nicht als Kind vorstellen, das kann es gar nicht gegeben haben, will ich ihr sagen, du als Kind.

Aber sie erzählt weiter. »Mein älterer Bruder hatte es mir auf dem Hinterhof beigebracht. Als ich dann mit dem Fahrrad rausging, pfiffen mir die Jungs nach. Ich war erst zehn, ich habe nicht verstanden, warum diese kleinen Jungen es nicht ertrugen, mich auf dem Fahrrad zu sehen.«

»Weißt du es jetzt?«

»Kannst du dir das nicht denken? Raffiq, du musst hierbleiben«, sagt sie. Für einen Moment glaube ich, sie würde mich gegen ihren Sohn tauschen wollen, ihn nach Frankfurt schicken, damit ich in seinem Zimmer leben kann, damit ich bei ihr sein kann. Aber sie weiß nichts von Younes' Plänen.

»Hier hast du alle Möglichkeiten. Dort herrscht Einschränkung«, sagt sie.

»Für dich vielleicht.«

»Glaubst du, du könntest dort mit deiner Freundin wie hier rausgehen und Quatsch machen?«

»Das ist nicht der Grund, warum ich nicht dahin will.«

»Was ist dann der Grund?«

»Ich kann kein Kurdisch.«

»Das lernst du. Ich habe ja auch Deutsch gelernt.« So wie

du Deutsch sprichst, möchte ich nicht Kurdisch sprechen, aber das sage ich ihr nicht.

»Es ist nicht perfekt«, sagt sie, »aber ich brauche auch nur eine Sprache, um zu denken.«

»Es ist nicht nur die Sprache. Was soll ich da machen? Ich weiß ja noch nicht mal, was ich hier machen soll.«

»Dort hast du nicht den Luxus, nicht zu wissen, was du machen sollst. Du machst das, was dir angeboten wird. Du bist jung, intelligent, du bist ein Mann. Dir stehen hier und dort alle Möglichkeiten offen. Niemand hindert dich.«

»Das ist das Problem. Ich habe so viele Möglichkeiten, dass ich nicht weiß, was der richtige Weg ist. Wenn man etwas Konkretes hat, dann kann man daran arbeiten; wenn du mir sagst, rechne diese Aufgabe aus, dann kann ich das machen.«

»Du musst dir eine Aufgabe überlegen. Das ist Freiheit, Rafiq.«

Vielleicht kann ich einfach nicht mit Freiheit umgehen.

Es stimmt, dass man im Winter keine Heizung braucht, wenn Shahira sich um einen kümmert. Younes hat nie gefroren, weil Shahira ihn in mehrere beigefarbene Wolldecken einrollte, und mich rollte sie auch ein und lachte, sagte, wir würden wie Lämmer ausschauen, und wir blökten, und zum Spaß sagten wir, wie sehr wir froren, und Shahira warf noch weitere Decken auf uns, dass unsere Gesichter verschwanden und wir verstummten und der Schweiß auf unsere Stirn trat, den Shahira im Schlaf wegwischte, und sie nannte uns die Eingehüllten, die Verhüllten, die Zitternden, und sie wurde immer leiser, und ich hörte nur noch ein Berühren ihrer Lippen, und ein Gespenst wohnte in Shahiras Körper, das etwas Fremdes

sprach: ein Gedicht oder eine Geschichte, einen Gedanken oder eine Sure, und wir schliefen in dichter Finsternis.

Abends scheint Vater gelöst, er sagt nur das Nötigste am Esstisch, zumindest fängt er keinen Streit an. Meine Mutter weiß nichts von seinen Plänen oder vielleicht doch. Vielleicht war das mit dem Handy ihre Idee, vielleicht bilde ich mir das alles auch nur ein, vielleicht nehme ich mich wichtiger, als ich bin.

»Ich habe heute mit Anwar telefoniert«, sagt Vater. Anwar ist sein jüngerer Bruder in Zaxo. »Er will sein eigenes Büro aufmachen und möchte, dass ich dabei bin.« Jetzt erst erzählt er es meiner Mutter – so wie ich heute Nachmittag ahnungslos war, so kann ich an ihrem Gesichtsausdruck ablesen, wie die Idee ihre Gefühle freilegt.

»Wie sollst du dabei sein, wenn du hier arbeitest? Bekommst du frei?«

»Nein. Er will, dass ich mit ihm dort arbeite. Ich werde wieder als Architekt arbeiten, in Kurdistan, meinen Beruf ausüben.«

Mutter isst langsamer, sie trinkt, und ihre Mimik ist für mich nicht zu deuten. Glücklich sieht sie nicht aus. Ich bin plötzlich ein Autist, nicht imstande, die Zwischentöne in ihrem Gespräch zu erkennen, die aufgerissenen Augen meiner Mutter, ihr beständiges Nicken, ihre wild wandernden Pupillen zu interpretieren.

»Ich komme nicht mit«, sage ich, lenke die Aufmerksamkeit auf mich. Ich will Mutter nicht mehr ins Gesicht schauen.

»Ich komme mit!«, ruft Newroz, weil sie glaubt, es sei ein Ausflug in einen Vergnügungspark.

»Wir gehen alle zusammen, Kleines«, sagt Vater. »Dein Bruder ist nur durcheinander.«

»Newroz, du darfst da nicht Fahrrad fahren«, sage ich, versuche, ihr die Tragweite klarzumachen, denn sie hat gerade ihre Fahrradprüfung bestanden und ist ganz stolz.

»Warum nicht?«, fragt sie. Verwirrt schaut sie meinen Vater an.

»Weil du ein Mädchen bist!«, sage ich.

Mein Vater schüttelt den Kopf. »Er nimmt dich nur auf den Arm. Du darfst da so viel Fahrrad fahren, wie du möchtest.«

»Bis die nächste Autobombe in die Luft geht. Dann ist es vorbei.«

»Das reicht!«, brüllt mein Vater. Jetzt schreit auch meine Mutter mich an, noch vor zwei Minuten war sie unentschieden. Newroz steht auf, rennt weg und heult. »Ich bleibe hier!«

Meine Mutter wirft mir ihre Vorwürfe schweigend zu, keine Worte, noch ist alles unklar, sie schwebt plötzlich, mein Vater hat sie in einen Heißluftballon verwandelt. Sie geht Newroz trösten.

»Es ist entschieden, Raffiq.«

»Du kannst nicht für uns entscheiden. Wir haben nicht darüber geredet.«

»Worüber willst du reden? Seit Jahren frage ich dich, was du hier machen möchtest. In deinem Alter musste ich bereits Entscheidungen für mein Leben treffen.«

»Und ich muss auch eigene Entscheidungen treffen.«

»Du kannst nicht alleine hierbleiben.«

»Ich gründe mit Younes eine WG. Wir studieren in Frankfurt. Wir haben schon eine Wohnung gefunden.«

»Du wirst nicht alleine hierbleiben. Erst recht nicht mit diesem Jungen, der dich verderben wird.« Ich weiß, dass er Younes mag, aber plötzlich ist er dieser Junge, der einen verderben wird, weil seine geschiedene Mutter mit Männern schläft.

»Mich verderben?«

»Dein Verhalten. Zwei Jungs alleine in Frankfurt, ohne Eltern, das ist der Anfang eines nichtsnutzigen Lebens.«

»Sein Vater lebt dort.«

»Kein Wort mehr darüber. Du kommst mit deiner Familie.«

»Du kannst mich nicht zwingen. Ich werde nicht für dich arbeiten, ich will kein scheiß Architekt werden.«

Er brüllt zurück: »Wir haben viel zu lange hier gelebt. Du bist schon verdorben!«

Wir essen nichts mehr, starren auf unsere vollen Teller mit Reis und Soße, die an den Rändern schon angetrocknet ist. Vater hat sich beruhigt und versucht nun, auf mich einzureden, aber ich stehe auf und gehe.

Von hier nach Zaxo sind es 3215 Kilometer Luftlinie.

Ich treffe mich mit Jenny bei Amca, der sein gesamtes Geschäft dem Verkauf von einem Gericht widmet. Almanesen nennen es »türkische Pizza« – alle anderen sagen Lahmacun. Es ist sinnlos, jetzt mit Jenny zu reden, um Amal hierzubehalten. Ich müsste jemanden finden, der den gleichen Einfluss auf meinen Vater hat wie Jenny auf Amal. Jenny sitzt bereits mit ei-

nem dampfenden Lahmacun da, ich geselle mich mit meinem zu ihr.

»Wie kann ich dir helfen?«, fragt sie.

Ich werde kein Wort über Amal verlieren.

»Wie kommst du darauf, dass ich deine Hilfe brauche?«

»Weil Jungs sich nicht einfach so mit mir verabreden.«

»Doch, wir können einfach hier sitzen. Essen. Quatschen.«

»Also ist das hier ein Date.« Sie lächelt. Es ist kaum wahrzunehmen, wenn man Jenny nicht kennt.

»Ja, also, nicht so eins, nicht mit der Betonung«, sage ich.

»Wie kann ich dir helfen, Raffick?«

»Kannst du dir vorstellen, auszuwandern?«

Sie seufzt. »Amal wird auf jeden Fall nach Chicago gehen.«

»Es geht jetzt nicht um Amal. Ich habe dich gefragt, ob du dir vorstellen kannst, in einem anderen Land zu leben?«

»Wenn das Land sonnig ist. Ich werde irgendwann nach Spanien auswandern, dort ein Café aufmachen und die besten Leckereien anbieten.« Sie erzählt es so, als wäre sie der erste Mensch, der auf diese Idee gekommen ist. Jenny, ein Pionier.

»Stell dir vor, deine Eltern wandern irgendwohin aus und du musst mit.«

Jetzt schaut sie mich mit aufgerissenen Augen an. Der Mund zwei Winkel, die nach unten zeigen. Sie schluckt schwer. »Raffick, musst du zurück?«

»Zurück? Jenny, ich bin hier geboren.«

»Ja, du weißt, was ich meine.«

»Ich bin kein scheiß Fisch, der ins Wasser muss.«

»Raffick, musst du zurück?«

»Zurückzurück! Was soll der Scheiß? Du klingst ja wie mein Vater! Genauso behindert klingst du, Jenny.«

»Hey, nicht so laut!«, ruft Amca von der Theke aus. »Du störst die anderen Gäste.«

Die *anderen Gäste* ist ein schwarzer Junge, der von seinem Handy hypnotisiert wird.

»Hey du!«, rufe ich den Jungen. Er schaut auf. »Ja, dich mein ich!« Er will keinen Stress, das sehe ich in seinem Blick, aber er ist auch bereit, mir eins auf die Fresse zu geben, wenn es sein muss. Aber das muss ja nicht sein.

»Gehst du irgendwann nach Afrika zurück?«

»Was?«

»Gehst du irgendwann nach Afrika zurück?«

»Ich verstehe dich nicht, Mann.«

»Bist wohl ein bisschen schwerhörig? Ich habe gefragt, ob du irgendwann nach Afrika zurückgehst.«

»Nein, Mann. Was soll der Scheiß?«

»Du fliegst gleich, Junge!«, ruft Amca.

»Ist gut, Raffick, ich hab dich verstanden.« Jenny legt eine Hand auf meine, sie ist warm und weich. Ich würde gerne meinen Kopf auf ihre Schulter legen, Jenny kann bestimmt gut trösten.

Den Appetit habe ich ihr nicht verdorben, sie isst trotzdem weiter. Ich rolle mein Lahmacun ein und beiße ein Stück ab.

»Was machst du nach dem Abi, Jenny?«

Sie redet mit vollem Mund. Meine Mutter würde sie mit einem Blick zum Schweigen bringen; erst kauen, dann sprechen.

»Ich mach auch Au-pair.«

»War das deine Idee?«

»Willst du nicht wissen, wo?«

»Wo?«

»In Chicago.«

»Ihr macht das zusammen.« Jetzt verstehe ich Amals Selbstsicherheit, sie heißt Jenny.

»Ich habe schon bisschen Schiss, Raffick.« Sie beißt ein großes Stück von ihrem Lahmacun ab, schaut nach draußen, als hätte sie Angst vor dieser Welt.

»Ich habe mir die Kriminalitätsrate von Chicago angeschaut. Die Stadt wird auch von einigen Leuten Chiraq genannt.«

»Was heißt das?«

Peinlich berührt erklärt sie es mir. »Chicago und Irak. Wegen des Irakkriegs.« Sie isst etwas schneller, stopft sich den Mund voll, dass sie nicht mehr reden kann.

»Und da wollt ihr hin?«

Sie zuckt mit den Schultern, würgt das Gekaute herunter, um etwas zu sagen.

»Ich wollte nach Texas«, ruft sie und merkt, wie bescheuert das klingt. Wahrscheinlich hat Jenny als kleines Mädchen davon geträumt, auf einem Pferd ihr Lasso zu schwingen.

»Ein Cowgirl.«

Sie grinst.

»Gefällt mir«, sage ich.

Sie grinst.

Jennys Wunsch, der nach einem Kindheitstraum klingt, so rein und naiv, erfüllt mich seltsamerweise mit Zufriedenheit.

»Da solltest du hin, Jenny, da ist es auch sonnig.«

Sanye ist eine Konstante. Seit ich sie kenne, hat sie sich nicht verändert. Nicht wie Jenny, sondern auf eine gesunde Art nicht verändert, so wie ein Baum wächst, beständig wächst, aber trotzdem an der gleichen Stelle bleibt, und je weiter er wächst, desto schöner wird dieser Baum, und je weiter er wächst, desto stärker wird der Baum, und aus den Ästen sprießen weitere Äste, und das Blattwerk rauscht im Wind, und du weißt, der Baum ist da, und das Blattwerk bietet Schatten in der Hitze, und das Blattwerk atmet Sauerstoff aus, und der Baum ist ein Baum. Sanye bleibt bei ihrer Mutter, sie wird nicht wie die meisten Mädchen aus der Stufe ein Auslandsjahr machen, sondern hierbleiben und hier wachsen. Sie ist der beste Beweis dafür, dass Amal falschliegt. Die Welt ist überall gleich, das beweist Sanye: Überall gibt es Bäume, gibt es Wasser und Wolken, die sich verschieben – mehr muss man über die Welt nicht wissen. Amal will die Menschen kennenlernen, wenn sie von Orten spricht. Dabei sind Menschen die einzige Unzuverlässigkeit an einem Ort, das Einzige, was den Ort nicht ausmacht. Wenn Younes nach Frankfurt zieht, dann bleibt er Younes, weil es immer noch Shahira gibt, weil das, was passiert ist, passiert ist. In Younes steckt seine Vergangenheit, sie hat Younes zu dem gemacht, was er heute ist. In Frankfurt kann er das vor anderen verstecken, aber abends im Bett wird die Vergangenheit ihm schwer auf der Brust liegen und jede Nacht ein bisschen mehr die Lunge zusammendrücken, bis Younes auch Frankfurt verlässt.

Und wenn Vater glaubt, er könnte in Kurdistan als Architekt irgendetwas bauen, was von Bestand ist, dann irrt er sich. Denn

über Kurdistan könnte nächste Woche schon ein Krieg hereinbrechen und seine Gebäude zermalmen – was aber bleibt, sind die Bäume, das Wasser und die Wolken. Was bleibt, ist Sanye.

Sanye plant eine Vor-Abi-Party am See, es gibt da eine Strandhütte, die zur Miete für solche Ereignisse frei steht. Sanye trägt die Leute in eine Liste ein, die mitfeiern wollen, es kostet zwanzig Euro. Niemand fragt sie, wofür das Geld ausgegeben wird, alle vertrauen Sanye. Ich schaue zu ihr rüber, während sie Namen einfügt, andere abhakt. Sanye hat außerdem die schönste Schrift, seit der Grundschule schon, da hält niemand mit.

Amal kommt auf mich zugestürmt. »Warum machst du Sachen kaputt, die dich nichts angehen?« Sie zündet sich eine Zigarette an und fuchtelt mit den roten Nägeln vor meiner Nase herum. Obwohl es kalt ist, trägt sie schwarze Leggings; an bestimmten Stellen schimmert die Haut durch.

»Ist dir nicht kalt?«

»Warum hast du das gemacht, Raffiq?«

Ich weiß nicht, wovon sie redet. In einigen Monaten ist sie in Chiraq, und ich bin vielleicht im echten Irak. Ich muss rausfinden, wie viele Kilometer uns trennen, wie viele Zeitzonen sich zwischen uns schieben und ob wir uns je wiedersehen werden. Ihr Shirt verdeckt kaum den Arsch, und Walid schaut ihr beim Vorbeilaufen auf den Hintern. Ich könnte jetzt ausrasten, oder ich nehme mir eine Handvoll Arsch, flüstere ihr was zu und lasse sie glauben, alles sei in Ordnung zwischen mir und ihr. Schließlich laufen alle Mädchen so rum, als wäre das die neue Schuluniform, dazu noch diese roten Lippen, die Menge an Wimperntusche, als hätten sich Fliegen darin verfangen, die Haare glatt gebügelt wie Gardinen.

»Du hältst es nicht aus, wenn man dich nicht braucht«, sagt sie. »Wenn man ohne dich Pläne macht. Du willst, dass alle wie Sanye mit einer Liste rumlaufen und dich fragen, ob sie dich in ihre Tabelle einfügen dürfen.«

»Ich habe keine Ahnung, wovon du sprichst«, sage ich ihr und greife nach ihrer Hand, will sie an mich drücken, ihr muss doch kalt sein.

»Du hast Jenny Chicago ausgeredet.«

Das war ja einfach.

»Sie will nach Texas. Nach scheiß Texas!«, schreit sie und schubst sich aus meiner Umarmung frei. »Weißt du, was in Texas los ist?«

»Nein, was denn?«, frage ich.

»Keine Ahnung. Interessiert doch keinen Arsch.«

»Jenny interessiert es.«

»Jenny weiß nicht, was sie will.«

»Und du weißt es für sie?«, frage ich. »Hast du überhaupt mit ihr geredet, ihr zugehört?«

»Seit wann interessiert es dich, was andere wollen?«

»Schon immer.«

Amal meidet mich für den Rest des Tages, beim Sportunterricht wählt sie Jenny in ihr Team, zieht es sogar vor zu verlieren, anstatt mich an ihrer Seite zu haben, dabei ist Amal eine schlechte Verliererin. Und weil Amal nicht in unserem Team ist, traut sich Walid, die Mädchenkörper zu kommentieren. Er sagt, dass Jenny eine Verschwendung von Körper sei, so sagt er das, »Verschwendung von Körper«, wenn es nach ihm ginge, müsste man den Körper neu zusammensetzen, um etwas Besseres daraus zu machen, etwas Fleisch von den Ober-

schenkeln an den Hintern packen und Weichheit des Bauches in die Brust fließen lassen, die Armhaare an die Wimpern kleben.

»Du bist ein scheiß Psycho«, sage ich ihm.

»Das bist du, Walid«, sagt auch Younes. Wir ekeln uns vor Walid und sind uns einig, dass er bei der Party am See auf keinen Fall dabei sein darf.

»Ein potenzieller Serienkiller, dieser Spast«, sage ich zu Younes. Aber Younes hat keine Lust, über Walid zu sprechen, und fragt mich, ob ich über seinen Vorschlag nachgedacht habe.

»Wie finanzieren wir das?«, frage ich.

»Wir arbeiten. Wir bekommen Bafög.« Er hat sich informiert. »Es gibt so viele Möglichkeiten.« Wenn er von Möglichkeiten spricht, klingt er wie seine Mutter.

»Ich muss das wissen, Raffiq, bist du dabei oder nicht?«

»Mein Vater will, dass ich im Irak studiere.«

»Willst du das auch?«

»Nein, Mann«, sage ich und vermeide seinen Blick. »Weiß deine Mutter jetzt von deinen Plänen?«

»Das geht sie nichts an.«

»Willst du einfach abhauen?«

»Raffiq, das ist nicht die Entscheidung unserer Eltern. Zum ersten Mal dürfen wir entscheiden. Wieso verstehst du das nicht?«

»Frankfurt ist nicht deine Entscheidung, dein Vater lebt dort.«

»Raffiq, wir lernen neue Leute kennen, neue Orte, wir reisen in den Semesterferien nach Italien, wir arbeiten, wir treffen andere Menschen.«

»Das hast du schon gesagt.«

»Ja oder nein, Raffiq?«

In diesem Moment wird mir klar, dass Younes mich braucht, so wie Amal Jenny in Chicago braucht, so braucht er mich. In Frankfurt kennt er niemanden, selbst den eigenen Vater nicht, und zwischen diesen fremden Blicken muss er sich zurechtfinden.

»Ich komme mit, Mann.«

In der Küche füllen Mutter und Jamals Frau Weinblätter und falten sie zu kleinen, dicken Rollen. Ihre Stimmen sind gedämpft, Mutter erzählt von Vaters Plänen, und Jamals Frau hört ihr zu, das Gesicht wirkt weich wie geschlagene Sahne.

»Mach dir ein Sandwich, bis das Essen fertig ist«, sagt Mutter zu mir.

»Ich habe keinen Hunger.« Jamals Frau schaut mich mitleidig an, denkt, in einigen Monaten sei ich in Kurdistan, verzeiht mir, dass ich sie nicht gegrüßt habe. Als ich auf mein Zimmer gehe, fängt meine Mutter wieder an zu flüstern. Newroz sitzt an meinem Schreibtisch und malt etwas. Sie weiß, dass sie sich nicht allein in meinem Zimmer aufhalten darf, trotzdem ignoriert sie mich, als wären alle Regeln seit Vaters Ankündigung außer Kraft gesetzt. Gäste werden nicht mehr begrüßt, Privatsphären nicht mehr respektiert, und am Esstisch lasse ich Autobomben explodieren.

»Geh raus.«

Ohne Protest verlässt sie das Zimmer, tut immer noch, was man ihr sagt. So sind wir erzogen, wir tun, was man uns sagt. Wir tun, was Vater und Mutter uns befehlen. Und Vater kann

sogar Mutter überstimmen, das Gegenteil ist selten der Fall. Im Grunde müsste ich es schaffen, Mutter und Newroz auf meine Seite zu kriegen. Wir müssten uns gegen Vater stellen. Er kann allein in sein Kurdistan. Ich schaue auf Newroz' Zeichnung. Sie hat einfach auf meine Tabelle gemalt, die Worte »Lebensziel« und »Erwartungen« schweben über der Zeichnung: eine Familie vor einem Haus. Newroz hat all ihre Erwartungen und Ziele in einem simplen Bild zusammengefasst. Sie kann gut zeichnen, muss das von Vater haben. Vielleicht kann sie für ihn in Kurdistan Architektin werden, auch wenn sie dann nicht mehr Fahrrad fahren darf. Ein bisschen Ungerechtigkeit in der Kindheit könnte ihr zur Inspiration dienen.

Irgendwann wird die Welt stillstehen, wenn Shahira es nur will. Sie wird mir verraten können, warum Mutter und Newroz nicht in Kurdistan leben wollen sollten, auch wenn sie es noch nicht wissen. Mit Hilfe von Shahira habe ich gelernt, Menschen zu lesen. Ich kann Younes auswendig, Amal versucht, mir Schwierigkeiten zu bereiten, aber auch sie ist verständlich. Meinen Vater habe ich unterschätzt; ich habe nämlich die allererste Regel ignoriert, die Shahira mir beigebracht hat: darauf zu achten, wie jemand nach Hause kommt, was er von draußen mitbringt.

Wenn ich traurig nach Hause komme, passiert nichts. Ich weiß das, ich habe es schon ausprobiert. Meine Mutter bemerkt das nicht, sie fordert mich auf, den Müll rauszubringen oder Oliven für den Salat kaufen zu gehen, als wäre es egal,

ob ich traurig bin. Shahira liest die Menschen, meine Mutter liest nur Jamals Frau. Ich erinnere mich nicht, ob sie mich je umarmt hat, weil ich traurig war. Aber ich möchte auch nicht von ihr angefasst werden, ihre Hände sind immer nass, weil sie ständig was spült. In Kurdistan wird sie sich mit einer anderen Frau anfreunden, die vielleicht mit einem Mann verheiratet ist, der Jamal heißt. Aber in Kurdistan gibt es keinen Younes, keine Shahira, sie können nur hier existieren, sie sind nur hier möglich.

Ich klingele einige Male, bis Younes mir die Tür öffnet. Als er mich sieht, befiehlt er mir reinzukommen und rennt wieder ins Wohnzimmer, von dort aus auf den Balkon. Ich folge ihm, da steht auch Shahira am Geländer, und beide schauen auf den Marktplatz, wo es offenbar eine Rangelei gibt.

»Was ist da los?«

»Jamal und Ramsy prügeln sich«, sagt Younes.

Shahira schaut entsetzt hinunter zum Geschehen: zwei Körper, die aufeinander einschlagen, unpräzise, aber hart. Wir hören nicht, wie Fäuste auf das Fleisch treffen, die Haut am Gesicht aufreißt – wir spüren bloß unsere Gedärme sich winden. Shahira zuckt bei jedem Schlag zusammen. Sie fürchtet, ihr Liebhaber Ramsy könnte nach dem Kampf entstellt sein.

Sie schwitzen, sie bluten, sie spucken, werden zu einer Einheit. Einige Männer trauen sich, Jamal aus dem Kampf zu ziehen, aber da schimpft Ramsy ihn auch schon einen dreckigen Hund, und Jamal, also der dreckige Hund, nutzt seine letzten Kräfte, um sich erneut auf Ramsy zu stürzen, dessen Nasenblut die untere Hälfte seines Gesichts rot maskiert hat. Ramsy geht zu Boden, er ist viel zu dünn, um sich gegen Jamals Ge-

wicht zu stemmen, obwohl Jamal nicht wesentlich breiter ist, er scheint trotzdem stärker als Ramsy zu sein, hat mehr Energie, bewegt sich schneller. Jetzt greifen aber fünf oder sechs Leute ein und versuchen, die zwei auseinanderzubringen. Kinder schwärmen um die Szenerie. Manche lachen, verstehen nicht, was da passiert. Jamals Sohn steht verwirrt neben seinen Freunden, und der Junge ist mir wirklich egal, aber plötzlich hoffe ich, dass dem Esel Jamal nichts passiert. Ob Jamals Frau mit ansieht, wie ihr Mann sich auf dem Marktplatz mit dem Kassierer Ramsy prügelt? Ich schaue wieder zu Shahira, die mit erstarrtem Blick die Menschen beobachtet.

»Ich frage mich, weswegen sie sich streiten.«

Shahira guckt mich an, die Stirn gerunzelt. »Ist das wichtig?«, fragt sie.

»Das ist das Wichtigste.«

»Wahrscheinlich wegen eines dummen Kartenspiels«, sagt Younes, die Aufmerksamkeit immer noch auf Ramsy und Jamal gerichtet. In der Ferne hören wir Polizeisirenen, sie werden sich Zeit lassen, bis sie hier sind. Schließlich sind die zwei Körper voneinander getrennt, beide können sich kaum auf den Beinen halten, laufen orientierungslos im Kreis, zum Abhauen ist es zu spät. Die Polizei ist eingetroffen und rennt auf die Männer zu, nimmt die zwei fest, Ramsy fällt zu Boden und steht nicht mehr auf. Zwei Polizisten leisten Erste Hilfe. Jamal torkelt im Griff eines Polizisten auf das grün gestreifte Auto zu, brüllt Schimpfwörter in Ramsys Richtung, nur dass es nicht Ramsys Richtung ist, aber alle wissen, wem die Worte gelten, und nehmen es ihm nicht übel. Am Abend wird das Blut schwarz angetrocknet sein, ein paar Jungs werden daste-

hen und sich gegenseitig erzählen, wer was gesehen hat. Sie werden den Kampf zwischen Jamal und Ramsy parodieren, einander zum Spaß wehtun, einer wird zu laut schreien, und die Polizei wird wieder gerufen werden, die die Jungs nach ihren Ausweisen fragt, sie schließlich nach Hause schickt.

Wir gehen rein, sitzen schweigend auf dem Sofa und rauchen. Shahira zittert, sie versucht, das durch schnelles Ziehen und Aschen zu vertuschen, aber sie hat in der Zeit schon zwei Zigaretten geraucht.

»Was ist los?«, fragt Younes, auch er hat ihr Verhalten bemerkt und hält es nicht mehr aus. »Was ist mir dir?«, fragt er wieder, weil sie ihn offenbar beim ersten Mal nicht gehört hat.

»Nichts, mein Herz, der Kampf hat mich nur aufgewühlt. Zu sehen, wie zwei Menschen so aufeinander losgehen, wie sie einander wehtun können. Macht dir das keine Angst?«

Younes gibt sich mit dieser Antwort zufrieden, aber er weiß auch nichts von Shahiras Affäre mit Ramsy. Ich verstehe einfach nicht, wie so ein Ramsy es schafft, mit Shahira zu schlafen. Sein dürrer Körper stellt eine Respektlosigkeit dar, mit seinen knochigen Fingern entweiht er sie, an Jamals Stelle hätte ich fester zugeschlagen.

Shahiras Oberschenkel sind zum Anfassen geformt, rund und weich, ohne zu wabbeln, man will sie berühren, zwischen ihre Beine greifen, sie zum Kichern und Zittern bringen, aber dann könnte sie über dich herfallen und dich verschlucken. So viele Kurven, die alle bedacht werden wollen. Ich kann mir keinen Mann vorstellen, der es schafft, sie so zu nehmen, zu begehren, dass sie nie wieder aufsteht, um anderen Männern hinterherzuhecheln. Ich glaube Shahira sucht den Mann, der

fünfzig Augen und drei Schwänze hat, um sie zu begehren und zu befriedigen. Solange dieser Mann nicht auftaucht, hurt sie rum. Wir nennen es so lange Rumhuren, bis wir verstanden haben, dass Shahira eine andere Spezies ist; ein neuartiges Wesen, ein Mutant vielleicht, durstig, der nur von einem dreischwänzigen Mann mit zehn Litern Sperma gestillt werden kann, aber nicht von einem Kassierer namens Ramsy.

Shahira geht früh ins Bett; zerstreut, wie der Kampf sie hinterlassen hat, ist keine Unterhaltung mit ihr möglich.

»Kannst du dir vorstellen, wie es sich anfühlt, jemanden so blutig zu schlagen?«, fragt Younes. Der Fernseher beleuchtet Younes' Haut blau, bestrahlt die Muskeln, die nur in Kämpfen unter Anleitung arbeiten. Denn Younes kann sich nicht erlauben, auszurasten.

Ich nicke, ja, ich kann mir vorstellen, jemanden blutig zu schlagen. »Gehen wir raus?«, frage ich.

»Heute nicht.«

Ich liebe das Viertel im Frühling; wenn die Sonne länger scheint, die Tage nicht enden, wenn die Straßen vom Aprilregen schwarz glänzen, abends das orange Licht der Laternen in den Asphaltpfützen reflektiert wird, die Bremslichter, die Kiosklichter, die Leuchtreklamen der Wettbüros spiegeln sich auf der nassen Straße – dann verwandelt sich das Viertel in eine Galaxie. Die Cafés arrangieren weiße Plastiktische auf dem Gehweg, beim Überqueren der Straße liegt ein leichter Kebabduft in der Luft, die Hitze des Holzkohlegrills weht herüber, wenn Gäste den Laden verlassen, vor dem Waschsalon strömt Dampf aus dem vergitterten Abluftschacht und deckt einen mit Waschmittel-

geruch ein. In einer Shisha-Bar lachen ein paar Freunde laut, und der türkische Bäcker verkauft die letzten Baklava. Irgendwo sitzen auf einer Bank zwei Penner, die Bier und einen warmen Lahmacun in den Händen halten und froh sind, den Winter überstanden zu haben.

Ich gehe zu den Jungs in die Shisha-Bar und frage, ob sie den Grund für den Kampf kennen.

»Es gibt nur Gerüchte«, sagt Majit.

»Das sind keine Gerüchte, Mann«, sagt sein Bruder Maher. »Mein Vater hat gesagt, dass Ramsy mit Shahira geflirtet hat. Ramsy ist nicht zu gebrauchen, wenn sie bei uns im Laden ist.« Mit einer Zange klopft Maher den Kohlewürfel von Asche frei. »Jamal hat's irgendwie mitbekommen und ist ausgerastet, der hat wohl auch was mit ihr am Laufen, wollte ihre Ehre retten, als könnte man die Ehre einer Qahba retten.«

»Die Ehre einer Qahba. Guter Songtitel«, sagt Majit und tippt es in sein Handy ein.

»Jamal?« Aber er ist doch verheiratet, hätte ich beinahe gesagt, als spielte das eine Rolle. Aber er ist doch ein Verlierer, ein Spieler, ein nerviger Nachbar, gibt dumme Kommentare von sich, er ist doch Jamal – ich verstehe Shahira mit jedem Tag etwas weniger. Bevor der Zigarettengeruch und der Shisha-Dampf in meine Kleidung dringen, verabschiede ich mich von den Jungs und gehe nach Hause.

Jamals Frau sitzt gekrümmt auf unserem Sofa und heult in ein Taschentuch, während Mutter ihr über den Rücken streicht. Ihr Sohn Bilal sitzt wie ein Fremder am Ende des Sofas, schaut merkwürdig schuldbewusst auf seine Fingernägel, unter de-

nen dreckige Linien verlaufen. Mit dem Daumennagel ritzt er die Nägel vom Dreck sauber; ich will ihm sagen, es sei nicht seine Schuld, dass Jamal sein Vater ist. Mein Vater sitzt etwas weiter weg von den Frauen, aber er hat die Ellbogen auf die Knie gestützt und redet auf Jamals Frau ein. Sie solle den Gerüchten keinen Glauben schenken, Jamal sei ein guter Mann. Und sie widerlegt Vaters Verteidigung, indem sie verrät, wie spät Jamal an Wochenenden nach Hause komme, manchmal sogar gar nicht, er räume das Konto leer und gebe ihr kein Geld, sie müsse ihn anbetteln.

»Das ist kein Leben.« Sie wiederholt den Satz, bis wir vergessen, was er bedeuten soll.

»Ich habe schon immer geahnt, dass er was mit dieser Frau hat.«

Und dagegen kann mein Vater nichts sagen.

Jamals Frau vergisst ihre Gestik und Mimik, sie weint nur und hört nicht mehr auf, egal, wie oft meine Mutter mit der Hand über ihren Rücken geht, die Frau weint ihr Gesicht völlig nass, und auch als sie ihr Gesicht mit den Händen trocknet und Vater ihr frische Taschentücher reicht, wirkt das Gesicht noch nass. Bilal verkrampft die Lippen, und seine Augenlider sind nicht mehr träge, er ist wach und drückt sich in die Couch. Ich lege eine Hand auf seine Schulter und sage ihm, er solle mitkommen, er schüttelt den Kopf. Ich verarsche ihn mit dem uralten Trick, dass ich in meinem Zimmer was für ihn hätte. Wir gehen in mein Zimmer, und ich schaue mich um, was man einem Zehnjährigen zum Spielen geben könnte. Ich schalte meinen PC ein und mache *Fifa* an. Er sitzt völlig verloren vor dem Bildschirm, und dann schaut er mich an.

»Ich will nicht spielen«, sagt er. »Das ist was für Kinder.«

»Du bist ein Kind.«

Er scheint darüber nachzudenken, aber er rührt die Maus nicht an.

»Willst du vielleicht einen Film schauen oder so? Oder guckst du irgendeine Serie?«

Er schüttelt den Kopf.

»Jeder schaut irgendwas. Was guckst du im Fernsehen?«

Er zuckt mit den Schultern.

»Okay, dann zeige ich dir, was ich früher gern geguckt habe.« Ich tippe auf YouTube *Chip und Chap* ein und erzähle ihm von der Rettungstruppe: Es sind zwei Streifenhörnchen, eins seriös, das andere trottelig, ich wollte immer Chip sein – das war der Coole, er hatte so einen Filzhut auf und eine braune Jacke an. »Aber Chap fand ich lustiger, und ich glaube, ich bin Chap geworden.« Bilal lacht nicht und schaut nur auf den Boden, deswegen labere ich einfach weiter: »Ihr Haustier, also die Hausfliege, heißt Summi. Die Rettungsgruppe klärt Fälle auf, das sind Detektive. Ich wollte auch ein Detektiv werden. Sie retten Menschen und manchmal sogar die ganze Welt.«

»Kommt mein Vater ins Gefängnis?«, fragt er.

Das weiß ich nicht, aber ich antworte einfach: »Nein, die Polizei stellt ihm nur ein paar Fragen, und dann kann er wieder gehen.«

»Seine Nase hat geblutet.«

Der Krampf löst sich aus seinem Körper, und der Junge weint, faltet die Arme auf dem Tisch ineinander und versteckt das Gesicht. Er erinnert mich an den jungen Younes, als er beim Weihnachtsfrühstück weinte, auch leise und mit der gleichen

Schwere auf dem dünnen Rücken. Die Körperhaltung, das Weinen, das verzögerte Atmen ist eine zeitlose Choreografie: das erste Mal Weinen verursacht durch den Schmerz, den sich Erwachsene gegenseitig beibringen. Schmerz beibringen, so eine eigenartige Bezeichnung, um sich von den Wunden des anderen zu distanzieren. Ich gehe ans Fenster, schaue raus, weil das Weinen nicht aufhört, wenn jemand zuschaut. Younes konnte erst aufhören zu weinen, als die Lehrerin ihn nach draußen gebracht hat.

Mein Vater ist ein asozialer Bastard, er redet von Kurdistan, als Jamals Frau und sein Sohn nach Hause gegangen sind, er sagt, hier verderben die Menschen, es gebe keinen Anstand, selbst erwachsene Männer könnten sich nicht beherrschen, sagt er und schaut mich dabei an.

Mutter sagt, wenn auch abwesend – wahrscheinlich ist die Vernunft in sie eingedrungen –, in Kurdistan seien die Menschen nicht anders. »Streit und Schmerz gibt es überall.«

»Du möchtest, dass Raffiq hierbleibt und keiner auf ihn aufpasst, keiner ihn erzieht, ihm zeigt, was richtig und falsch ist?«

»Ich weiß, was richtig und falsch ist.«

»Du bist ein Kind.«

»Wieso sprichst du so, als würden wir Raffiq hierlassen?«, fragt Mutter. »Wir haben uns noch nicht entschieden, ob wir diesen Schritt gehen wollen.«

»Ich dachte, das hätten wir«, sagt Vater.

Mutter schüttelt den Kopf. »Ich habe dir gesagt, ich werde darüber nachdenken.«

Schließlich leert Vater sein Chai-Gläschen in einem Schluck, sagt: »Ich werde gehen, ob du mitkommst oder nicht.« Er steht auf und verlässt das Wohnzimmer.

Meine Mutter sagt nichts.

»Ich bin bald achtzehn.«

»Du bleibst weiterhin unser Kind.«

»Euer Sohn, nicht euer Kind.«

»Raffiq, vergiss nicht, wir sind keine Deutschen, wir lassen unser Kind nicht wegen einer Zahl alleine.«

»Das ist nicht einfach nur eine Zahl. Das ist die Zeit. Das sind achtzehn Jahre.«

»Ich höre nur: acht und zehn.«

»Er wird schon nachgeben. Du darfst jetzt nur nicht schwach werden.«

Mutter schaut mich vorwurfsvoll an, das kann sie so gut: Sie schaut einen für fünf Sekunden stumm ins Gesicht, ganz starr wird sie, und dann schließt sie die Augen und dreht den Kopf zur Seite und blickt niemanden mehr an, jedes Wort wird von ihrem Schweigen verschluckt – man hört sich, aber bei ihrem Anblick klingen die Worte banal, sie ist ein schwarzes Loch, und man muss aufpassen, nicht zu lange in ihrer Gegenwart zu bleiben. Als ich gerade gehen will, sagt sie, ich würde es darauf anlegen, sie zu einer verlassenen Frau zu machen, zu einer Shahira. Sie sagt: ne-sakini – eine Ungehaltene, eine Ungeduldige, eine Nicht-Wartende. Shahira ist eine Nicht-Wartende, eine Frau, die man nicht halten kann. Und sie spricht von Scheidung und sagt: ber-dan – jemanden freilassen, jemanden nicht mehr festhalten. Wenn ich die Wörter übersetze, verlieren sie ihre Bedeutung.

Ich schaue mir auf YouTube eine Folge *Chip und Chap* an, die Folge, die der Kleine verpasst hat. Wer weiß, wie viele Dinge er verpassen wird, weil Jamal sein Vater ist, wie viele Möglichkeiten ihm entgehen, wie viel er nicht wissen wird. Letztens bei Schulschluss holte ein Vater seinen Sohn ab, der Kleine war vielleicht in der sechsten Klasse, und der Vater war mit seinem Fahrrad gekommen, sie liefen vor mir, und ich hörte sie wie zwei Erwachsene miteinander sprechen, ging ihnen eine Weile nach, weil ich ihr Gespräch interessant fand: Der Vater erklärte seinem Sohn den Unterschied zwischen einem Requiem und einer Symphonie, und sie unterhielten sich über Mozart und darüber, dass der Junge seine Musiklehrerin nicht mag, und der Vater meinte zu ihm, er solle nicht Mozarts Requiem hassen, weil er seine Lehrerin nicht mag. Das fand ich ganz vernünftig vom Vater, so etwas seinem Sohn zu sagen.

Neben dem Video werden andere als Vorschläge aufgelistet, und da ist eine Dokumentation über die Bomben der USA – *Little Boy und andere Albträume Made in USA*.

Ein Bombenexperte mit grauem Haar erklärt, wie die teuerste Bombe der USA funktioniert – sie kommt kaum zum Einsatz, aber wenn, dann schlägt sie mit teuflischer Präzision ein. So sagt er das: teuflische Präzision. *»Jeder der 250-Kilo-Sprengsätze ist so eingestellt, dass er unmittelbar über dem Ziel zündet und so seine tödlichste Wirkung entfaltet, die mehr vom Überdruck als vom Zerfetzen des Opfers ausgeht. Das bei der Explosion entstehende Vakuum saugt die Luft aus der Lunge, während die Schockwelle Knochen zermalmt und die inneren Organe jedes Menschen im Umkreis von 50 Metern zerreißt oder zerschmilzt.«*

Dieser Bombenexperte mit den grauen Haaren nickt am

Ende seiner Beschreibung, guckt ganz bedrückt an der Kamera vorbei, zu dem Reporter vermutlich, und nickt, als wären seine Halswirbel locker. Ich scrolle nach unten, lese die Kommentare, und die meisten von ihnen sind von Almans, die witzig sein wollen.

Was spielen Kinder im Irak?, fragt einer und gibt auch die Antwort: *Verstecken mit Anschlag.* 122 Likes.

Alman zwei kommentiert: *Wer sucht, der findet. Wer drauftritt, der verschwindet.* Nur 36 Likes.

Alman drei kommentiert: *Was ist der Unterschied zwischen einer pakistanischen Schule und einer Basis der Taliban? Keine Ahnung, ich fliege ja nur die Drohne.* 72 Likes.

Ibo kommentiert: *Ihr Hurensöhne Kinder sterben das ist nicht witzig.* Nur fünf Likes. Ich gebe ihm einen Like.

»Was jetzt, zerreißt oder zerschmilzt? Das sind zwei sehr unterschiedliche Arten von Zerstören, oder?«, frage ich Walid am nächsten Tag.

»Eine Bombe zerreißt dich. Schmelzen klingt harmlos, klingt nach Schokolade.«

»Stimmt, wenn der Magen zerschmilzt, dann tut das bestimmt nicht weh, so langsam vor sich hinschmilzt«, sage ich. Aber die Ironie hört Walid gar nicht.

»Nein, nein, schmelzen ist etwas anderes als zerschmelzen. Zerschmelzen passiert schneller. Wenn etwas zerschmilzt, ist nichts mehr da, und wenn etwas schmilzt, dann ist noch was übrig, aber in einer anderen Form. Chemie, achte Klasse«, sagt er. Ich hasse es, wenn Leute das machen. Einen Fakt nennen und die Schulklasse, als würde sich alle Welt merken, was man in der achten Klasse an Quatsch gelernt hat.

»Ob der Magen zerschmilzt oder schmilzt, ist doch scheißegal.«

»Nein, eben nicht.«

»Ein Unterschied ist, ob der Magen zerreißt oder zerschmilzt. Das sind zwei Arten von Schmerzen.«

»Da bist du schon längst tot, du bekommst das gar nicht mehr mit«, sagt er. »Jetzt hör auf, Mann, du deprimierst mich.« Ich erzähle ihm nicht von den Witzen. Younes kommt auf uns zu.

Ich bin heute zu spät zur Schule gekommen, damit ich nicht mit ihm laufen oder auf den Unterricht warten musste. Im Kurs habe ich mich kein einziges Mal nach hinten gedreht. In der Pause lief ich auf die Toilette, hab ihm nur kurz zugenickt. Jetzt grüßt er uns beide, und Walid meint, er müsse noch schnell ins Sekretariat.

»Was ist los mit dir, gehst du mir aus dem Weg?«, fragt Younes. Die meisten Menschen verstehen einen auch dann nicht, wenn man vor ihnen den eigenen Körper seziert. Younes reichen ein paar Blicke oder Nicht-Blicke, ein Wort, das nicht gesprochen wird, ein Handschlag, der am Morgen fehlt. »Hast du wegen Frankfurt Bedenken?«

»Ich weiß nicht, ob ich mit nach Frankfurt will«, sage ich.

»Mann, was soll das? Ich habe schon meinem Onkel Bescheid gesagt, dass wir kommen. Du kannst nicht jeden Tag deine Meinung ändern.«

»Ich kann doch nicht meine Entscheidung von deinem Onkel abhängig machen.«

»Ich verstehe dich nicht«, sagt Younes und sein Gesicht, dieser Ausdruck, als hätte ich ihn verraten.

»Mein Vater gibt keine Ruhe.« Und deine Mutter macht es nicht einfacher.

Meine Eltern sitzen im Wohnzimmer, sitzen genauso da wie gestern Abend, meine Mutter hat geweint. Die Falten in Vaters Gesicht sind tiefer, und sie werden bleiben, sie werden mich zukünftig daran erinnern, wie meine Eltern im Wohnzimmer saßen, als hätten sie schon seit Stunden dort gesessen, ab und zu einen Gedanken geteilt, wieder geschwiegen, geweint, die Hände verkrampft, bis der Schmerz in den Fingern die Haut betäubt.

Mein Vater schaut zu mir und sagt mit belegter Stimme, ich solle mich mal zu ihnen setzen.

Er fragt, was er mir bieten könne, damit ich mit nach Kurdistan komme.

»Nichts. Ich will, dass wir hierbleiben«, sage ich, schaue zu meiner Mutter, die zurückschaut. Mein Vater nickt, aber nicht so wie der Bombenexperte, sein Nicken nimmt allmählich ab und geht in ein Nachdenken über. Es ist still, ich höre mich selber atmen.

»Was willst du?«, fragt er.

»Ich habe es doch gerade gesagt, ich will hierbleiben.«

»Ich habe dich nicht gefragt, was du hier willst, sondern was du willst, unabhängig von allen Orten dieser Welt.«

Ich denke an alles Mögliche, aber keine Antwort wird ihn zufriedenstellen. Ich denke zum Beispiel an Amals Tabelle mit Newroz' Zeichnung, ich denke an das Programmkino, ich könnte Shahira dort helfen, ich denke, ich könnte Leuten helfen, ihren Herzenswünschen nachzugehen, wie Jenny mit Texas oder Majit mit seiner Rap-Karriere. Ich bin gut darin. Ich

könnte Manager werden oder Coach. Und weil ich das alles nicht meinem Vater erklären kann, lüge ich ihm was vor: »Ich möchte neue Leute kennenlernen, ich möchte in den Semesterferien nach Italien reisen, ich möchte hier arbeiten.« Ich wiederhole einfach Younes' Aussage.

»Das klingt nicht nach dir, Raffiq«, sagt Vater schließlich.

»Babu, wenn ich hier studiere, habe ich einen deutschen Abschluss und kann überall auf der Welt arbeiten. Auch in Kurdistan.«

»Das wirst du aber nicht, du wirst dann hierbleiben. Wenn du in Kurdistan deinen Abschluss machst, wirst du auch dort arbeiten wollen.«

»Aber ich bitte dich, du kannst doch keinen deutschen Abschluss mit einem kurdischen vergleichen.«

Er lacht kraftlos, ein verzweifeltes Geräusch. Diesen Satz hat er oft genug von Behörden gehört, wenn er erzählt hatte, er sei Architekt. Vaters Augen sind auf einen fernen Punkt gerichtet, auf seine Vergangenheit, auf die Woche, die er im Schlafzimmer verbracht hat, als er endgültig den Gedanken aufgegeben hat, in Deutschland ein Architekt werden zu können. Diese Woche ist es, was meinen Vater fertiggemacht hat, und jetzt erst verstehe ich, warum ich nicht dahin will, der Gedanke wiederholt sich in meinem Kopf wie eine Idee, die vor uns allen schon existierte, aber mir jetzt einleuchtet.

»In Kurdistan werde ich das, was du hier bist.«

Mehr sage ich nicht, ich rede nicht vom Scheitern; mein Vater weiß, was an diesem Satz hängt, und der Satz liegt wie eine Leiche in unserem Wohnzimmer, wir starren alle auf sie, und meine Mutter ist es, die ein Geräusch von sich gibt, ich

schaue sie an, und sie lächelt – es ist das kleinste Lächeln der Welt, ein Hauch von einem Lächeln, aber das reicht mir.

Wir nennen es Strandparty, aber eigentlich sind wir nur am See, und die Stadt hat ein bisschen Sand am Ufer abgeladen, fühlt sich an wie falscher Rasen, und dann dieser kleine See, so klein wie unsere Welt, aber wir nennen es trotzdem Strandparty. Alle wollen in der Nähe des Sees sein, in der ersten Reihe stehen und ins Wasser starren, fordernd, als wollten wir uns zurückentwickeln, um im Wasser zu leben, weil dort Worte ungehört bleiben. Alle Abiprüfungen sind geschrieben, wir verkürzen das Warten auf die Ergebnisse mit Partys: Die Jungs kümmern sich um das Grillfeuer, die Mädchen kümmern sich ums Essen, allen voran Sanye, sie hat Sardinen gekauft, die wir auf das Grillgitter legen wie Soldaten, schön akkurat, und dann träufelt Sanye Zitronensaft darüber, sie presst eine halbe Zitrone in ihrer Hand aus, siebt mit den Fingern den Saft, die Kerne bleiben in ihrer Hand, der Saft fließt zwischen ihren Fingern auf unsere Sardinen, und fein gehackte Petersilie rieselt auf das Grillgut – ich rieche auch Dill und Minze –, und Sanye drückt Wasabitränen aus der Tube, und wir kriegen nicht genug vom Fisch, und jemand sagt, so müssen die Finger einer Meerjungfrau schmecken, und Sanye lacht, und Sanye gibt uns Brot, sagt, das würde unseren Hunger stillen, aber wir bleiben hungrig. Jemand schaltet Musik ein, und wir setzen unsere Sonnenbrillen auf, Jenny tanzt mit Amal, die Sonne streichelt unsere Schultern, es ist unanständig heiß für ei-

nen Maitag, und der Mai sollte nie enden, und dann fangen wir an zu lügen: Wir sollten mal auf ein Jay-Z-Konzert gehen, und einer erzählt, er sei gerade in Berlin, und dann könnten wir in Kreuzberg Shisha rauchen, und den Sommer sollten wir in Havanna verbringen – mich schaudert es vor so viel Glück. Jenny hat eine Shisha mitgebracht, die wir rauchen, und niemand kann uns was, wir sind hier, und wir sind laut und essen Sardinen mit Zitrone und Petersilie und Wasabi, der in der Nase brennt, zwischen die Augen sticht, und Sanye fängt auch noch an zu tanzen. Younes ist gelöst, taucht die Zehen immer wieder in den Sand, Häufchen bleiben auf seinem Fußrücken und den Zehen liegen, kleine Pyramiden, der Sand muss ihn bestimmt kitzeln, und ich berühre mit den Fingern den Sand, der warm und weich ist. Auf diesem Sand könnte man schlafen.

Irgendwann tanzen Sanye und Younes miteinander, eng umschlungen, und man will stehen bleiben und sie betrachten, wie im Museum, man will es unbedingt verstehen. Um sie herum tanzen alle anderen wie Gespenster, durchsichtig sind ihre Körper geworden, weil Younes sich mit Sanye bewegt.

Ich konzentriere mich auf die Beine der Mädchen. Mit kurzen Kleidern weihen sie den Sommer ein, und vom Tanzen haben sie ganz verschwitzte Kniekehlen – sie wissen gar nicht, wie schön ihre Kniekehlen sind, dieser Übergang von der Wade zum Oberschenkel, wahrscheinlich schauen die meisten Jungs den Mädchen auf den Arsch, ja, der ist auch wichtig, aber die Kniekehlen haben etwas ganz Intimes, sie sehen fast zerbrechlich aus, wenn sie knicken, und die meisten Mädchen

sind kitzlig an der Stelle. Jede Hautstelle, die das Mädchen zum Lachen bringt, ist interessanter als der Arsch, der sich in den Händen gut anfühlt, aber ich glaube, die meisten Mädchen spüren auf den Backen nichts, sie reagieren nämlich überhaupt nicht darauf.

Wenn Shahira in kurzem Kleid bäuchlings auf der Couch schläft, entblößt sie ihre dicken, weißen Waden, sie sind nicht fest, sehen weich aus wie Brüste, und einmal berührte ich mit den Fingerspitzen die Kniekehlen, und sie wachte davon auf, schaute mich irritiert an, und ich entschuldigte mich bei ihr. Sie murmelte, ich solle sie nicht anfassen, wenn sie schlafe.

Ich trinke erst, als die Sonne untergegangen ist – der Alkohol hält warm, sagt ein Tobi, und ich weiß das, will ich ihm sagen. Jemand macht ein Feuer, und jetzt sucht man nach Feuerholz und will das Lagerfeuer größer machen, und jemand sagt, lasst den Scheiß, es darf nicht zu groß werden, aber die Mädchen lachen und werfen Äste rein. Ich schleiche mich an Amal heran und umarme sie von hinten, sie ist ganz warm vom Tanzen und vom Feuer. Sie kichert, ist gut gelaunt, bald bist du in Chicago, sage ich ihr, und sie umarmt mich. Amal und ich passen so gut zueinander, dass man einen Schlüssel braucht, um uns aus unserer Umklammerung aufzuschließen. Am See hat niemand solch einen Schlüssel, und Amal erlaubt mir, sie überall anzufassen, und als es dunkel wird, suchen wir uns ein Plätzchen abseits der angetrunkenen und lachenden Meute, wir legen uns irgendwo auf die Wiese, und meine Hände sind unsichtbar, und ich darf sie berühren.

»Es ist fast traurig, dass wir uns trennen, wir passen so gut zueinander«, sagt sie.

»Wir wissen nicht, ob wir auch in fünf Jahren zusammenpassen werden«, sage ich.

Sie schaut überrascht, aber zufrieden. »Mein Gott, Raffiq, du klingst ja ganz erwachsen.« Ich stecke die Nase zwischen ihr Haar, und dann rieche ich an ihrem Hals, küsse sie, und meine Hände streicheln jede Kurve, sie sollen sich erinnern, wenn Amal nicht da ist, und dieser Moment dauert ewig, und sie kichert nicht mehr, hat viel getrunken, ich habe viel getrunken, und was Amal am besten kann, ist, mit der Zunge meinen Hals zu lecken, wenn sie ausatmet, streichelt der Atem über die feuchte Stelle an meinem Hals, und ich spüre meine Haut an den Armen und Beinen, Amal ist der Wind, der einen in eine andere Stadt tragen kann. Wir blenden aus, dass die anderen den Grill längst ausgemacht haben und gegangen sind, wir blenden aus, dass das Feuer nur noch rot glüht und dass die Sonne den Mond in Gelb tunkt, dass die Wiese kalt und widerspenstig ist, dass Ifrite aus dem See steigen und wieder abtauchen, als sie uns sehen, es kümmert uns nicht, dass Menschen sterben und andere geboren werden. Ich liebe Amal in diesem Moment nicht als Amal, sondern als einen Menschen, als eine Geste Gottes.

Wir schlafen ein.

Am nächsten Morgen werden wir von Obdachlosen geweckt, die samstagmorgens die Pfandflaschen der Freitagspartys sammeln. Ihr Lachen ist ein Warnen, uns schnell anzuziehen: Ich diene Amal als Schutz, damit die hungrigen Mäuler sich nicht an ihren Körper satt fressen.

»Guckt euch mal den kleinen Schwanz an! Mädchen, wenn du ordentlich gefickt werden willst, dann …« Er vollendet den

Satz nicht, die Pointe ist sein schwingender Schlappschwanz mit Vorhaut. Seine Kumpels lachen.

Ich begleite Amal nach Hause, ich kann das, weil Amal nur einen kleinen Bruder hat. Ihr Vater ist die meiste Zeit des Jahres in Kurdistan, Amal redet nicht über ihn, ihn gibt es nicht, nur mich und meine Mutter, sagt sie, und sie akzeptiert keine Nachfragen, da bleibt sie strikt. An der Tür verwehrt sie mir einen letzten Kuss, ob es wegen meines oder ihres Atems ist, kann ich nicht beurteilen. Ich will ihr sagen, dass ich sie liebe, weiß aber nicht, ob es stimmt, ich weiß nur, dass ich das gerne sagen möchte.

Sie läuft die Treppen hoch, ganz sachte, auch ihr Körper muss wehtun vom harten Liegen, vom vielen Tanzen, vom Alkohol. Ich will sie noch einmal rufen, damit sie sich umdreht, lasse es dann aber, und sie schaut nicht zurück.

Ich würde mein Handy gern ignorieren, aber ich muss wissen, wie sauer meine Eltern sind, und das erkenne ich an der Anzahl ihrer Anrufe. Sie haben sieben Mal versucht, mich anzurufen. Das letzte Mal um zwei Uhr morgens.

Zu Hause sitzen sie mit Newroz am Küchentisch und frühstücken. Die Sonne scheint durch das Fenster, vergoldet die Luft und täuscht Frieden vor.

Für einen Moment hören sie auf zu essen und schauen zu mir rüber.

»Wo warst du?«, fragt meine Mutter.

»Vor-Abi-Party.«

»Was ist das?«, fragt sie.

»Offensichtlich eine Feier, bei dem sie sich das Hirn weggesoffen haben«, sagt mein Vater und widmet sich dem Essen.

Ich setze mich zu ihnen, und Newroz ekelt sich, sagt, ich würde stinken; ich hauche sie an, sie kreischt, und ich küsse ihre Wange.

»Lass sie in Ruhe«, sagt Vater, toleriert keine Albernheiten am Frühstückstisch.

Samstags gehen Younes und ich ins Fitnesscenter, aber er meldet sich nicht, erholt sich wahrscheinlich von letzter Nacht, obwohl er überhaupt nicht trinkt. Er sagt, er behalte gerne die Kontrolle. Wenn mein Vater das hören würde, könnte er mich Younes anvertrauen.

Ich packe eine Unterhose und Socken in meine Sporttasche, Duschgel, Boxhandschuhe und Turnschuhe sind schon drin, meine Bandagen stinken, müssten mal wieder gewaschen werden. Draußen sehe ich Jamal eine rauchen, und wir nicken einander zu, kein Wort. Ein blauer Fleck ziert das linke Auge, die Nase ist bisschen dicker als sonst. Ich schließe mein Fahrrad auf.

»Hast immer noch keinen Führerschein?« Er lacht. Keine Ahnung, was Shahira an ihm findet, ehrlich. Ich drehe mich um, sehe ihn mir genau an, die Wangen frisch rasiert, das Haar voll, das muss man ihm lassen, aber die Schultern nicht breiter als meine, die Brust flach, die Hände fast jungenhaft, an den Fingern sind die Hautabschürfungen verkrustet. Wahrscheinlich ist er ein gut aussehender Mann.

»Was glotzt du?«

»Warum hast du Ramsy geschlagen?«

»Geht dich 'nen Scheiß an.« Er lässt die Zigarettenkippe fallen, tritt sachte darauf und geht ins Haus. Das wird er jetzt öfter gefragt; er hätte schon einmal eine Antwort üben können. Aber Jamal ist ein Lügner, jedem wird er eine andere Geschichte erzählen, und in einer Woche ist der Vorfall vergessen, weil etwas anderes passieren wird, worüber die Leute sich das Maul zerreißen. Jamal wird es aber nicht mehr loslassen: Ich werde mir immer Shahira dazu denken, wenn ich ihn sehe. Shahira hat ihn verschluckt, und auch er ist dazu verdammt, in ihrem Bauch zu verharren – wir alle werden sie niemals vergessen, ihr huldigen und jede Frau neben sie stellen und schauen und erkennen: Shahira ist kein Mensch. Sie gehört niemanden, wir sollten dankbar sein für ihre Anwesenheit.

Der Boxsack krümmt sich, wenn Younes mit der Rechten draufschlägt, und wenn er einen bestimmten Zustand erreichen will, hämmert er pausenlos auf den Boxsack ein. Eine Jungsgruppe steht um ihn herum. Man kann nicht vorbeilaufen, ohne kurz stehen bleiben und gucken zu wollen, wie Younes den Boxsack in Bewegung hält. Wenn Younes trainiert, definiert er, was unser Ziel ist. Ein Lied läuft im Hintergrund, aus Ecken dringen Gesprächsfetzen oder ein Stöhnen, aber was den Raum wirklich beherrscht, ist das Quietschen seiner Schuhe auf dem Boden. Er hat mir einmal verraten, er denke am besten, wenn er boxt, wenn jeder Muskel zuckt, wenn dieser große Körper dazu gebracht wird, sich zu bewegen, und er einfach nicht weiß, was es ist, was diesen Körper in Bewegung versetzt – wie ein Tier, sagte er, ein Tier ist in meinem Körper, und dieses Tier

mag es, wenn der Wind seine schweißnasse Haut berührt und ihn jede Hautfaser spüren lässt. Younes will einen Schwebezustand erreichen, sich von jedem Muskel verabschieden, seinen Körper verlassen, in Trance geraten. Aber für diesen Zustand braucht er einen ebenbürtigen Gegner, sagte er, diesen Gegner habe er nicht, sagte er. Bis dahin wird er durch die eigenen Körperbewegungen versuchen, diesen Zustand zu erreichen.

Ich laufe zu ihm hin, stelle mich hinter den Boxsack und halte ihn fest. Er nickt mir ein Danke zu, ich muss das Leder in meinen Händen zu greifen bekommen, sonst rutscht es weg. Ich lehne mit dem halben Körper dagegen und spüre die gedämpften Schläge. Die Kette klirrt.

»Wann wart ihr gestern weg?«, frage ich. Ich hole ihn in die Wirklichkeit zurück. Er überlegt.

»Gegen zehn Uhr.«

»So früh?«

»Sanye wurde angerufen. Ich habe sie nach Hause begleitet.« Er wird langsamer, bis er aufhört. Er zieht die Handschuhe aus und fragt, ob ich bisschen draufschlagen möchte.

»Ich wollte mich erst warm machen.«

Wir springen auf das Laufband, im Laufen bin ich besser als Younes, aber das stört ihn nicht. Er versucht nicht, mich zu schlagen. Für ihn bin ich wahrscheinlich gar kein Maß. Ich konzentriere mich so sehr auf das Laufen, dass ich glaube, gleich hinzufallen. So etwas stelle ich mir manchmal vor; in den unmöglichsten Situationen spielt sich eine Szene ab, an deren Ende ich sterbe oder mich so sehr verletze, dass ich sterben möchte.

Nach dem Sport laufen wir gemeinsam nach Hause, und wir werden immer zusammen laufen, auch wenn ich nicht mehr da bin oder Younes verschwindet, auch wenn wir uns an unterschiedlichen Orten befinden werden, wenn wir nach Hause laufen, dann läuft der andere wie ein Phantom mit. Die Muskeln sind aufgepumpt, wir schweben über den Straßen, und wenn wir mit den Füßen stampfen, könnten wir Risse im Asphalt hinterlassen.

Er fragt, ob ich Jamal gesehen habe.

»Ja, er sieht nicht übel aus«, sage ich.

»Ich glaube, Ramsy hat mehr abbekommen.«

»Hoffentlich. Sie sollen uns nicht umsonst stressen.«

»Sie haben dich unterhalten, Raffiq.«

Fast hätte ich von Jamals Frau und Sohn erzählt, die bei uns im Wohnzimmer saßen und weinten, weil Jamal eine Affäre mit Shahira hat, von der nun alle wissen. Von Jamals Sohn hätte ich beinahe erzählt, der keine Cartoons schauen konnte, weil er zu große Angst um seinen Vater hatte. Aber ich lasse Younes in dem Glauben, die Prügelei hätte mich unterhalten.

»Ich habe Durst, lass uns was holen«, sagt er und zeigt auf den Gemüseladen der MaMa-Brüder, wo Ramsy an der Kasse arbeitet. Diese Sensationslust bei Younes ist neu. Vielleicht weil er glaubt, er sei in keiner Weise involviert.

»Du willst Ramsy sehen«, sage ich.

Er schüttelt den Kopf. »Nein, ich will mir nur eine Cola holen.«

Ich glaube ihm nicht, aber ich gehe mit, weil nur eine kalte Cola meinen Durst stillen kann. An der Kasse steht diese fragile Gestalt, seine Venen grüne und blaue Drähte unter

der Haut, das Gesicht ölig, die Augen schwarz und groß, die Unterlippe angeschwollen und aufgeplatzt, die Nase eingegipst. Ramsy starrt abwesend auf den Boden, mit der rechten Hüfte lehnt er sich gegen die Kasse. Er bemerkt uns erst, als wir mit zwei kalten Cokes vor ihm stehen. Auf dem schwarzen Band bleiben zwei Wasserringe zurück, als er sie nimmt, und dann starrt er auf die Flaschen, als würde er das Getränk zum ersten Mal sehen, stellt eine Flasche auf die Ablage neben der Kasse. »Ein Euro zwanzig«, sagt er und schaut nur mich an.

»Ich zahle die zweite mit«, sage ich und reiche ihm fünf Euro.

»Ich bediene ihn nicht«, sagt Ramsy. Wir wissen, dass er Younes meint. »Warum?«, frage ich. Younes schaut Ramsy verwirrt an.

»Frag die Leute«, sagt er. Seine Lippe ist so dick und straff, dass sie sich beim Reden nicht bewegt. Trotzdem hat er keine Angst vor Younes, er würde sogar eher noch einmal Schläge riskieren, als ihn zu bedienen.

»Ich bediene weder dich noch deine Mutter. Verschwindet von hier.« An Ramsys Mundwinkel rinnt Spucke hinab, weil er nicht gleichzeitig sprechen und schlucken kann. Younes sieht die Bestimmtheit in Ramsys Blick. Wir verlassen den Laden, ich biete ihm die Cola an, er winkt ab, es steht ihm nicht zu, die Cola zu trinken, sie wurde nicht an ihn verkauft, und Younes beschleunigt seinen Schritt. Ich öffne die Flasche, nehme einen Schluck, richte dann den Flaschenhals nach unten. Die Cola schäumt und sprudelt aus der Öffnung, sie wird den Weg zeichnen, den wir laufen.

Jeder weiß, wann Younes zum ersten Mal zurückschlug. Es war in der siebten Klasse, der andere Typ war in der neunten; Younes holte aus, und in diesem Moment beschloss der Wind, Younes zu Hilfe zu eilen, und Younes' Faust traf das Kinn des Jungen, er fiel auf seinen Arsch und schaute nur überrascht, seine Handinnenflächen blutig aufgeschürft, weil er den Sturz abfangen wollte. Seine Kumpels lachten, halfen ihm nicht, es ging schließlich um einen Siebtklässler, meine Fresse, sagten sie, und der Neuntklässler stand auf und stürmte auf Younes zu, aber Younes blieb an seinem Platz und schlug dem Jungen noch einmal ins Gesicht, um ihm und uns allen zu beweisen, dass der erste Schlag kein Zufall war. Jeder Junge im Viertel erinnert sich daran, als Younes das erste Mal zurückschlug und danach nie wieder einen Kampf verlor, egal, wer ihn herausforderte.

Majit radelt auf uns zu, das Fahrrad eindeutig zu klein für ihn, muss seiner kleinen Schwester gehören. Er fragt, ob wir heute Abend zur Shisha-Bar kommen. Younes läuft weiter, scheißt auf Majit und die Shisha-Bar. Ich bleibe stehen, und Majit fragt nur: »Was denn mit dem los?«

»Ramsy wollte ihn nicht bedienen.« Meine Flasche ist leer, und wir beide schauen auf die braunen Blasen, die in Sekunden verpuffen.

»Seine Duldung ist nicht verlängert worden. Er wird jetzt abgeschoben.« Majit sitzt auf dem Fahrrad wie auf einem Hocker, die Knie kommen fast an den Lenker. Meine Eltern haben immer davon gesprochen, wessen Aufenthalt nicht genehmigt wurde und wer deswegen zurückmuss, sie erzählten sich das immer in einem Ton, als hätten die Betroffenen eine Krank-

heit, Krebs, und alhamdulillah haben wir das nicht, immer so ein Ton, dass es uns auch treffen könnte, und ich frage Majit: »Was jetzt?« Obwohl ich doch weiß, was jetzt ist.

»Jetzt macht er sich unbeliebt. War gestern auch bisschen frech zu meinem Vater, aber mein Vater versteht ihn, hat nix gesagt.« Er schnalzt mit der Zunge und schüttelt den Kopf. »Als wäre es das Ende der Welt, wenn man zurückmuss.«

»Du hast doch keine Ahnung, Mann«, sage ich und gehe, vielleicht erwische ich Younes noch.

Jamals Sohn sitzt auf einem dieser großen Deko-Steine vor dem Gebäude, in dem Younes wohnt. Drei Einkaufstüten liegen an den Stein gelehnt, er schaut gelangweilt. Ich frage mich, ob die Leute meinen Vater sehen, wenn sie mich sehen. Bilal nickt nur, als ich ihn grüße, kein Hallo, kein Winken, nur ein Nicken wie ein Siebzigjähriger. Und dann schaut er einfach weg, als wäre ich nicht da. Ich frage ihn, was er hier mache und warum er seine Einkaufstüten nicht nach Hause bringe. Die Tüten sind vollgepackt, müssen ziemlich schwer wiegen, er kann sie gar nicht allein tragen.

»Komm, ich helfe dir«, sage ich und greife nach zwei Tüten.

»Nein, ich muss hier warten«, sagt er; er ist plötzlich aufgewacht und schaut mich an.

»Wer sagt das?«

»Ich soll einfach nur hier warten.«

»Warum das denn?«

Er schaut auf seine Füße, befürchtet, ich könnte von seinen Augen ablesen, was er denkt.

»Deine Mutter wird ziemlich sauer sein, wenn die Sachen in den Tüten schlecht werden.«

Aber er regt sich nicht. »Wartest du auf deine Mutter?« Der Junge bleibt still. »Oder auf deinen Vater? Mann, ich kann dir nicht helfen, wenn du nicht redest.«

»Ich soll warten.«

»Okay, dann warte ich mit.«

Manche Kinder können geduldig sein, sie werden zum Warten erzogen. Ich gehöre nicht zu der Sorte, ich sage ihm das, aber das interessiert ihn nicht.

Ich schaue hoch; das Haus schwingt nach unten, wenn man zu lange nach oben schaut. Auch das sage ich ihm, und da schaut er nach oben, schaut ziemlich lange hoch, sodass es in seinem Nacken wehtun muss. Komischer Junge, wirklich.

Ich schaue wieder hoch, und erst da wird mir klar, auf wen er wartet.

In dem Haus leben keine anderen Kurden, keine Freunde von Jamal oder seiner Frau, nur Shahira und Younes. Ich rase die Treppe hoch, mit dem Aufzug wird es dauern.

Ich klingele an der Tür, lasse meinen Finger darauf, schlage gegen die Tür, rufe Younes. Shahira macht mir mit verheultem Gesicht die Tür auf und zerrt mich rein, sagt, ich solle ihn aufhalten. Younes und Jamal sind im Wohnzimmer, die Sofagarnitur und der Tisch bilden eine Insel zwischen ihnen. Jamal redet auf Younes ein, während er sich die Hemdsknöpfe mit zittrigen Fingern zuknibbelt, nennt ihn seinen Sohn, da rennt Younes auf ihn los, und Jamal dreht eine Runde, läuft vor Younes weg.

»Younes! Lass das, Mann, das ist es nicht wert.«

Ich weiß nicht, ob Younes mich wahrnimmt, er ist nur auf Jamal fokussiert.

Ich traue mich nicht, zwischen sie zu gehen. Shahira weint und sagt, ich solle was tun.

»Younes, bitte, Mann. Lass uns raus.«

»Halt's Maul, Raffiq.« Und ich halte das Maul.

So sieht es aus, wenn in Younes' Körper die Kontrolle ausfällt.

»Younes, bitte, komm zu Besinnung«, sagt seine Mutter.

»Halt die Fresse.«

Shahira öffnet die Wohnungstür, damit Jamal fliehen kann. Younes' einziger Schwachpunkt ist seine Langsamkeit, aber er hat den Plan seiner Mutter durchschaut, geht zur Wohnungstür, schließt sie ab, nimmt den Schlüssel und wirft ihn auf den Tisch vor Jamal.

»Hol ihn dir, wenn ich dein Sohn bin«, sagt er zu Jamal.

»Younes, bitte, ich möchte deine Mutter heiraten, wir machen hier nichts Falsches.«

»Ich breche dir alle Knochen, ob heute oder morgen«, sagt er schwer atmend. Plötzlich ist Jamal der Grund für all die Ungerechtigkeit, die Younes widerfahren ist, wir verstehen alle Younes' Wut, wir sind alle dafür verantwortlich, aber keiner möchte ihr nahekommen.

»Ich krieg dich, du Wichser«, droht Younes erneut.

»Es reicht«, schreit Shahira immer wieder. Aber so läuft das nicht.

Ich will nach Hause und nicht mehr sehen, wie das Ganze endet, bin aber gezwungen, es mir anzuschauen. Jamal sagt wieder etwas, was Younes provoziert, ihm hinterherzurennen. Der Kleine auf dem Stein wartet darauf, mit seinem Vater nach Hause zu gehen, und er ahnt nur, was hier oben passiert, sein

Nacken schmerzt, aber er ignoriert die Schmerzen, und seine dünnen Beine hängen taub vom Stein herunter, und die Füße berühren beinahe den Boden. Ich laufe zum Tisch, nehme den Schlüssel, um die Wohnungstür aufzuschließen. Shahira sieht das und holt tief Luft, bereitet sich auf ihren nächsten Schritt vor.

»Mach das nicht, Raffiq«, brüllt Younes. Ich schließe die Tür auf, öffne sie sperrangelweit, damit Jamal wie eine gehetzte Ratte davonlaufen kann. Younes, egal, wie unbesiegbar er auch ist, kann immer wieder verraten werden. Seine Mutter stellt sich ihm in den Weg, und beide knallen gegen einander, Jamal rast die Treppen runter, vielleicht wird er hinfallen und sich ein Bein brechen, aber er ist für heute davongekommen. Younes steht vor mir, holt aus und schlägt mir ins Gesicht.

Ich konnte nicht mehr aufhören zu weinen, selbst wenn ich es gewollt hätte. Es ist wie Lachen, man kann nicht einfach aufhören. Meine Eltern fragten, was passiert sei, und ich konnte nichts erzählen, immer wenn ich es versuchte, redete ich von der Cola und wie lange Bilal auf dem Stein verharrte und wie Younes gegen Shahira knallte und sie zu Boden fiel und wie Younes mir ins Gesicht schlug, und sein Schlag brennt bis heute nach. Meine Nase kribbelt unter der Schiene, ich will sie kratzen, und meine Mutter hält meine Hand fest, ich dürfe es nicht anfassen, sagt sie. Ich helfe ihnen, die Koffer zum Check-in zu rollen. Es ist kein Urlaub, sie treffen Vorbereitungen für ihre Rückkehr, sagen sie, wiederholen sich, es ist eine Formel, die ihnen hilft zu verstehen, was sie machen. Sie

werden nicht dortbleiben, nicht für immer, ich weiß das. Kümmere dich um die Wohnung, kümmere dich um dich, iss anständig, sei anständig, nur weil wir in Kurdistan sind, bedeutet es nicht, dass uns die Schande nicht erreicht, glaub nicht, dass wir taub werden, kümmere dich um ein Studium, das ist das Wichtigste, sagen sie, immer wieder, als müsste ich es auswendig lernen. Ich höre nicht mehr hin, sehe in der Schlange vor dem Check-in Ramsy, dessen Nase nicht mehr in einer Schiene steckt, dafür meine. Er kommt auf uns zu, grüßt meinen Vater.

»Ich geh nach Hause«, erzählt er. Wir stellen uns unwissend, weil er unbedingt reden will. »Sie haben gesagt, sie geben mir noch eine Chance. Mein Anwalt meinte, ich würde wahrscheinlich in ein paar Monaten einen Aufenthaltstitel bekommen, aber nein, nein, nicht mit mir. Ich habe ihnen gesagt, ich habe keinen Bock mehr auf euch und euer Deutschland. Ich gratuliere euch zu eurem Land, aber ich will nach Hause, habe ich dem Ausländeramt gesagt, dieser dicken Kuh auf ihrem Stuhl. Mein Vater hat ein Hotel in Duhok«, erzählt er. Wenn Ramsy wenigstens gut lügen könnte, würde man Shahira ihre Affäre mit ihm verzeihen. Mein Vater nickt nur, klopft ihm auf die Schulter, will ihn nicht bloßstellen, er kennt die Wahrheit, wir erlauben Ramsy seine Erzählung. Ramsy fragt mich nicht, was mit meiner Nase passiert ist – es scheint ihn an seine zu erinnern, deswegen verweigert er den Kontakt mit mir. Ich erinnere ihn an alles, was er hinter sich lässt.

Im Bus sitze ich immer hinten, dann fühle ich mich nicht gedrängt aufzustehen, wenn eine alte Frau einsteigt, ich muss

auch keine kurdischen Frauen grüßen und ihre Fragen beantworten. Der Busfahrer fährt zu hektisch, ich steige eine Haltestelle früher aus und laufe den Rest, laufe die Straße entlang, und vielleicht bilde ich es mir ein, aber die Häuser ducken sich, verängstigt sitzen sie da, machen sich klein, die Straße ist enger geworden als vor zwei Stunden noch, und ich kenne jede Ecke, ich weiß, wie viele Laternen es gibt und welche Sticker an ihren Masten kleben, und ich weiß, welches Auto wem gehört, das Viertel ist ein auswendig gelerntes Gedicht, und in diesen kleinen Straßen mit ihren geduckten Häusern fährt irgendwo Majit auf einem kleinen Fahrrad und träumt davon, Rapper zu werden.

Meine Eltern verbieten mir, mich bei Shahira nach Younes zu erkundigen. Ich stehe vor ihrer Tür, habe eine Wassermelonenhälfte in einer Tüte. Die Nase fängt wieder an zu kribbeln, aber ich weiß, ich darf nicht an der Schiene nesteln, mit dem Daumennagel kratze ich leicht an meiner Nasenspitze. Die Haut ist noch taub. Shahira schaut durch den Spion, wer vor ihrer Tür steht, und es dauert keine zwei Sekunden, bis sie öffnet, meinen Namen ruft und mich in ihre Arme schließt, drückt und festhält.

»Ich freue mich so, dich zu sehen, mein Herz.«

»Ich wäre früher gekommen«, sage ich und behalte den Rest für mich. Shahira ahnt, warum ich sie nicht besuchen konnte. Sie bittet mich herein und geht in die Küche, ich folge ihr. Das Haar hat sie nach hinten zu einem Dutt gebunden, sie trägt ein ärmelloses Kleid, das die Kniekehlen kaum bedeckt. Ich sehe, dass sie auch ohne Schminke schön ist, schöner sogar, weil es intim aussieht, als erlaubte sie nur bestimm-

ten Menschen, sie ohne Maske zu sehen, irgendwie nackt und klar. Wir haben einen heißen Juni, und ich erinnere mich daran, wie sie früher auf dem Balkon die Beine spreizte, und da wusste ich, dass sie zwischen den Oberschenkeln geschwitzt haben musste, dass die Haut aneinanderklebte. Ich stelle die Wassermelone auf dem Küchentisch ab, sie holt ein Messer und zwei Teller, schneidet die Melone in halbmondförmige Scheiben.

Sie fragt, wie es meinen Eltern geht.

»Ich habe sie vorhin zum Flughafen begleitet.«

Ihr Lächeln kann ich nicht einordnen, und sie schneidet Würfel aus dem roten Fleisch. Wenn sie die Arme bewegt, sehe ich ihre rasierten Achselhöhlen, sie sind gräulich, an einer Stelle sieht man die Stoppeln nach unten wachsen, und ein einzelnes schwarzes Haar ist der Klinge entwischt, ihre Achselhöhle erinnert an eine Muschi.

Sie fragt nach Amal.

»Sie will nach Chicago.«

»Und du?«

»Ich will nicht nach Chicago.«

»Liebst du sie?«

»Ich will sie bei mir haben. Wenn das Liebe ist …«

»Eine Form der Liebe.« Sie lächelt wieder. »Die romantischste Liebe ist die unerfüllte. Dieser Schmerz, den man spürt, er sitzt auch nach zehn Jahren in deinem Körper, der Liebeskummer wächst in dein Fleisch hinein, wusstest du das?«

»Wir haben uns einvernehmlich getrennt.«

»Wie romantisch.« Sie schiebt mir einen mit Wassermelonenwürfeln gefüllten Teller zu und setzt sich mir gegenüber.

»Du hast Nerven, ausgerechnet du meinst, mir etwas über Liebe zu erzählen.«

Sie greift nach einem roten Würfel und beißt rein. Ihre Hände, makellos, wie gepudert, führen die Frucht zu ihrem Mund, und wie sie die Ellbogen auf den Tisch abstützt, eine Hand aufgerichtet wie ein Strauß Blumen, die Fingernägel rot lackiert, man könnte glauben, dass diese Hände auf den Tisch drapiert wurden, dort ruhen werden, nur um Essen zum Mund zu führen, bis in Ewigkeit. Die Nägel, zu lang für Mutterfinger, könnten das Babyfleisch verletzen. Als Kind hatte ich Angst vor diesen Nägeln, die kratzen könnten, und bestimmt haben sie Younes als kleinen Jungen verletzt, wenn sie ihn eincremte oder seine Kleidung wechselte, und er schrie auf, wahrscheinlich, sie küsste ihn nur an der Stelle, und er war still, und mit diesen Händen und diesen Fingern mit den langen Nägeln sagte sie: Du kümmerst mich nicht.

»Hat Younes sich gemeldet?«

Sie schüttelt den Kopf.

»Du scheinst nicht besorgt.«

»Ich weiß, dass er bei seinem Vater ist.«

»In Frankfurt.«

»Kann sein.«

»Es tut dir nicht weh, dass du ihn verloren hast?«

»Ich habe ihn nicht verloren. Er wird seinen Vater verlieren, wenn er ihn kennengelernt hat. Das tut mir weh.«

»Wie meinst du das?«

Sie schaut mich an, kaut langsamer, denkt darüber nach, was sie mir erzählen kann. Ihr Blick ist abschätzig, er bleibt an meiner Schiene hängen.

»Ich hatte keine andere Wahl«, sage ich. »Der kleine Sohn hat unten auf seinen Vater gewartet. Ich musste die Tür aufschließen.« Younes weiß es nicht, aber ich habe ihn nicht verraten. »Du hast mir doch gesagt, ich soll was tun.«

Sie sagt nichts, sie denkt nur: Aber du hättest es nicht tun sollen. Du hättest die Situation aushalten sollen, wie Younes es all die Jahre ausgehalten hat. Bevor das Heulen wieder anfängt, stehe ich auf.

»Ich weiß das doch, Raffiq«, sagt sie, und dann begleitet sie mich zur Tür, streichelt mir mit beiden Händen über den Kopf, über das Gesicht, die Nägel verletzen mich nicht, und sie sagt: »Du hast nicht Schuld, okay?«

Ich nicke.

»Wie heißt Younes' Vater?«

»Salman. Warum? Du wirst doch nicht nach Frankfurt fahren.«

»Salman was?«

»Zaxoy.«

»Was denn sonst.«

Ich gebe seinen Namen und »restaurant frankfurt« im Internet ein. Mir werden Restaurants in Frankfurt empfohlen, aber der Name Salman Zaxoy ist immer durchgestrichen. Ich gebe »salman zaxoy kurdisches restaurant frankfurt« ein, und es werden nur Dönerbuden und Kebabläden aufgelistet. Einer hat sein Restaurant »Gundi« genannt, auf keinen Fall ist das ein Kurde aus dem Irak. Einige der Dönerläden haben sogar coole Namen: Dönerstan, Dönerium, Dönerstag, Main Döner.

Ich sollte dort anrufen und fragen, ob sie Salman Zaxoy kennen, vielleicht kennen die Dönerverkäufer einander, vielleicht existiert so etwas wie ein Dönernetzwerk.

Ich wähle die Nummer, und das Telefon klingelt sehr lange, bis jemand drangeht. Der Mann ist genervt und fragt: »Hallo?« Keine Vorstellung, noch nicht einmal der Name des Restaurants, es könnte auch ein Schuhladen sein.

»Hallo, kann ich mit Salman sprechen?«

»Salman? Hier gibt's keinen Salman.«

»Salman Zaxoy, er ist Kurde aus dem Irak.«

»Er arbeitet nicht hier, Kollege, noch was?«

»Bitte. Kennen Sie ihn zufällig, wissen Sie, wo er arbeiten könnte? Er hat auch einen Dönerladen in Frankfurt. Oder vielleicht ein Restaurant.«

Der Dönermann lacht. »Denkst du, alle Dönerverkäufer kennen sich?«

»Nein, mir ist schon klar, dass es kein Dönernetzwerk gibt, ich dachte nur, vielleicht kennen Sie Ihre Konkurrenz.«

»Bei uns schmeckt der Döner am besten.«

»Ich will gar keinen Döner.«

»Was willst du dann von einem Dönerladen?«

»Ich suche einen Freund.«

»Dann such weiter«, sagt er. »In Frankfurt gibt es mehr als hundert Dönerbuden.« Er legt auf. Unfreundlicher Bastard. Ich rufe noch einen Laden an und noch einen, und keiner kennt Salman Zaxoy. Ich überlege, wie mein Dönerladen heißen könnte, wenn ich Besitzer wäre. Döniversum. Döner im Glück, Die Rückkehr der Dönerritter, Das Schweigen der Kälber.

»Restaurant Anatolien Kebab.«

»Hallo, kann ich mit Salman Zaxoy sprechen?«

»Hier ist Salman Zaxoy. Wer ist da?« Ich war so sehr mit dem Ausdenken von Namen beschäftigt, dass ich vergesse, was ich sagen wollte.

»Hier ist Raffiq. Ich bin ein Freund von Younes.«

Keine Reaktion, als wüsste er nicht, wer Younes ist oder als hätte Younes ihm von meinem Verrat berichtet.

»Ich wollte wissen, wie es Younes geht, und kurz mit ihm sprechen.«

Er schweigt, überlegt anscheinend, was er antworten soll. Was gibt es da zu überlegen, will ich ihn fragen.

»Kann ich bitte mit Younes sprechen?« Da muss er nicht lange nachdenken und sagt: »Das geht gerade nicht.«

»Wann würde es gehen?«

»Wenn du ein guter Freund von Younes bist, wieso rufst du ihn nicht auf seinem Handy an?« Ganz dumm ist sein Vater nicht, aber das bin ich ja auch nicht. Younes antwortet nicht auf meine Nachrichten.

»Mein Handy ist kaputt, ich habe alle Nummern verloren.«

»Und wer hat dir meinen Namen verraten?«

Ist er jetzt Detektiv oder Dönerverkäufer, was sollen diese Fragen, was ist er so misstrauisch, was glaubt er, wer ich eigentlich bin, er nervt.

»Younes hat mir Ihren Namen verraten. Könnten Sie ihm bitte ausrichten, dass ich angerufen habe. Er soll mich zurückrufen, ist wichtig, es geht um sein Abi.« Ich lege auf, keine Lust auf weitere Fragen. Ich schaue auf die Adresse des Ladens, es ist ziemlich nah am Hauptbahnhof.

Ich habe lange gewartet, auf eine kurze Nachricht, auf einen Anruf, ich habe gehofft, es gehe ihm nicht gut und mich als seinen guten Freund, vielleicht als ehemaligen guten Freund würde er anrufen. Frankfurt ist groß, und Younes als schweigsamer Typ findet nicht so schnell Leute, mit denen er quatschen kann. Ich weiß aber auch, dass Younes es lange aushält, nicht zu reden, es auch lange aushält, allein zu sein, Younes ist von uns allen am besten darauf vorbereitet, eine Ewigkeit auf die Erlösung zu warten.

Ich habe zum ersten Mal in meinem Leben ein ICE-Ticket gekauft, zum ersten Mal fahre ich allein irgendwohin, allein an einen Ort, der mehr als hundert Kilometer entfernt liegt. Im Zug sitzt eine Mutter mit zwei kleinen Kindern, und sie liest ihnen eine Geschichte vor. Das Mädchen schaut immer wieder zu mir rüber, als störe es sie, dass ich auf das Buchcover starre, als würde ich Teil ihrer Erinnerung werden, weil ich mithöre, weil ich weiß, worum es in der Geschichte geht, die auf einem Bauernhof spielt.

Mein Vater brauchte meist kein Buch, um mir eine Geschichte zu erzählen, der Text war Teil seiner Gedanken, und er erzählte mir von einem Geschäftsmann, der einen exotischen Vogel besaß. Der Vogel konnte sprechen, und als der Geschäftsmann wieder eine Reise antrat, fragte er seinen Vogel: »Möchtest du, dass ich dir etwas von dort mitbringe?«, denn er reiste in das Land, in dem er den Vogel gekauft hatte. Der Vogel beschrieb ihm ganz genau, wo seine Familie und Freunde leb-

ten, beschrieb den Weg, wie der Mann dahin kommen konnte, und er sagte dem Mann, er solle nach dem Wohlbefinden seiner Artgenossen fragen. Da der Mann seinen Vogel sehr liebte, wollte er ihm diesen Gefallen tun. Er reiste also an den Ort, aus dem sein Vogel stammte, und begab sich auf den Weg, den ihm der Vogel haargenau beschrieben hatte, und der Mann wunderte sich, wie genau die Beschreibungen seines Vogels zutrafen. An einer Lichtung angekommen, fand er Abertausende Vögel, die seinem ähnelten, und sie sangen und spielten miteinander. Der Mann rief sie zusammen und erzählte ihnen von seinem Vogel, und die Vögel hörten ihm zu, und als der Mann sie fragte, ob sie etwas hätten, was sie dem Vogel zu Hause mitteilen wollten, wurde es ganz still auf der Lichtung. Plötzlich fiel ein Vogel vom Ast, knallte auf den Boden und blieb steif dort liegen. Noch bevor der Mann zu dem Vogel eilen konnte, fiel der zweite tot um und der dritte und nach und nach immer weitere, bis kein Vogel mehr auf den Baumästen saß, der Boden war übersät mit bunten Vogelleichen. Erschüttert kehrte der Mann von seiner Reise zurück, und der Vogel fragte ihn, ob er bei seinen Freunden gewesen sei. Voller Trauer erzählte der Mann, was er beobachtet hatte. Als der Vogel das hörte, versteifte sich sein kleiner Körper, und er kippte in seinem Käfig tot um. Der Mann bereute, ihm diese Nachricht überbracht zu haben, trug sein totes Tier in den Garten, wo er ihn begraben wollte. Als er den Vogel in das gebuddelte Loch legte, flog der Vogel plötzlich auf einen Baum, bedankte sich beim Geschäftsmann für die Überbringung der Nachricht und flog davon.

»Was passierte danach? Fliegt der Vogel zu seinen Freunden? Besucht der Geschäftsmann ihn?«

»Ja«, sagte mein Vater, damit ich schlief, aber ich stellte mir vor, wie dieser kleine, bunte Vogel lange flog, um an den Ort zu gelangen, wo all seine Freunde waren, und manchmal kam er dort an, und sie waren wirklich tot, sie hatten nicht nur so getan, das war nicht nur eine Nachricht an den Vogel im Käfig, die Nachricht, dass der Vogel im Käfig war, tötete sie.

Ich wollte so sehr, dass mein Vater weitererzählte, wie der Vogel seine Freunde erreichte, mir versicherte, dass sie ihren Tod vorgetäuscht hatten, nur in seiner Erzählung konnten sie weiterleben.

Aber er sagte nur: »Die Geschichte endet hier.«

Ich fahre Younes hinterher, ich muss Younes sehen.

Younes sitzt auf dem Bordstein vor dem Restaurant seines Vaters: einen Basketball zwischen seinen Füßen eingeklemmt, starrt er auf die andere Straßenseite und raucht. Auf seinem weißen Shirt ist die Aufschrift »Anatolien Kebab«. Ein kleiner Junge, vielleicht so alt wie Jamals Sohn, kommt aus dem Laden gerannt, steht vor Younes und will offenbar seinen Basketball. Younes reicht ihm den Ball, deutet auf seine Zigarette. Der Kleine versucht zu dribbeln, ihm fehlt Kraft, so bleibt der Ball nach einem Sprung auf dem Boden und rollt weg. Ich laufe in ihre Richtung. Younes runzelt die Stirn, als er mich sieht, bleibt sitzen, ist nicht überrascht; als hätte er von mir erwartet, hierherzukommen.

»Was machst du hier?«

»Ich dachte, du meldest dich nicht, damit ich hierherkomme.«

Der Kleine stellt sich neben Younes, mit dem Ball unter

dem Arm. So wie er guckt, geht er mir jetzt schon auf die Nerven. »Younes, wer ist das?«

»Das ist Raffiq, ein Freund.« Er deutet mit einer knappen Kopfbewegung auf den Jungen. »Das ist Ayaz, mein kleiner Bruder.« Dann korrigiert er sich. »Halbbruder.« Der Junge legt den freien Arm auf Younes' Schulter und erzählt mir, dass Younes ihn tragen kann. Es gibt keine Ähnlichkeit zwischen ihnen, nicht das Aussehen, nicht die Bewegungen, nicht die Sprache, aber der Junge bringt Younes Vertrauen entgegen, so wie er sich an ihn klammert: und Younes lässt die Berührungen des Kleinen zu, nur ein Halbbruder.

»Ayaz, geh rein und hol uns zwei Cola.« Der Junge geht, guckt mich aber immer noch an, den Mund offen, die Unterlippe träge und nass von seinem Sabber. Ich setze mich neben Younes und frage ihn, wie ihm Frankfurt gefällt.

»Hab noch nicht so viel gesehen.«

Ein kleiner, bulliger Mann kommt aus dem Laden auf uns zu, stellt sich neben Younes, zwei Cola in der Hand, und fragt auf Kurdisch, ob wir nicht reinkommen wollen. Das könnte sein Vater sein, weil der Kleine ihm ähnelt, und auch mit ihm hat Younes keine Ähnlichkeit, egal, wie lange man starrt und versucht, ein Detail zu finden, wie winzig das Detail auch sein mag, aber im Gesicht hat Younes kein einziges Merkmal, das er von seinem Vater geerbt hat, weder die Nase noch den Mund, alles ist von der Mutter, sie hat ihr Gesicht an ihn vererbt, um zu verkünden, dass Younes nur ihr gehört, ein Stück Fleisch aus ihrem Körper ist. In seinem Gesicht suchte ich manchmal nach irgendeinem fremden Merkmal, um es als das seines Vaters zu identifizieren, aber ich fand nichts. Als hätte Gott seine

Mutter so schön gefunden und beschlossen, eine Kopie von ihr zu schaffen.

Younes nimmt ihm die Cola ab, den Blick immer noch auf die Straße gerichtet, und er verneint, sagt, dass es drinnen zu heiß sei. Nicht einmal die Hände, die sie verbinden könnten, gleichen sich. Es gibt keine Berührung.

»Bist du Raffiq?«, fragt der Mann.

Ich stehe auf, gebe ihm die Hand, versuche zu lächeln, und Younes' Vater scheint weiter zu schrumpfen. Das ist der Mann, auf den Younes so lange gewartet hat, das ist der Mann, mit dem Shahira zehn Jahre lang verheiratet war, den sie betrogen hat, das ist der Mann, der sie in den Irak lockte, das ist der Mann, der Younes bei seiner Mutter ablieferte und nie wiederkam. Er lächelt nicht, er hat keine Falten, weder um die Augen noch auf der Stirn, sein Gesicht ist ohne Ausdruck. Der Mann ist so fremd, dass mir ganz kalt wird. Als er in den Laden zurückgeht, setze ich mich wieder neben Younes, und wir schweigen. Ich kann ihm nichts sagen, wir rauchen zusammen, dann noch eine, wir leeren die Zigarettenpackung und mit geteerten Lungenflügeln stehen wir auf, hinterlassen den Bordstein warm und laufen die Straße entlang, und Younes redet nicht.

»Es tut mir leid. Ich hätte die Tür nicht aufmachen dürfen. Es tut mir echt leid.«

Wir laufen zum Hauptbahnhof, eigentlich laufe ich Younes hinterher, er gibt die Geschwindigkeit und die Richtung vor.

»Ich muss hier weg.« Und ich denke auch, dass er hier wegmuss, dass er diesen Mann ohne Gesichtsausdruck vergessen sollte.

»Sie hat mir gesagt, ich soll verschwinden«, erzählt er.

»Wer hat das gesagt?«

»Seine Frau. Sie will mich nicht sehen.«

»Sie ist doch scheißegal, Mann, Hauptsache, du bist bei deinem Vater.«

Er schüttelt den Kopf.

Was ist passiert, Younes, was hast du die letzten Wochen ohne mich erlebt, will ich ihn fragen, aber sein Schweigen, sein ausweichender Blick hindern mich. Younes schämt sich, und seine Scham wird größer, weil ich hier bin und sehe, wie er sich schämt, dass er auch bei seinem Vater nicht leben kann, noch weniger als bei seiner Mutter. Younes geht in einen asiatischen Laden, sagt, ihm würde schlecht werden, wenn er noch einmal Zwiebeln und Kalb riecht.

Wir setzen uns in das abgedunkelte Restaurant, bestellen gebratene Nudeln mit Hähnchenstreifen.

Am ersten Abend kam Younes' Stiefmutter zu ihm, mit kaltem Blick und steifer Lippe. Sie fragte ihn, ob er eine Ahnung hätte, was sein Vater wegen seiner Mutter ertragen musste. Younes wurde überfallen von so viel Direktheit, er sagte nichts, weil sie das von ihm erwartete, er sollte nur zuhören, und Younes hörte zu. Er war sogar gespannt, endlich die andere Seite zu kennen, er malte sich aus, wie sein Vater, dieser bullige Typ, spät in der Nacht im Bett zittert und das Heulen und den Schmerz unterdrückt. Seine Frischvermählte liegt neben ihm, kann nur ahnen, was seine Exfrau ihm angetan haben muss. Sie traut sich lange nicht, ihn darauf anzusprechen.

Younes wartete also, den Mund leicht geöffnet, aufgeregt, weil er gleich die Geschichte von seinem Vater hören würde; ge-

bannt, damit er sich endlich – zumindest im Leid – mit seinem Vater verbunden fühlt: Sie haben beide wegen einer Frau gelitten, lange Zeit, aber jetzt sind sie frei.

Die Stiefmutter schaute in Younes' Gesicht, und für sie war alles fremd, sie wusste in dem Moment, dass Younes' Gesichtszüge der Frau gehören, die ihr Mann über die Jahre zu vergessen versucht hatte. Jetzt tauchte sie wieder auf, hatte ihr Gesicht ins Gesicht dieses Jungen geschmiert, hier ist mein Gesicht, geh ein paar Wunden aufreißen.

»Du musst verschwinden. Geh zu deiner Mutter zurück, und lass uns in Ruhe. Du darfst nie wieder hierherkommen.« Sie wartete keine Antwort ab. Wenn ich in dem Moment bei Younes gewesen wäre, hätte ich eine Hand um ihren Hals gelegt, bis sie kein Wort mehr hätte sagen können.

Younes verstand, dass nicht ihm, sondern seiner Mutter der Hass galt, und er wollte seine Stiefmutter gern aufklären, sie trösten, dass sie ihn verwechselte, dass er nichts mit dem erlittenen Schmerz seines Vaters zu tun hatte, aber sie schüttelte den Kopf, weinte und sagte, er solle den Mund halten und zu seiner Mutter zurückkehren.

In den nächsten Tagen schlug ihm der Onkel vor, bei ihm zu wohnen.

»Es ist zu eng bei uns«, sagte der Vater, das war keine Erklärung, keine Entschuldigung, er wollte keine Beschwerde hören, und er sagte das, während er Tomaten in Scheiben schnitt, er schaute Younes nicht an, einen Blick, ein von Angesicht zu Angesicht war es ihm nicht wert, nur einen Satz: Es ist zu eng bei uns. Younes verstand. Er hatte seinen Vater in eine schwierige Situation gebracht und wollte es ihm einfach machen.

Das ist gar kein Problem, sagte er seinem Vater, wirklich, ich kann bei Onkel Azad wohnen.

Tagsüber durfte er im Laden aushelfen – so musste die Stiefmutter seinen Anblick nicht ertragen.

Einmal setzte er sich mit seinem Vater und seinem Onkel hin und aß mit ihnen zu Mittag. Sie unterhielten sich, und Younes erzählte vom Abi und was er für die Zukunft plane. Das Gesicht des Vaters blieb unverändert, und er fragte Younes über seine Mutter aus, was sie mache und ob sie immer noch eine Nutte sei. Younes kaute sein Brot, bis es keinen Geschmack mehr hatte, nur noch Matsch im Mund war. Der Onkel versuchte, das Thema zu wechseln, aber der Vater bestand darauf, eine Antwort zu hören. Younes schaute seinen Vater an und nickte, der Vater wandte sich angewidert von Younes ab.

»Ich hasse ihn«, sagt Younes. Zum ersten Mal höre ich ihn diesen Satz sagen. »Ich wünschte, es hätte ihn nicht gegeben.« Younes spricht diesen Satz aus und ist erleichtert. Er setzt seinen Vater von seinem Rücken ab und wir gehen weiter. Es gibt seinen Vater nicht, nicht jetzt, nicht damals, nicht in Younes' Gesicht. Shahira hat Younes erschaffen. Sie musste nur alle glauben lassen, sie hätte einen Mann gebraucht, aber er wuchs in ihrem Bauch auf, weil sie sich so sehr einen Sohn wünschte, und sie nannte ihn Younes.

Younes und ich stehen vor dem Rathaus, ein siebenstöckiges Gebäude mit großen, schwarz getönten Fenstern, und wir lau-

fen rein, schauen auf eine Tafel, die alle Ämter im Haus anzeigt: Standesamt, Ausländeramt, Bürgerservice. Das Einwohnermeldeamt ist auf der dritten Etage, wir nehmen den Aufzug, den Mietvertrag hat Younes eingerollt in seiner Linken. Ich schimpfe mit ihm, dass der Vertrag so unprofessionell aussieht: Er breitet ihn in seinen Händen aus, und wir schauen auf den Text, vergewissern uns erneut, dass unsere Namen darauf stehen: Unter dem Wort »Mietparteien« lesen wir die Namen. Beide Vornamen sind falsch geschrieben, bei mir fehlt ein F und bei Younes ein U, aber egal, sagt Younes, unsere Nachnamen sind richtig geschrieben, und das wird den Sachbearbeiter nicht interessieren, Hauptsache, wir haben eine Wohnung, sagt er. Ich finde das unprofessionell, aber Younes sagt nur, ich soll mich entspannen. Wir kommen in einen Raum, in dem viele Leute mit ihren Mietverträgen warten, und wir setzen uns auch hin und warten. Ein Wartender sagt uns, wir sollten eine Nummer ziehen, er zeigt auf eine Digitalanzeige mit neongelben Zahlen. Wir ziehen die Nummer vierundneunzig, bedanken uns bei dem aufmerksamen Mann fürs Bescheid geben und müssen sehr lange warten. Es macht uns nichts aus.

Ich erzähle Younes die Geschichte von dem Geschäftsmann und seinem Vogel, und ich erzähle ihm, wie mich das Ende immer aufgewühlt hat, weil man nicht weiß, ob die Vögel nicht doch gestorben sind. Younes nickt, sagt, stimmt, es ist keine angenehme Geschichte.

»Vor allem: Wird der Vogel es bis zu seinen Freunden schaffen? Es ist eine lange Reise.«

»Ja, vielleicht passiert ihm auf dem Weg dahin was.«

»Eine Flugzeugturbine erwischt ihn.«

»Er wird von einem Raubvogel gefressen.«

»Es gibt ein Ende«, sagt Younes, »aber das, was dein Vater dir erzählt hat, das ist nicht das Ende.«

Die Anzeigetafel schaltet auf Nummer vierundneunzig, und wir stehen auf.

mich mit Waschmittelgeruch ein, und die Leute, sie bleiben stehen, sie erinnern sich an mich, das ist doch das Mogli-Mädchen, das ist doch Amal, sie hing immer mit Younes ab, dem Sohn von Shahira, Shahira, der Hure. Und sie bleiben stehen, die Leute, und immer fragen sie mich, wie es bei meinem Vater in Kurdistan war, als hätten sie meine Antwort vergessen, und immer wieder werden sie fragen, als hätten sie vergessen, dass sie gefragt haben, und immer wieder fragen sie mich, wie es bei meinem Vater in Kurdistan war, und ich bleibe stehen, und ich erzähle nichts.